U0552844

赵婧怡 著

扮演者游戏

人民文学出版社
PEOPLE'S LITERATURE PUBLISHING HOUSE

图书在版编目(CIP)数据

扮演者游戏/赵婧怡著. —北京:人民文学出版
社,2020
(黑猫文库)
ISBN 978-7-02-015718-1

Ⅰ.①扮… Ⅱ.①赵… Ⅲ.①短篇小说-小说集-中
国-当代 Ⅳ.①I247.7

中国版本图书馆 CIP 数据核字(2019)第 192861 号

责任编辑 卜艳冰 王皎娇 王晓星
装帧设计 汪佳诗

出版发行 人民文学出版社
社 址 北京市朝内大街 166 号
邮政编码 100705
网 址 http://www.rw-cn.com

印 刷 宁波市大港印务有限公司
经 销 全国新华书店等

开 本 889 毫米×1194 毫米 1/32
印 张 9.625
字 数 170 千字
版 次 2020 年 7 月北京第 1 版
印 次 2020 年 7 月第 1 次印刷

书 号 978-7-02-015718-1
定 价 49.00 元

如有印装质量问题,请与本社图书销售中心调换。电话:010-65233595

《扮演者游戏》代序

游戏化的文艺形式，将为我们带来什么

逍遥散人

过去，提起"游戏"一词，很多人会认为，这是一种倾向于"玩乐"的形式。在游戏中，人们只是单纯地沉浸于体验"打怪升级"，提升享乐指数；而小说、电影等文艺形式，则使受众人群站在第三者的角度，完整体验一个故事。

然而，到了十九世纪末二十世纪初，各种各样的游戏厂商开始创新化地设计了更多样式的游戏种类。你可以在游戏中阅读"音响小说"，也可以在游戏中"唱歌跳舞"，甚至可以饲养宠物。从那时起，游戏和小说、电影等文艺形式的界限开始渐渐发生融合。

事实上，《扮演者游戏》这部小说，给我的第一感觉便是"游戏化"。小说的六个故事，乍看是不同的超自然现象：坚信自己曾经在未来的岛上经历了孤岛杀人事件的男子；觉得自己拥有和别人互换灵魂的特异功能的女孩；怀疑自己所在地区发生了外星人劫持事件的小姑娘……

如果只是进行内容描述，我们很容易就会想起类似"恐怖惊魂夜""流行之神"，以及"极限脱出"系列的游戏内容。事实上，本书也确受到了这些游戏的启发而写成。

毫不夸张，这本小说，我是完全没有停顿地读完的。小说的开头引人入胜，很容易一气呵成地读完。打个比方的话，读这本小说就像坐上过山车，提着一口气开始，跟着作者的描写跌宕起伏，你以为到底了，准备长呼一口气的时候，前方又是一个悬崖，令人恍然若失。

与普通的推理小说相比，本书并非将重点放置于"逻辑推演"的层面上，而是更加注重"游戏化的阅读体验"，在谜面上做足文章，同时作为一本短篇连作集，在整部小说的最后，也对所有的故事进行了串联，这一点也与某些游戏不谋而合。

因此，我衷心地将这部作品推荐给喜欢悬疑、冒险故事的游戏迷们。

最后，也为大家送上一份选择导读，大家可以按照以下三种不同的方式进行阅读。

A．这是一本非自然体验者的叙述集锦。根据小说的情节设定，把这本小说当成是完全的都市传说来读，抛弃作者后面给出的科学解释，沉浸在小说的神秘和未知的氛围中。

B．这是一本推理小说。在理解各个故事非自然的部分之后，对于这些非自然的部分进行推理，并作出合理解释，对照作者给出的解释，得出一个完全科学的、合理的结论。

C．这本书的六个小故事看似毫不相关，实际暗暗关联，环环紧扣。你可以把它当成六个独立的小故事来读，故事短小紧凑。也可以连起来看看作者到底下了一盘怎样的大棋（这里剧透，低头认罪）。

好了，请提起一口气，希望你们在故事中玩得愉快。

目录

未来之岛

一、二、三、四……

睡不着的时候，吴非喜欢这样在大脑中无意义地罗列数字。这样既不会因为紧凑的思考让大脑盲目兴奋，也不会因为头脑过于空白，而让自己产生莫名的焦虑。

就这样，他慢慢闭上眼睛，仿佛马上就要睡过去。

在眼睛半睁半闭的时候，他感到窗外的阳光，正好透过巨大的玻璃窗打在脸上，窗外平和的阳光和斑驳的树影，让他想起了自己的学生时代……

那时，他是一个典型的重点中学优等生，每天大部分时间，都在无尽的功课中度过，学生时代算得上美好回忆的，只有午休时和同学一起在篮球场上打球，和放学时与同桌一起顺路回家这两件事。

在他的记忆中，同桌并不是一个十分漂亮的女生，却会用让他感觉很舒服的方式和他说话，现在的他，总是非常怀念那种与人相处的感觉。

在他准备就这样迷迷糊糊入睡时，一阵敲击声让他苏醒了过来。

"吴医生。"

有人在他耳边轻轻地说道。

那是……非常遥远，似乎又非常靠近的声音。

似乎是在梦里，又似乎是在现实中。

如果不是对方摇了摇他的身体，他几乎就要将这个声音和若隐若现的、出现在梦中的、学生时代的同桌重叠到一起了。来自身体的反应，再次将他拉回了现实世界。

当他睁开眼睛时，眼前出现的……是白色的天花板。

白色的天花板、白色的墙壁、白色的办公桌……这是在哪里呢？一时间他有些恍惚。午睡睡醒之后，人们往往会陷入一段意识模糊的时间。吴非也不例外，他的思绪，还沉浸在刚才那一场回到高中时代的美梦中。在梦里，他正和同桌的女生讨论着昨天晚上电视中播出的电视剧。

然而很快，他便意识到，自己已经不是高中时代的自己了。

因为对方的称呼——吴医生。

站在他面前的，是一名外貌缺乏记忆点的女性。她看上去三十多岁，穿着一身白色的休闲装，留着一头短发，面容也和她身穿的衣服颜色一样，整体透露出淡淡的苍白感。如果出现在人群中，很容易被人忽略掉她的存在，那样苍白的面容，也确实很难让人记住。

出于职业习惯，他努力地想要从对方身上找到一些特征，却发现这相当困难。也许是因为对方将自己打理得过于工整，从她的外表上，几乎没有任何可以称之为"特征"的东西。

"请问有什么事吗？"

女性点了点头，她张了张嘴，似乎想说些什么，却马上又露出了有些迷惑的神情。

吴非这才意识到，自己还是半躺着的姿势。他从躺椅上坐起身，缓缓站起身，看了一眼墙上的时钟。

现在的时间是下午2点，原来已经过了午休的时间啊……

吴非是这家心理咨询机构的实习医生，所谓"实习医生"，其实只是帮助其他正式医生接待病人，整理病历，打电话和病人约定时间的岗位，并没有太多真正的直接面对病情的工作可以做，与其说是"实习医生"，倒不如说是助理更加合适。

然而不巧的是，今天值班的医生因为生病提前请假回了家，并且也安排他提前打电话，请之前预约过今天要来的病人，全部改期到明天。

那么……眼前的这个女人到底是谁呢？这时，他才注意到，这个女性身上似乎少了什么……

她没有拎包。

一个不拎包的女性，要么是家或公司离诊所极近，趁着午休赶过来，要么便是有人接送。

吴非隐约地感到这个女人有些古怪，但是出于礼貌，还是放下疑惑，程序性地向对方询问起了一般病人前来问诊时所需的基本信息。

"你没有预约过吧？"

女人想了想，露出了有些古怪的笑容："是的，没有预约过……"

"医生今天不在，我可以先向您介绍一下诊所的服务标准，然后我们再约时间……"

"不用了，你不是在这里吗？"女人微笑着轻轻指了一下他。

吴非有些不好意思地笑了，他不知道该怎么向对方解释，自己并不是这家诊所的正式医生，也没有拿到"心理咨询"的相关资格证书，按照诊所的规定，是不能随意为病人进行治疗的。正因如此，尽管他已经二十五岁，却只能以"实习医生"的身份，在这里做一些文职工作。

不过，如果对方真的很需要帮助，由他先来听一下病人的情况，随后再将病人的病历转交给医生也不是不可以……

事实上，自从到这家心理咨询机构以来，他早就想加入为病人进行心理咨询的工作了，这样的机会对他来说自然是求之不得。

既然是"特殊情况"，那么特殊处理一下也无妨吧，如果自己只是简单地听一下病情再做判断，应该也没有什么大碍。

吴非一边这样给自己找着借口，一边继续问道。

"你叫什么名字？"

"周琪。"

"工作？"

"大学老师。"

吴非一边问，一边拿起笔，从桌子上随手抽出一张白纸刷刷地记录了起来。虽然理论上，这些信息是要记录在病历表上的，不过他翻动着桌上的东西，并没有找到空白病历，也许是被医生收起来了吧。但是为了表现得像个正式心理咨询师，他还是决定要装模作样一番。

"最近有什么困扰你的事吗？"

“我觉得……我可能穿越到了未来。”

“穿越到未来？”吴非摇了摇头，他所接触的病人千奇百怪，产生某些不切实际的幻觉并非奇事，但是过去的病人所产生的幻象，无非是和自己的日常生活息息相关的事情，却从未有人说过，自己能够穿越时空。想到这里，他觉得有些头疼，不知道是否是自己睡眠过多引起的。

事实上，吴非是个绝对的理性主义者。因为他知道，越是在这样的环境中，越应该保持绝对客观的理性思考。哪怕病人讲述了多么不可思议的事情，他都不会轻易下结论，而是通过理性分析，来判断事情的真实情况。

当然，这也只不过是他在大脑中发挥主观能动性的行为而已。毕竟他只是一名负责助理工作的“实习医生”，无法真正为病人治疗。

对方看到他皱起眉头的样子，认为他显然是不肯相信自己的话。这时，周琪从口袋中掏出一串项链。

那是一串蓝宝石项链，作为一个刚刚毕业几年的男生，吴非无法估计出这串项链的价值，但是从宝石上闪现出的优美光泽和项链本身的精细做工可以看出，这是一串价值不菲的东西。

“我曾经去过，一座未来之岛。”

几个月前，我踏上了这座小岛。

“这座岛有名字吗？”

我坐在副驾座位上问道，坐在我旁边的安阳摇了摇头。

"好像原本是没有名字的，后来有一家地产商，想要把这里打造成海岛游度假村，就在岛上建立了一座度假别墅，因为地产商姓王，所以很多附近的村民，都管这里叫王家岛。再后来由于资金和公司整体运营方向的问题，地产商决定抛弃重资产，转型去互联网行业发展，因此，度假村的建设计划也就此流产，这才变成了现在这样。"

这样啊……

"那会不会很不方便呢？"我几乎脱口而出，下意识地说出了自己的顾虑。说完之后才有些后悔。

这次我和朋友一起前来这里，正是为了投资这座小岛，进行二次开发。

如同刚才安阳所说，之前小岛的开发商因为各种原因计划流产，导致现在岛上无人继续开发运营，只进行最低限度的维护。而这次和我同行的三个人，正准备一起创业，以低廉的价格接手这座小岛上的资产，并对岛上的生态环境进行重新开发。我们的计划是，利用岛上已经建设好的、现有的度假别墅，将其改造成一个全新的度假酒店，舍弃原先开发商的传统思路，根据每一名游客的不同需求，开发环湖游览、钓鱼、温泉等高端定制项目，再搭配开发一些具有特色的周边餐饮商铺，形成市郊一片风格独特的周末度假区。

我和安阳是大学同学。毕业后的几年，他一度去外地发展。不过最近他突然联系我说，想要回到老家来创业发展周边旅游业，因为我有帮父母打理家里经营的民宿的经验，所以，自然被他邀请入伙。

理论上，我们这家创业公司有三个合伙人，最后一个——也就是安阳的女友，事实上也是他的未婚妻张倩，显然是用来凑数的。我从来没听到她发表过任何一句关于业务发展的想法，也没看到她帮助公司做过什么实际的事情。所谓的合伙人，也不过是帮助安阳整理一些发票，打印资料而已。

除了我们三个，此次同行的，还有我们的一名投资人林华。因为投资方刚刚接触这个项目，必须实际了解过项目情况才能进一步投资，因此，我们才安排林华一起出海上岛。

我们此行的目的，首先是需要考察岛上现有的各类设施的新旧程度，以折算出翻新所需要的时间和费用，另一点则是调研，目前岛上还需要增设的设备和需要的人员配备，包括交通、食物等日用必需品的调度等。

到了码头，事先约好的当地村民已经在等我们了："你们应该在岛上待三天吧？我会每天过去一次，需要什么就给我打电话。"

"嗯。"我点了点头，和其他人一起帮忙把东西拎上船。关于岛上的生活用品，我倒并不担心，因为开发商告诉过我们，岛上有矿泉水、方便面等食物，并且会定期补充，这是为了方便定期去岛上进行维护的工作人员生活所准备的。所以至少，哪怕临时发生什么意外，我们也不会饿死在岛上。

这里通往王家岛没有其他交通方式，只能乘坐由私人渔民驾驶的渔船来往，不过也许是因为这一片海域盛产海鲜的缘故，附近渔民大多已经有了熟练接待游客的经验，如果以后度假村建设完成，直接雇用一些渔民做接送游客的工作也很方便，甚至可以安排游客自己尝试捕捞海鲜，且当天烹饪的特色出海旅游项目。

在我和安阳、林华上船之后，张倩才不情愿地走了过来，她先是将自己的背包递给安阳，然后再由安阳扶着摇摇晃晃地走上了船。

看到这一幕，我不禁皱起了眉头。哪怕是要出海上岛，张倩依然穿着平时逛街的那种衣服。紧身的蕾丝边上衣，可爱的浅色碎花短裙，脖子上戴着一串蓝色的宝石项链，活脱脱像是要去参加相亲节目录制。最夸张的是，她脚上竟然还穿着一双高跟鞋。看着她那副样子，我实在是感觉又好笑又好气。

我们又不是来旅游拍照的，干吗穿成这样啊。明明像我们三个人一样，穿运动休闲装就好了。再说，上岛之后免不了各种搬运重物，四处走动的体力活，我只能默默地祈祷，她在行李里，至少放了一双运动鞋吧。

也许是她的这身打扮实在过于显眼，连开船接送我们的村民也疑惑地打量了我们一番。

"你们是来这里玩的，还是……"

"我们都是来玩的。"张倩赶紧补充道。之前我们已经沟通过，对外人一律要说我们只是来玩的，否则如果走漏了风声，难免会有其他竞争对手，赶在我们前面抢下这座岛的开发使用权。毕竟现在这座小岛的知名度还很低，开发商的转让费用，也是相当低廉。

"来玩的？那你们可不应该上这个岛啊，旁边的几个岛上，都有度假村，上面的酒店各个档次的都有，想住什么样的都有，还不用自己钓鱼，农家乐直接就给你们准备好吃喝玩乐，多方便啊。这个岛上什么都没有，没什么好玩的。"渔夫摇了摇头，显然不太理解。

"哦，没事，我们就是不爱去人多的地方。"安阳也在一边解释道，而林华作为投资人，只是静静地坐在一边。

最开始我们只是象征性地问了几个投资机构关于这个项目的投资意愿，和我们想象的一样，大多数这个领域的投资基金，都已经投资过类似的项目，并且不看好我们。只有林华表示愿意和我们跟进这个项目，并且和我们一起来确认项目的情况。

坦白说，有投资人在场，对于我们来说未必不是好事，这样一来，既可以完全打消投资人对我们的顾虑，也可以让投资人了解到每一笔费用的去处。

不过，原本计划在岛上稍微休息娱乐一下的想法，倒是因此被彻底打消了。安阳事先准备的渔竿和扑克牌，也当然没有办法再带上了。

"现在是有年轻人喜欢玩点刺激的，你们是情侣吧，别不好意思，对了……你们该不会是想要去那个鬼屋吧？"

鬼屋……

据我所知，开发商并没有在岛上建造鬼屋的计划。虽然王家岛曾经有过短暂的游乐设施开发期，不过就我们拿到的资料，无非是与度假村配套的 KTV、麻将室、温泉会馆等普通的娱乐场所，并没有什么鬼屋一类的设施。

"师傅，您说的鬼屋是什么啊？我们怎么没听说过？"我马上问道。

村民笑了笑："我也不清楚，也是听其他村民说的。据说那座岛上以前有人失踪过，不对，是据说有人曾经上过岛，然后就再也没有回来过。当然，具体是怎么回事我们也不知道，还有，王家岛在开发动工的那段时间，曾经有工作人员见到过鬼影。"

"鬼、鬼影？"

张倩有些害怕地缩起身体，让原本就身材娇小的她，看起来更加楚楚可怜，不过有些好笑的是，她在蜷缩起身体的同时，还紧紧地抓住了脖子上佩戴的项链，好像生怕被人抢走一般。我承认，那串项链是很好看，但真的并不适合她。

"怎么可能，看错了吧？"对于这样的说法，我是不太相信的，多半是开发商为了不让那些爱生事的人随意上岛，而编造出来的传言吧。

"谁知道呢，"渔夫笑了笑，"我也是听别人说的，据说那段时间在岛上动工的工人们，经常碰到怪事，像是放在原地的建筑物材，没人动过，第二天会突然挪动地方，原本关上的门，会不知道被谁打开，甚至还有人半夜看到女人的鬼影。听说当时工人们都不愿意上岛干活，最后投资的地产商特意找了风水大师来看，你猜大师怎么说？"

我们四个人互相看了看，又摇了摇头。

此时渔船已经慢慢开动，我们一行只有四人，所租用的船只不大，因此在海中的颠簸感非常明显，再伴随着咸湿的海风，我微微感到自己的胃中有一种不适感。然而既然上了船，自然也没有半途离开的办法，只能将注意力集中在其他人的对话上。

"大师说，这个岛原本风水不错，但是之前出过事，搞不好还是人命关天的大事，所以现在变得阴气极重，不吉利啊。据说地产商听了风水大师的建议，后来就没有在这座岛上继续开发，而是打算把小岛的经营权转手卖掉，也不知道下一个接手这座岛的倒霉蛋是谁啊，哈哈。"

听到这里，我不禁感到有些尴尬。关于这件事，我和安阳之前一无所知，倘若只是我们也就罢了，但是投资人林华也和我们一起坐在船上，不知他听了心里作何感想。

虽然大多数普通人平时并不相信风水迷信一说，但是据我所知，很多投资圈的人都极其注重风水，不仅会请专门的风水大师帮忙指点，选择办公地点，甚至就连办公室里的植物陈设，也要经过精心设计。

想到这里，我不禁偷偷看了一眼林华，然而很遗憾，对方只是平静地看着海面，露出若有所思的样子，甚至看上去连一丝晕船的不适感都没有。

如果因为这样的风言风语而失去投资，那就太可惜了。不过更可恶的是，试图将经营权转手给我们的地产商，事先并没有提到这件事。难怪经营权的价格定得比同类产品的价格要低上不少，原来有这样一层缘故。想到这里，我也在心里默默自我反省了一番，如果事先多找几个附近的村民打听一下就好了，至少自己不会像现在这样没有任何应对方案向投资人解释了。

就在这样的思来想去中，我们经过一个小时的航行，很快就到达了王家岛。上岸时，我的胃已经难受到了极点，长时间的颠簸，加上之前村民所说的"闹鬼"传闻，开始让我产生了严重的焦躁情绪。如果这航行时间再加长一倍，恐怕我就要在船上呕吐起来了。不过看起来，其他三人并无大碍，甚至就连张倩脸色也很正常。难道只有我的状况如此糟糕吗？

想到这里，我不禁叹了口气。一般而言，创业者想要成功，除了具备极强的商业思维以外，在体质上也要优于别人，每天只睡几个小时仍然能精神饱满，而像我这样，特别容易紧张和疲惫的身体精神状况，怕是不适合如此高强度的工作吧……

明知如此，我却没有拒绝安阳的邀约。事实上，大学毕业之后，我一直无法找到自己理想中的工作，后来勉强进入一家单位就职，对工作也并不满意。安阳找到我提到的想法，虽然并不是我真正想做的事，但一旦成功的话，我就会拥有大量的启动资金，就能去做我想做的事了吧。

因为岛上没有任何交通工具，只能步行，所以我们尽量减少携带的物品，每人只背了一个背包。好在从码头到别墅的路程并不远，只要步行十几分钟就能到达。

然而，面前这条未曾修整过的土路，因为长期无人打理，路边早已杂草丛生，肉眼就能看到不少蚊虫飞舞其中，我不禁叹了一口气。

而这整座岛，也和我想象的一样，几乎可以称之为一座荒岛。放眼望去，整个岛上除了那座度假别墅，看不到任何与现代文明相关的产物。也许因为是秋冬季节的缘故，就连路边的杂草与野树，也是一片泛黄的景象，让我莫名产生了一种萧索之感。

不知为何，我突然想起了刚才村民说的"闹鬼"传闻。现在已经是傍晚时分，昏黄的天空与被风吹动的杂草，让我突然产生了一种不祥之感。

这里太安静了，没有任何工业社会的声音，或者周围人所发出的嘈杂声，只有来自自然的声音，这让这里的氛围显得更加可怕。

这时，我不禁想起了前年看过的一部名叫《寂静之地》的恐怖片。在那部电影中，人类不能发出任何声音，不然就会被外星怪物猎杀。整部片子中，绝大部分时间，都只能听到自然界发出的声音，然而这种纯粹的自然之声，却在电影整体氛围的影响之下，越发令人害怕。

"怎么是这种地方啊……"看到岛上荒芜的样子，原本也许是打算来度假的张倩马上小声抱怨了起来，她的脸上露出了不情愿的样子，还微微地向后张望着，怕不是想要现在就乘船回去吧。

"赶紧走吧。"

安阳不耐烦起来，他小声说着扯了一把张倩，张倩则生气地甩开了他的手。安阳无奈地摇了摇头，只得替她把包背上，让她别耍性子。

又不是来度假的，为什么非要带上这个碍事的女人呢……我

13

在心里默默地想。事实上，我和安阳的关系也不算有多好，只不过恰好我父母曾经开过民宿，我在大学假期的时候，也帮忙打理了一段时间，对于这种旅游度假村的开发和运营，算是稍微有一点点经验，所以才会被他拉来一起合伙做事。和张倩就更是只见过几次面的交情。

坦白说，安阳对于这件事还算上心，大学时代，他就是个喜欢折腾的人，我们还在埋头读书时，他就懂得在宿舍里批发零食，卖给那些懒得出门的同学，做上门外卖。毕业后听说他也一直在创业进行各种项目，甚至还赚到了一笔可观的资金（虽然我听不少同学说，这笔钱有些来路不正）。我只是不理解，他为什么一定要带一个派不上用场的女人一起。我们此行的目的，无非是做一些前期调研和考察，张倩之前是个小淘宝店主，对于这些事情一窍不通。然而既然安阳是事情的发起人，我自然也无权干涉他要带谁一起了。

很快，我们就到达了度假别墅。坦白说，从外部来看，这里并没有我想象的那么陈旧。也许是因为这里气候温和，哪怕平时很少有人维护，这里也没有遭受风雨的侵蚀。别墅的建筑风格和其他的普通郊区民宿没有太大区别，白色的外墙和蓝色的屋顶，大概是在模仿希腊圣托里尼岛的地中海风格吧。

如果在普通的度假区看到这样的酒店，也许会让人感到十分舒服。但是在这样的荒岛上，这家酒店别墅却显得十分怪异。没错，在这样荒芜的小岛上，却出现了这样一个风格有些过于清新的建筑，违和感太强烈了，以至于我有一种末世废墟的感觉。

张倩掏出钥匙，这是地产开发商提前给我们的，包括一些设备的使用说明也都一起交给了我们。

"我帮你拿行李吧？"我试着问林华，对方摇了摇头。事实上，我和安阳之前见过不少投资人，林华给我的感觉，和其他投资人不太一样。很多人都会注重商业模型和产品模式，但是林华并没有问过我们太多关于盈利模式的问题，反而比较关心我们对于整个岛的运营计划。

也许正是这样，才促成了我们的初步合作吧。

打开门后，我们走进别墅。这是一座二层楼高的度假村。一层还能见到前台的设计。前台后的背板上，写着"王家岛旅游度假酒店"的大字。此时此刻出现在这里，显得有些讽刺。一走进来，我便闻到了一股有些刺鼻的气味，那是长时间无人居住而产生的发霉的味道。而且我随意将手放在桌台上，手便马上擦到了一层厚厚的灰尘。

"有电吗？"

林华问道，不过他似乎对于这种简陋的环境并不怎么在意，反而饶有兴致地四下打量着度假别墅中的一切。

安阳点了点头："开发商一直都有维护这里的电力设施，应该是可以通电。不过因为供电不稳，有时晚上二楼会断电。"很快，他就靠着手机的亮光找到了电闸箱，拉起电闸，并且打开了一层的电灯开关。

此时已经是接近傍晚的时间了，原本昏暗的室内一下子变得明亮了起来。可以看出，这里和其他度假村酒店的前厅没有什么区别。酒店的游客住宿区设在二楼，一楼则是娱乐生活区，厨房里摆放着微波炉、饮用水以及方便面等一些方便食品，娱乐室里有电视机和一些简单的棋牌。此外，一楼还有几个杂物间，以及工作人员休息室等。

这时，我才稍微产生了一点安心感，之前那些不祥的预感，随着我们到达之后的尘埃落定，也暂时被搁置到了一边。

"我看，不如我们先去自己的房间放东西休息一下，一个小时后，再在楼下大厅集合吃晚饭？"

安阳提议道。

我点了点头。前台边就摆着各个房间的门卡。

我和林华、安阳都拿了二楼游客住宿区的门卡。只有张倩揉着她的脚说，实在不想踩着高跟鞋上下楼，要住在一楼的工作人员休息用的房间，一楼只有一间工作人员休息用的房间，还有一个杂物间，剩下的人还是只能住到二楼的游客住宿区。不过，虽说是工作人员休息房，设施与二楼也并无太大区别。我只是没想到，她居然真的没有带一双备用的运动鞋。

走进房间，之前那股无人居住的霉味更加强烈地扑面而来。也许是因为临海，白色的床单被罩之间，有一股阴冷的潮湿感，让我感觉有些不快。房间里的陈设很简单，除了一张双人床和一套桌椅之外，几乎没有其他设施，想必是因为开发计划的搁浅，导致开发商没为酒店添加其他后续设施。

不过，为了卖掉经营权，开发商还是保持了对这里的定期基本维护。因此只住两三天的话，倒还勉强可以应付。

我将自己的背包放下。稍微坐在窗前看了一下风景。

不，事实上这里并没有什么所谓的"风景"。从窗子看出去，只有一望无际的大海。注视着那不断翻涌着的波浪，会产生一种虚无感，时间久了，会让人对时间和空间都产生意识上的偏差。

当人处在繁华的都市中时，很容易就能把自己与社会，以及身边的人际关系联系起来，要为了家人用心学习、工作，要为了买房子车子努力赚钱，为了不被社会淘汰需要更加努力地学习新领域的知识。

然而，如果在这样的空岛上待得久了，则会慢慢生出另外一种感觉吧。无论个体怎么改变，这个世界都还是那样自顾自地按照自己的频率运转。海中的水不会变多或者变少，天上的云也不会变浓或者变淡。久而久之，甚至连人为什么活着都有些想不起来了，只是漠然地等待着时间和生命的流逝。

因此，大多数普通人，只会选择一年里去进行一次短时间的度假，暂时逃离自己的社会关系。尽管很多人都会提到，想要去某某国家，某某景点，但大多数时候，他们寻求的不过是一个暂时远离自身所处的社会环境的逃离期而已。

这样一来，事实上，也无需在意这里能够看到的风景是否优美了。只要确保住宿设施足够周到舒适，保证客人在这里居住时尽量少受到打扰，并提供一定的娱乐项目，给予游客一个"桃源"般的与世隔绝的环境就好。

没错，从这种层面来说，这个小岛是绝佳的避世之所。只要来到这里，将手机一关，即可短暂地完全从自己所处的社会关系之中剥离出来，一心享受着世外桃源般的世界。想到这里，我不禁有些恍惚，难道说我自己也在期待着，能从现实世界逃离吗？

不，我赶紧摇了摇头，试图将这些杂念从脑中甩出。我看了一眼手机上显示的时间，已经差不多到约定好下楼吃晚饭的时间了。因为之前害怕晕船呕吐，我中午没有吃什么东西，经过了一段时间的休息之后，我恢复到了平时的状态，还觉得有些饿，因此准备下楼去和其他人汇合吃饭。

关于食物，我们带了一些饼干、面包和火腿，同时岛上还储存了一些方便面一类的食物，使用厨房里的设备加热即可，这些也是为了上岛维护的施工人员准备的，虽然简陋，但至少足够维持正常生活。

我拿起门卡，出门时顺手将门带上。现在电子门卡已经相当普及，这家酒店也使用了这样的门卡。只是不知道是否每个房间的门卡都是好用的。

然而，正当我走下楼梯时，突然听到了一声女人的尖叫。

那是某种带有极大"恐惧"色彩的尖叫。我马上想到了之前村民提到的"岛上有鬼"的传言，不会吧……

不过很快，我就意识到，发出这声尖叫的人是张倩。

我快步走下楼，发现其他三个人已经聚在了客厅里。而张倩脸色惨白，她用双手抱着头，像是在努力抑制自己想要持续尖叫的冲动，也许是因为过度慌乱，她之前精心打理的一头鬈发，此时也凌乱地披在肩上，显得有些狼狈，只有脖子上那串闪闪发光的蓝色项链，还提醒着我她之前打扮得有多么精致。

虽然刚才被吓了一跳，不过看到三个人都没事，我稍微安心了一些。

"怎么回事？"

"你看这个。"林华皱着眉头，从桌子拿过一张纸。

我接过来发现，那是一张报纸。

奇怪，现在已经很少有人看报纸了。大多数人获取新闻的途径，已经从报纸、电视这样的传统媒体变成了手机这样的移动媒体。而大部分人住酒店，也不会关注有没有报纸、电视，而是问有没有网络。

"这是什么？"我接过报纸，仔细端详了起来。

王家岛发现三具无名尸体

怎么回事？！

因为新闻标题上的字样让我过于震惊，导致我在短时间内没能理解其中的意义。

本报讯——昨日，B市郊区村民在王家岛上发现三具无名尸体。三名死者均为非正常死亡。目前死者身份不明，更多信息警方正在调查……

我感到一阵眩晕，这是怎么回事？

王家岛死过人吗？而且还是三个人？怎么可能?!

我之前并没有听说过这样的事，而且事前在网络上查询过，也没有发现类似的新闻报道。而且就算是真的……为什么会有人特意把这样的报纸放在这里?!

就在我的脑中一片空白时，安阳拍了拍我，又指向报纸的一角。

"关键是……你看这里。"

我随着他手指的方向看去。那是报纸的发行时间栏。

2019 年 5 月 5 日。

什么?!

我掏出手机，再次确认，今天的时间是……

2019 年 5 月 1 日。

也就是说，这是一张四天后的报纸。

怎么回事？我疑惑地抬起头看了看其他人。

张倩露出了一副六神无主的表情，显然是不用指望她发表什么看法了。

"我要回去，现在就回去。"

她小声念叨着。然而，现在是没有办法回去的，村民已经把船开走了。现在已经天黑，对方当然也不可能在半夜开船来接送我们。更何况，如果这样就打了退堂鼓，这笔投资也基本泡汤了。

林华皱着眉，摇了摇头，显然也看不出什么眉目。

而安阳，从他的眼神倒是可以看出，他此时正在拼命思考，有没有办法来打个圆场，让投资人相信，这并不是一件会影响他对我们投资的事情。

"我知道了，"安阳突然说道，"这应该是之前的开发商留下的吧，他们肯定是在这里安排了什么密室逃脱一类的娱乐项目，所以制作了这种奇怪的道具。后来开发中止之后，这些道具就被遗弃在这里了。"

原来如此，这种说辞倒也不是完全没有可信性。但是我和安阳自然都知道，开发商并没有这样的安排。这显然是他临时想出来，搪塞投资人的说辞。

"这样啊……"林华点了点头，好像暂时接受了这种说法。毕竟这张报纸不合理到了极点，用这样荒唐的借口来解释，反而似乎也能说得通。

在一片沉默之中，我提出不如吃点东西，转换一下心情，随后便从包中取出我们带的三明治和面包。还好这里有微波炉，可以加热食品。

准备好食物后，大家都安静地吃了起来。只有张倩像平时一样，只吃了两口，就将面包三明治扔到桌子上，露出了不快的表情。

"好难吃啊，我吃不下了。"说完之后，她便站起身，走到一边的沙发旁。岛上的手机信号不好，电话还勉强可以打通，但没有办法上网，而这里也没有配备电视电脑一类的设备，百无聊赖之下，张倩只能坐在沙发上，摆弄着她的那串蓝宝石项链发呆。

安阳摇了摇头，似乎也有些无奈。

这时，我也有些疑惑了起来。

这张报纸到底是怎么回事呢？最合理的解答是，有人在恶作剧。但是谁会这么无聊来做这样的恶作剧呢？不，与其说是谁这么无聊，倒不如说，是谁会这么做？

会来到这个岛上的，无非是开发商派来维护岛上设施的工人，还有一些为岛上工人运送日常用品的附近村民。这些人没有必要进行这种无意义的恶作剧。

而且，如果真的要"吓人"，还有更多有效的办法。而这张报纸……不知道为什么，只是让我的内心感到异常不安。

来自三天后的报纸，新闻标题上写着"王家岛发现三具无名尸"，如果这是一部恐怖电影，那么接下来，我们就会成为这"三具无名尸"了吧……

不，等一下。

三具无名尸……但我们是四个人一同上岛，那不就说明，在我们四个人当中，有一个人活了下来？这样的话，这个人是否就是杀人凶手呢……

不，我摇了摇头，这样的思维还是太跳跃了。不能仅凭一张报纸，就推断出有人要杀人。但是，这张报纸又确实非常可疑。

吃完晚饭。林华说要四处去看看，安阳主动提出一起。这样也可以讲解一下我们对于岛上的开发规划。之前那些写在 PPT 上的商业计划书，当然只是看起来好看，和岛上的实际情况比起来，投资人难免会觉得货不对版。

我们原计划，是打算四个人一起去岛上查看周边设施的，但张倩却抱怨脚疼，还说一个人害怕。无奈之下，安阳让我留在酒店。他一个人陪林华外出。

然而，当安阳和林华离开后。张倩并没有像我想象的那样，马上回到房间，而是重新拿起了那份刚才的报纸。

"你说……这个会不会是真的啊？"

"什么？"

"这份报纸上说的事……会不会是真的？"

被她这么一问，我也不知道该怎么回答。

"怎么会是真的呢？这报纸上的日期，写的是四天后啊。"

"没错，但是，怎么说呢，总觉得……这座岛，感觉有些不太对劲。我在想，有没有可能，这座岛本身，和这张报纸，现在都是处在……5月5日的时间呢？"

"怎么可能？"她的想法，我感觉有些荒谬。但是如果不是这样的话，又该怎么解释呢。

"你不觉得有些太过凑巧了吗？我们正好是四个人，而这张报纸上所写的，则是发现三具无名尸……会不会就是我们呢……再说，你怎么能证明现在不是5月5日？"

张倩眼神呆滞地望着报纸说道。

我被她问住了。这里既没有电视信号也没有网络，我要怎么确认，现在的时间真的是5月1日？

正在我有些陷入焦虑时，大门被打开了。

进来的人是安阳。我正想问他怎么没和林华一起回来，他却大声喊了起来。

"快、快点，出事了。"

出事？又是什么事？从他的语气和脸上的表情，我感受到了事态的严重性。

还来不及问，安阳就拉着我走出大门，张倩看上去也想跟过来，安阳却和她低声说了些什么，让她留在酒店。

安阳的脚步很快，我几乎来不及在路上问他到底发生了什么，只能跟着他一路小跑，来到酒店后的一处花园附近。说是花园，也只是象征性地在土地上架设了几根支撑藤蔓的架子，并没有真正种植什么作物，此时也是一派荒芜的样子。

而林华正背对着我们站在那里，仿佛在看着什么。

"你看。"

安阳指着林华面前的什么说道。

我怀着不安的心情慢慢地走过去，我能感受到自己的心跳已经剧烈地加速，然而强烈的好奇心，还是鼓动着我走了过去。

展现在我面前的，是一副我从未想到过的画面。

花园的土地出现被人翻动过的痕迹，然而，在被挖开的泥土中，是一副露出的白骨……

有一瞬间，我甚至以为自己产生了幻觉，或者是在做梦。怎么可能呢，这种地方，为什么会有这种东西……

等一下，也许只是动物的骨头。我这样对自己说着，一边试图靠近仔细观察。

然而很快，我就发现，这既不是做梦，也不是幻觉，更不是看错，而是确确实实的、人类的白骨，白骨的上半截身体都被翻了出来，歪歪扭扭地摆放在地上，在夜色下，显得极其恐怖。

我强忍住自己的恐惧，努力将情绪安定下来。

"晚饭后，我说想过来散步，结果走到这里时，发现泥土有被翻动过的痕迹。而且里面有一小截白色的东西露了出来，有点奇怪，所以就拿了花园里的工具把这一块泥土铲开……"

林华一边说着，一边指了指一边的铲子。那样子说不上恐惧，但是却明显透露出对我们的不信任。

……

我像是被冰冻住了一般，不知道该怎么办。报警，还是通知开发商？但是这样一来，这座岛的开发计划无异于泡了汤……

"这是怎么回事……"

我不自觉地问了出来。

然而，这次安阳也没有办法以任何理由来搪塞了。倒不如说，他看上去比我和林华更加害怕和惊慌。

"报警吧。"林华看了看我，掏出了手机。

"等一下，"我走过去，"最好搞清楚状况再报警。如果贸然报警，惊动了媒体，到时候连同我们还有投资人的信息一起公开出来，难免会受到牵连……"

没错，这只是我随口说出的缓兵之计，林华听了之后，却真的停下了手中的动作。

"你说的有道理，不过……总不能这么放着吧……"

"我看，先把它照原样埋起来，我们明天再商讨一下对策。"

安阳提议道。看得出来，他是想要拖延时间，想办法在今天晚上想出应对之策。

说完，他便走到那堆白骨前，用铲子努力地将土填回去。

说实话，虽然我还想再仔细看看这堆白骨是怎么回事，但是因为安阳的动作太快，我又不好阻止，只好等晚上回去之后，再详细向他询问发现这堆白骨时的具体情况了。

"天色也不早了，那我们就先回去吧，明天再说。"

我偷偷瞄了一眼林华的表情，却看不出任何波动。理论上，发现了这种东西，任何人都不可能平静入睡，但是在这样的孤岛之上，即使现在报警，警察也无法在半夜赶到。因此也只能互相约定好，晚上做好相应的防护措施，确保自己的安全之后再入睡。

就这样，我们一路沉默地走回酒店。

然而，意外再次出现了。

刚才本应该被安阳安排回到自己房间的张倩，此时此刻，正坐在大厅里，她蜷缩着双腿坐在沙发上，脸上充满了不安。

有点奇怪，难道酒店里又发生了什么事？

"我……我的房间……"看到我们回来，她声音颤抖着，指了指一楼的走廊。

"你住哪个房间？"林华问。

张倩用手指了一下走廊边的房间，却并没有想要走过去的意思，到底房间内发生了什么呢？

我们马上走了过去，她的房门没有上锁，只是虚掩着。我倒抽了一口气。老实说，此时在房间里发现什么，我恐怕都不会意外了。从上岛后发现那张报纸到现在，这里已经发生了太多不可思议的事情。

不过出人意料的是，推开门后，房间里并没有出现我想象中的恐怖场景。在刚刚进入房间的一瞬间，我甚至有些疑惑自己是不是搞错了房间，又或者是张倩看错了。

然而很快，安阳就发现了异常。

他指着地板的一角，让我们看。

那是一摊看上去非常像是血迹的污渍。因为已经干涸，所以颜色已经变成了暗紫色，无法确认到底是什么。

也许是不敢一个人待在客厅，张倩也跟着我们走了过来。

"这是什么时候发现的？"

"你们走了之后，安阳让我回房间休息，还特意提醒我记得把门锁好。我想上床躺一会儿，所以就走到床边……发现了这个。"

"等一下，所以说，刚刚到达酒店时，是没有这片血迹的？是我们下楼吃晚饭回来之后才出现的？"

安阳问。

"这个……"张倩惊恐地摇着头，仿佛完全无法思考和回忆，"我不知道，因为痕迹是在靠窗的位置，我刚刚进来时直接将行李放下，就去找安阳了，所以没有注意窗边。这是我第二次回房间，准备躺在床上休息一下时，无意中低头看时才发现的。"

这样啊……那就没法判断，这血迹是什么时候出现的了。

这是怎么回事……难道这里真的发生过杀人案？

等一下，不对……

我再次陷入了混乱，花园后方挖出的白骨，房间里的血迹，离奇的预言报纸。

之前开发商曾经告诉过我们，每个月都会派专人上岛维护，包括基本的清洁工作，还有电力等设施维护。

如果这种东西真实存在，前来维护的工人不可能没有发现吧……就算花园后方工人偷懒不去打扫，酒店房间的地面上有这么明显的污迹，总不会置之不理吧。

"依我看，现在这种情况，你们需要再好好和开发商沟通一下了。"林华说道，显然，这种情况投资人不满也是理所当然的。

原本我以为安阳会说些什么来劝阻，但此时他却一反常态，说自己要回房间静一静。而张倩也勉强在我的安抚之下回到了房间。

大家各自回房之后，我的心里冒出了一大堆的疑问。这到底是怎么回事？我感觉安阳应该知道些什么。因为之前，和开发商沟通接触的主要对接人就是他，他真的对这里的异常一无所知吗？就算是这样，我总感觉，他的表情有些不太对。

也许是另有隐情，在投资人面前无法说出口？

此时，我看了一下手机上的时间，时间显示是晚上9点45分。这时他应该还没睡。

我起身出门，走到他的房间门口，敲了敲门。

没有人回应，我以为他睡着了，所以又大声一点敲了几下门，还是没有反应。奇怪，难道他出门了？

几乎是无意识地，我轻轻推了一下他的房门，竟然将门推开了。这时我才发现，他的房门其实并没有锁。

……明明发生了这么可怕的事情，为什么还不锁房门呢？这也太不小心了。

然而，当我推开门之后才发现，房间里并没有人。

也许是出去找地方抽烟了吧。

或者是找张倩去商量了，我想了一下，觉得如果再去找张倩可能有些不太方便，便准备回自己房间，拿到手机再给他打个电话询问一下。然而，就在我走到自己房间门口，刚刚用门卡刷开门的时候，突然，走廊的灯灭掉了。

怎么回事……

我走进房间，试图按开房间的电灯开关，可是不管我怎么按，房间里的灯都没有亮。看起来应该是停电了吧。

这时我才想起，之前开发商提到过，夜间岛上的电力不稳定，会导致二楼停电的问题，看来还是老实回到房间为好。

我走进房间，摸出自己的手机……很遗憾，因为上岛之后一直发生各种状况，我忘记给手机充电了。因此，我手机的电量此时已经岌岌可危，就在我试图按出安阳的电话号码的那一刻，它终于自动关机了。

唉，这样一来，也只能等到明天早上再说了。

我放下手机，直接躺到床上。虽然心里还有诸多疑问，不过目前来看，只能等到明天了。临睡前，我特意再次确认了一下自己房间的上锁情况，还好电子房卡使用的是独立电池，停电并不

29

影响使用。只要从内侧把门锁上，再挂上链锁，从外侧就无法把门打开了。这一点还算让我安心。

就这样，我在不安中度过了一整夜，其间也不知醒来几次，迷迷糊糊的，直到天亮。

第二天，我很早就醒了。起床之后，我迅速地简单洗漱了一番。当我走到窗前查看外面的天气时，阳光暖暖地晒在我的脸上，让我产生了一丝恍惚的感觉，仿佛昨夜发生的那些怪异之事，都不过是一场梦境而已。但是很快，我便意识到了事态的严重性，现在并不是大发感慨的时候。

昨天我们临睡前约好，八点在楼下集合吃早餐，并且讨论接下来要怎么办，这时已经差不多要到约定好的时间了。

离开房间后，我先是去敲了敲顺路经过的林阳的房门，对方应了一声说马上来。而后我想起昨晚安阳的事，因此又特意走回去确认了一下安阳的房间。昨天晚上，他不在房间的事让我特别在意。然而，当我走到他房间门口时，发现他的房门依然开着，似乎是维持着昨天晚上的样子。

奇怪……

我很快走下楼，来到一楼张倩的房间，敲了敲门。坦白说，这时我的心里其实无比紧张，如果她也不在房间的话，那可就麻烦了……

不过很快，张倩就回话了。

"谁？"

"我，你还好吧？安阳有没有和你在一起？"

"没有。我想一个人待会儿……晚点再去找你吧。"

看来安阳也不在这里。

我摇了摇头走进餐厅。柜子里有开发商储备的、供维修人员食用的方便食品和饮用水。不过现在，因为这里发生的离奇怪事，我并不太想吃岛上原有的东西。

我从背包中取出之前自己带的面包和香肠，将它们放在微波炉里稍微加热。

这时，有人走了过来——是林华。

事实上，此时我对所谓的"投资"已经不抱希望，只是希望能平安离开这里。哪怕以后再找别的开发项目，也好过在这个古怪的岛上继续待下去。而且，最让我不安的是，安阳此时还没有出现，只不过碍于林华在场，我不便表现得过于惊慌。

"早上好。"

"哦，早上好。"林华走过来，从柜子里随意地取出一盒方便面，打开包装加上一些饮用水，也放进微波炉里加热起来。

"睡得怎么样？对了，安阳不见了，等会儿我们还得去找他。"

"是吗？会不会在张倩那里？"

"我去问过了，没有。"

"你怎么看起来精神不太好，是不是因为昨天发生的事情没睡好？"

"……"面对这样的问题，我有点不知道该怎么回答。看到对方若无其事的样子，忧心忡忡的我，反而显得有些可笑。是我多虑了吗？也许一切都不过是巧合或者是什么人的恶作剧，而安阳可能只是出去散步了而已。

我吃着毫无味道的早餐，这样自我安慰着。想起张倩昨晚那副嫌弃的样子，想必她也不会出来吃早餐了。

"像我一样，睡前洗个热水澡能帮助睡眠。"林华说着，将刚刚热好的泡面摆放在自己面前，拿了一双一次性筷子开始吃了起来。

虽然只是泡面，但是那股浓重的香气，还是让人食欲大振。就连我也有些眼馋了。

然而，就在我思考自己要不要也去泡一碗泡面的时候。

意外发生了。

林华突然双手放在脖子上，脸上露出了古怪的神情，看上去就好像是……好像是，突然无法呼吸了一样，不会是哮喘病什么的犯了吧？

"你没事吧？怎么了？要不要我帮你拿药？"我走过去问。

然而对方只是拼命地摇着头，像是想说什么又说不出来。

惊慌无措的我，不知道该怎么办为好，只好跑去倒了一杯水想要递给对方。可是很快……林华就无声地趴倒在桌子上了，甚至连一句话也没能留下。

我走过去，试图晃动林华的身体，但是却没有得到一点回应，反而有一股不自然的感觉。

那是渐渐失去生气的感觉。

林华已经死了。

究竟是怎么回事？

我陷入了混乱。难道是方便面里被人下了毒？

惊恐之余，我不禁也感到了一点点的庆幸，如果最开始拿出泡面吃的人是我，那么现在……倒在桌子上的人就是我了。

不行，现在必须报警。

我跑回房间拿手机，但拿起手机才发现，因为一整夜都停电，今早我又忘记了充电，现在的手机还是关机状态。我马上翻出充电器，将手机插上。屏幕上显示出了"充电中"的字样，我想要开机，可是因为没电太久，所以必须充一会儿电才能开机。

不管了。

我暂时先将手机留在房间里充电。这里有固定电话吗？

想到这一点，我再次回到一楼。

前台的确有一台固定电话，然而很遗憾，电话甚至连电都没有通。多半是因为最近手机通讯实在是太方便了，开发商认为哪怕停掉固定电话也没有问题。

还是先去叫安阳和张倩过来吧。对了，张倩刚才说，一会儿就过来找我们，可是怎么现在还没出现？我不由得加快了脚步，走到她的房间门口。

……

她的房门微微敞开着，仿佛在向我传达着某种不祥的信息。

我努力地安抚着自己的情绪，慢慢地推开门走进去。

没有人。

张倩也不见了。她的房间里和之前我们来过时几乎完全一样，只有床上有被压过的痕迹，上面似乎还有一丝温暖的气息，床头柜上摆放着一瓶喝了一半的矿泉水，这一切提示着我，这里的确曾经有人住过。

我走出房门。开始仔细地探索整个酒店，却找不到人。

张倩到底去哪里了呢？明明半个小时前，她还在房间里和我打过招呼，怎么会突然不见了？是和安阳外出了，还是遭遇了不测？如果是遇到了什么麻烦事，她大可以大声呼救。但我没有听到任何声响。如果是她自己离开的，那必然要经过我们刚才所在的一楼餐厅。

如果她没有自行离开，那么，就一定还在酒店中。

想到这里，我不禁倒抽了一口凉气。如果……如果酒店里还存在着我们以外的第五个人，而且这个人准备对我们下手的话，我现在的处境可以说是极为危险的。我努力平复着自己的情绪，反复思考着，如果真的有这样一个危险人物，我该如何对付他呢？

我一边留意着周围的情况，一边寻找着可以防身的物品。很可惜，厨房中并没有菜刀一类的东西。情急之下，我只得在接待前台的抽屉中，找到了一把看起来勉强可以防身的剪刀。

此时，过于安静的环境，让我的心跳几乎加速到了极点。会在哪里呢……我先是走到了二楼，一个一个房间地慢慢查看，却没有任何人的踪迹，酒店中过于安静的环境，反而让我开始怀疑起那些惊心动魄的事情是否真的发生过。或者，我只是做了一个非比寻常的梦而已。

当我再次回到一楼查看，路过走廊尽头的杂物间时，我发现了一丝异常，从这个房间的门缝下，似乎有什么东西溢出，那是……血迹吗？

这里为什么会出现血迹？难道说……？

我握紧手中的剪刀，尽管我知道，假如真的有危险降临，这把剪刀并不能真正起到什么作用。我试着想要推开杂物间的大门，但是却发现大门紧锁着。

打不开……我拧动把手，发现门被从外部锁上了。奇怪……为什么昨天还敞开着的杂物间门，又被刻意锁上了呢？

正在我准备回到自己房间想用手机报警时，发现在这杂物间旁的走廊尽头，似乎多出了一道门。

不对。

原来这里好像并没有这样一扇门的。

我记得昨天曾经经过这里，那时这里还是一堵白墙……没错，我记得很清楚，因为一般酒店走廊的尽头，都会是窗子或者其他通道一类的设计，最起码也要有一点摆设，这样才不会让人感觉过于突兀。但昨天我走到这里时，却只看到一堵白墙。

因此，我还特意打量了一下周围的环境。

我清楚地记得，这个杂物间就在这堵墙旁边，当时杂物间的门还开着，说是杂物间，其实里面有一些简单的生活设施，还有一张床，可能是前来维护的工作人员临时住的地方。

然而，现在这里却多出了一扇门。

强烈的好奇心，驱使着我想去打开这扇门，此时，我居然没有去思考，这道门的背后是否有危险存在。或者是这里过度的异常现象，使我也陷入了某种"无意识"的状态。也许这里真的被卷入了时空旋涡也说不定吧。

我尝试着推动这扇门，没想到，居然很轻易地就推开了。

那是一道通往下面的楼梯，看来是去往地下室的。

地下室？之前从来没有人告诉过我，这里还有这样一个地下室。

我并没有贸然直接走下去，而是返回接待前台，我记得那里有一只手电，也许是维修工人留下的，万幸的是，里面的电池还能使用。

这是一道铁制的简易楼梯，我小心地扶着一旁的把手走下楼梯，又一扇门出现在我面前。这扇门看上去没有任何特别之处，甚至普通得让人感觉有些异样。

我推开门，里面是黑漆漆的一片，地上掉落着一个手电筒，还能发出微弱的光芒，也许是快没电了吧。我举起手中的手电，慢慢地察看起整个房间的状态。

不对……

很快，我就发现了房间中的异常。

那是……我所熟悉的衣服……

随着手电筒的光线的移动，我看到安阳躺在地上，他的身上充满了血迹，显然已经没有生还的可能了。然而更恐怖的是——

在他的尸体旁边，还有另外一具白骨……这不是在花园里我们挖出的那具白骨吗？我记得我们明明将它埋了起来，为什么它此刻，又出现在了这里?!

不仅如此，在这具白骨的身上，居然出现了一样不该出现的东西。

那是一串蓝色的宝石项链。

这是之前一直戴在张倩身上的那串宝石项链……

为什么，为什么它会出现在这里……

我晕晕乎乎地走回房间，已经将整个别墅都找了一圈。这里已经没有一个活人了。

除了我。

怎么会这样……

凶手是谁? 张倩吗?

但是她在哪里呢?

没有人能够自行从岛上离开，必须有外部的船来接才行。也就是说，在这短短的两天时间里，岛上应该只有我们四个人。

林华和安阳的尸体已经发现了。张倩下落不明。

不过，还有一个杂物间的门还没有被打开。但是那道门是从外面锁上的。假如她藏在里面，又怎么能从外面锁上呢……

如果张倩也是受害者，那么谁才是凶手呢? 岛上只有我们四个人，难道凶手是……我吗?

难道是我在梦游中杀害了其他三个人?

但是这样的话，那具神秘的白骨又是谁? 为什么会戴着那串张倩的宝石项链?

不，等一下，我突然想起，刚刚到达岛上时，看到的那份神秘的报纸。

王家岛发现三具无名尸

……现在已经找到的尸体是安阳和林华，还有一具白骨。

不，如果白骨不算在内的话，那么最后一具尸体是谁的呢……是我吗？

不知为何，我现在几乎百分百确认，报纸上所说的内容，就是现实发生的事实了。那不是什么恶作剧，或者是什么娱乐项目呢？

这是一张来自未来的报纸。

不，也许不是未来，而是现在。

这座小岛一定是因为某种原因，陷入了时空黑洞，现在的时间，不是 5 月 1 日，而是 5 月 5 日吧？

没错，那张报纸上所写的事，不就是现在所发生的事吗？

还有张倩房间里的血迹，不就是她被杀害时所留下的吗？那具白骨……恐怕就是张倩吧，从白骨身上戴着的项链来看，多半就是她本人。

那么，如果我不是凶手，是否有一名来自未来的杀手，在我们看不到的地方，将我们一个一个统统杀害……因为时空的交错，所以我们无法看到这个杀人者的存在……

我会产生这样的想法，是不是疯了……

但是，目前这样的情况，除了这种解释以外，还能找到其他答案吗？

不知道……

也不知道过了多久，周琪终于讲完了这段漫长的经历。她长舒了一口气，似乎只是讲述这段故事就已经使她筋疲力尽。

"然后呢？"

吴非感觉自己有些头疼，一开始，他还尝试着在纸上记录下病人所叙述的内容要点，但随着周琪的讲述，他发现对方的这段记忆越来越混乱，而叙述之中难以解释的问题也越来越多，几乎已经到了他无法提取要点的地步。

不过还好，他提前准备了录音笔，将对方的叙述全部录了下来，这样可以晚一些再详细整理。

但是，周琪的叙述，却在一个相当突兀的节点结束了。因此，他才问出了"然后呢"的疑问。言下之意就是：然后你是怎么离开的，然后又怎么到了这里？

"事实上，那之后我就失去了意识。等我再次醒来时，发现自己已经在医院里了。开船来接我们的村民发现到了约定时间我们还没有到码头，感觉到了异样，上岛察看时发现了我，后来他紧急联系了开发商，并且报了警，然后就把我送到了医院。"

"那么，警察的调查结果呢？"

"还在调查当中……你也知道，警察的调查内容是不会随便向外部透露的，所以我所知道的也很有限。"

"张倩的尸体呢？"

"发现了，就在上锁的杂物间里。"

"照你这么说，不是很奇怪吗？一共四个人在岛上，其中有三个人已经死亡。只剩下你一个人，但你却不是凶手……"

"没错，这正是这件事困扰我的地方，我不是凶手，那三个人又是谁杀死的呢？"周琪低下了头，好像在死死地盯着地板，吴非猜不出来她的心里在想什么。

"这件事你应该求助于警察，而不是来看心理医生吧。"吴非叹了一口气。他并没有想到，这个病人的情况如此复杂。一般来说，听完病人的讲述，无论如何，也应该将记录下来的情况汇总给正式的心理咨询师来做判断的。然而，吴非却并没有停止与周琪的对话。他感到，自己的内心似乎有某种东西，在驱使着他将这段谈话继续下去。

"不……"周琪再次抬起了头，"就像你刚才推理的那样，我无论如何也找不出事情的答案。如果我不是凶手，那么凶手是谁？岛上发生的事情，是否都是我的幻觉，或者说，根本就是我陷入了时空黑洞，所以才发生了这样无解的事件。"

"不可能。你刚才的叙述中，根本就没有提到任何与杀人有关的事。"

"会不会是被催眠一类的？不是有那种说法吗？具有一定能力的心理师，能够通过催眠，控制其他人的行为……"

吴非想了一会儿，他仔细地回忆了一番对方的讲述内容，却找不到相关的细节："硬要说的话，也不是没有可能。有的人会在梦游时做出很多出人意料的行为，比如出门，和其他人交谈等等。但是……连续杀三个人，我认为不太可能。如果是催眠，那也要有人向你施加催眠暗示才行。但是，其他三个人看上去，都没有对你进行催眠，也没有类似的催眠行为……最不合理的是，他们不可能催眠你杀死自己。"

"没错。所以这是怎么回事呢？难道真的是时间倒错？我们在上岛那一刻，就来到了四天后的岛上。在另一个时空中的'我'此时已经完成了杀人。虽然不知道是什么原因，但是三天后的我已经杀死了三个人，当三天后的'我'，看到我们四个人再次来到岛上的时候，马上会意识到发生了什么，因此这个'我'选择了再次杀掉那三个人……"

如果是在平时，吴非一定会马上否定这样的可能性。当然，也许出于聆听患者的考虑，他不会马上说出生硬的反驳，但是心里一定不会承认这样荒谬的论调。

奇怪的是，听到周琪这样说，他竟然产生了一些认同感。事实上，这番论调反而激起了他藏在心底的某些东西。那是对某些不可解的、超自然事物的期待，又让他似乎想要为这个观点寻找一些合理性，进入时间黑洞，来到未来，没错，他的心底似乎有些认同这样的观点，只有这样，才能解释一切，不是吗？

"如果凶手是你，那你的杀人动机又是什么呢……"吴非坐在桌边说，也不知道他是在问周琪，还是在自言自语。

"关于动机，我倒是听说了一件事。不知道和这起事件有没有关系。"周琪微微地抬起手，理了一下头发，因为这个动作，吴非再次留意到，她的视线中似乎包含着某种意味深长的东西。她一定还隐瞒了什么……现在她所讲述的，恐怕不是故事的全貌吧。

"听说几年前，有一群年轻人，在小岛附近失踪了。"

"哦？一群年轻人？"

"不清楚，我也是道听途说的。据一名附近村子里的人说，几年前，曾经有几个年轻人，在村子里找人搭载他们前往小岛。那时候小岛还没有得到现在这样的开发，据说几个年轻人去野营，但是后来就宣告失踪了。"

"没有在岛上找到人吗？"

"没有。而且事实上，根本就没有人能确定他们是否真的上了岛……"

"我大概知道是怎么回事了。"

吴非从桌子上拿起笔，慢慢在笔记本上画了起来。他也不知道自己想画下什么样的图案或者内容，只是无意识地这样做，就好像是在故意缓解心中的焦虑一般。

焦虑……为何自己要焦虑呢？

事实上，自己只不过是一名助理实习生，他没有必要也没有权利继续与病人交流下去。但是内心的某种冲动，却让他下意识地继续着自己的话语。他从小就擅长数理和逻辑思维，因此，他对自己的推理颇有自信。

"哦？你的答案是什么？"

"在你的叙述里，一共有四个人上岛，死了三个，但是剩下的那个人并不是凶手。因此造成了故事的'无解'。事实上，你的前提就错了。"

"前提？你指什么？"

"我指的是……"吴非用笔在笔记上写下了ABCD四个字号，然后分别在BCD上打了叉，"我们为什么一开始就排除了三个死去的人的嫌疑呢？"

"……为什么一开始就排除了……不然呢？你是说，这三个人当中有一个人是凶手，最后选择了自杀？"

"不，有的文学作品的确会以这样的形式结尾。连环杀人凶手在多起作案之后幡然悔悟。但是这三个人的死亡情况，看上去都不像自杀。"

"那你的意思是……"

"在解释这个之前，我想先确认一点。**岛上的热水系统是什么样的**？"

"热水系统……据我所知，使用的都是普通的电热水器。"

"这就对了。"

"热水系统和案件有什么关系吗？"

"没错，虽然看上去这两件事完全没有关联性，却是引导我们揭开谜底的关键——如果你还记得，林华在死前说过的什么话？"

周琪低下头，好像在回忆，又好像在想些别的什么。

这时，吴非突然觉得有些看不透她，对方的样子，似乎并不像是来向他寻求答案，而是仿佛在心中已经有了一个既定答案，只是在等待他把这个答案说出来而已。但是他没有多想，而是继续发表自己的看法。

"他曾经说过——'像我一样，睡前洗个热水澡'。没错，这就是我询问热水系统的原因，他在死前头一天晚上洗过澡，这就意味着——他的房间没有停电。"

"嗯……？所以，这是为什么呢？"

"从叙述中，我们可以知道，酒店的二楼会偶尔发生断电的情况。当然，这里已经提到了，会断电的只有二楼，如果他人在一楼，就不会受到停电的影响。也就是说——当天晚上，他没有待在二楼自己的房间中，而是住在一楼。"

"他为什么要去一楼？"

"显然，是为了某种'证明'。我的想法是这样的。如果林华头一天晚上一直待在一楼的话，他会待在哪里呢？在哪个房间，是不会被你发现的？"

"一楼的杂物间和其他区域都是没有上锁的，平时也基本都是开着门。只有张倩的房间是上锁的。"

"没错，所以这就是正确答案。林华整晚都待在张倩的房间。虽然看上去并不合理，但这就是唯一解答了。接下来我要说的，你应该也明白了。林华为什么会在张倩的房间里呢？自然是因为他杀害了张倩之后，一直待在对方的房间，直到你早晨去她的房间敲门时，他伪装成张倩的声音回话。"

"……你的推理很有道理。没想到你们心理医生，还能像侦探一样推理。"周琪冷淡地回答，尽管她嘴上说对方的推理很有道

44

理，但是从她的表情上，却看不出认同，而且对于这个颇具意外性的解答，她并没有表现出任何惊讶。

我不是心理医生。

吴非在心中默默地想着，但是没有说出口。要向对方解释其中的种种，他觉得这是非常麻烦的，不如索性让这个误会继续下去。

"那么，如果是这样的话，显然，安阳也是林华所杀了。头一天夜里，你去安阳的房间没有找到他，想必是因为那时他已经在地下室被害了。关于安阳的死，我们等会儿再说。接着凶手——也就是林华，找到张倩，趁她不备向她动手——当然，也许只是敲晕了她或者给她喂了安眠药让她活到第二天天亮再动手，就这样，林华一整晚待在张倩的房间里，等到快要天亮的时候杀害了张倩。而后，林华待在张倩的房间里，等待你去敲门，再假扮张倩应答，给自己提供不在场证明。当然了，你可能要问，早上经过林华房间时，也曾经敲门，对方也给出了回应。我想……这一点小技巧，你应该能想到吧。"

"没错，如果这样说的话……"周琪抬起头，好像早就想到了答案一样，马上回答，"只要使用手机的扬声器就能做到吧。事先准备两部手机，自己先用 A 手机打给 B 手机，然后接听 B 手机，再打开 B 手机的扬声器，将 B 手机留在林华自己的房间里。随后再带着 A 手机去张倩的房间。这样，只要通过手机听到你在外面敲门的时候，在张倩的房间，通过手机回话就可以了。这样回答的声音，自然会通过电话线路传到 B 手机的扬声器。这样一来，就可以完成所谓的'不在场证明'了。"

"没错。你说的不在场证明的确可以实现。那么凶手是怎么进入张倩的房间的呢?"

"在自己的房间发现血迹之后,张倩的防备心肯定会加强。她大概不会允许其他人进入她的房间,哪怕是安阳也未必可以。但是……再仔细想一下,这摊血迹的出现,除了吓人以外,似乎还有别的用处。"

"你是指——"

"换位思考,你能够在有血迹的房间安然入睡吗?即使勉强可以,也不要忘记了,在一上岛之后,就发现了一张报纸,而且这还是一张所谓的'来自未来的报纸',报纸上声称,四天后在岛上发现了三具无名尸。这就暗示了,这四人中的三人将有生命危险。那么,在这样的情况下,在张倩的房间又发现了血迹,这无疑暗示了——有人要杀她。或者说,她很有可能成为那三具尸体的其中之一。因此,她做出了一个我们可以预想到的举动:她在反复思考之后,离开了自己的房间,想要躲到别的房间——但是,二楼已经停电,一楼只有杂物间空着,因此,她从自己的房间离开,来到杂物间。林华可能一直在一楼客厅的暗处等待着这一刻,然后就马上尾随张倩进入了杂物间对张倩动了手。"

"原来如此,那么,接下来的问题,杀人者又为什么会死?"

"如果我们回顾一下林华死去的场景:在吃完一包煮好的泡面之后死去。那么,我们很容易就联想到,会不会是这包泡面有毒。"

"没错，我考虑过这种可能性。但是……柜子里有一整箱泡面，那是为了方便去维护的工人食用的。如果凶手事先在泡面里下毒，他又怎么保证，吃到这包面的，正好会是他想杀死的人呢。如果是在所有泡面中都下了毒……那又有些说不过去。因为可能自己想杀的人还没死，就有其他人吃出了问题。"

"没错，所以我认为，林华的死因，并不是吃到了下了毒的泡面。毒药的来源应该是其他东西。比如说——水。我还记得，张倩房间里，有一瓶打开的矿泉水。如果林华确实在张倩的房间中过夜，那么，这瓶矿泉水便很有可能是……"

"没错，林华在张倩房间过夜时，无意中喝过了那瓶水，而这瓶水中已经被什么人下了毒。仔细一想，这样更加合理吧，比起在方便面中下毒，自然是在饮用水中下毒更加方便些。"

"那么，剩下的唯一问题就是……这瓶矿泉水中的毒是谁下的？张倩？不，她根本不知道林华会来到她的房间，并且喝下这瓶水。除了林华本人，没有人能够预知这件事。那么，我们可以得出结论，这瓶水并不是用来毒杀林华的，而是针对房间原来的住宿者张倩。是谁要杀害张倩呢？答案只有一个，那就是——安阳。说到这里已经很明显了吧，安阳提前预谋，想要杀死张倩，因此在给她准备的矿泉水中下了毒，并且巧妙地将水放在她的床头。当然，我想他应该事先做了安排，比如毒杀张倩后，再将她的尸体沉入海中，然后再声称失踪之类。不过不巧的是，事情完全没有按照他所预想的方式发展，反而走上了完全相反的路。"

说到这里，吴非端起一旁的水杯，也许是刚才说得太多，他突然觉得有些口干舌燥，不由得想要喝一点水。

水……？没错，喝水……

但……这似乎并不是自己的杯子。自己的杯子应当是黑色的，在专门的咖啡连锁店购买的特制咖啡杯，但自己面前的这个杯子，却是白色的，也许是值班医生的杯子吧。那么，这只杯子旁的眼镜又是谁的？值班医生并没有戴眼镜的习惯啊……

吴非摇了摇头，试图将这些杂念从持续涨痛的大脑中排除掉，那些乱七八糟的思想，让他头疼得厉害，似乎下一秒，大脑就要裂开一般。

"整理一下时间线吧。在来到这座小岛之前，就已经有了两个动机上的'杀人者'，也就是说，有两个人在上岛前，就已经有了杀人计划。一个是安阳，他的杀人目标是张倩。另一个是林华，目标是安阳和张倩两个人。上岛之后，他们各自开始了自己的计划，其中，安阳先将下毒的矿泉水放到了张倩的房间里，准备等她晚上喝水时使其中毒而死，而后再处理尸体。然而当他离开后，却被林华用某种方式诱骗到地下室杀害。随后，像我刚才说的，林华在暗处，等待张倩走出自己的房间来到杂物间，再在杂物间动手杀人——不，也许是暂时先让张倩喝下了安眠药，等到快要天亮时再去杀害她也说不定。而后林华躲在张倩的房间中，伪装成张倩还活着的样子。"

周琪淡然地说道，她的语气非常平静，思路也异常清晰。吴非有些意外，她竟然能在这么短的时间内，总结出案件整体的时间线，并且梳理清楚。

"接下来，林华听到你走向餐厅后，从张倩的房间出来，临走前喝了一些张倩床头的矿泉水解渴。从张倩的房间出来后，林华若无其事地和你聊天，没想到刚才喝下的矿泉水中的毒药发作，就直接死在了餐桌边。这样一来，三名死者的死都算解释清楚了。"

"不，等一下，动机呢？安阳为什么要杀死张倩，林华为什么要杀死安阳和张倩，他们有什么关系？还有，那个地下室又是怎么回事？那具莫名其妙找到的白骨又是怎么回事？"

不知不觉间，不知道为什么，周琪和吴非的角色似乎发生了微妙的转换。吴非似乎忘记了自己的本职工作，变成了一个故事的听众，对于故事的发展和结局不停地发表自己的猜测和看法，全然忘记了对方是个来看病的病人。

"关于动机，我倒是调查到了一些有趣的信息。比如之前提到的，岛上曾经有年轻人失踪过。我们假设，曾经有三个年轻人一起上岛，并且因为某些金钱上的事发生了争执，其中两个人合谋杀死了另一个人。最后，两个杀人者拿着钱离开并且改名换姓用这笔钱重新生活。而死者的尸体被藏了起来无人发现。多年后，死者的亲人，或者朋友找到了这两个杀人者，并且使用了某种方法，和杀人者一起再次来到岛上，而杀人者之间也产生了矛盾，其中一个人想要干掉另一个人，独占这个黑暗的秘密。而复仇者则准备将两个人全部干掉。这样的话，就能解释得通了吧？"

"这样啊……"

吴非点了点头，陷入了沉思。

问题解决了，病人也不再有任何疑问。作为一个实习心理医生，他的工作完成得非常完美，但是，他隐约地感觉到，有什么地方不对……

是什么呢……

"所以，现在，你还认为时间错乱是有可能的吗？"

周琪问。

"不，不可能。那是不可能发生的，"吴非肯定地回答，"但是，我总觉得……还有哪里不对，比如你说，林华在张倩的房间装作她说话，但是，两人性别不同，要怎么假扮呢……还有，感觉故事的叙述者——也就是你，说的某些细节也缺乏合理性。比如一开始，为什么你要帮助林华拿行李呢？就算是投资人，感觉也很奇怪。还有，一开始安阳开车，你坐在副驾驶的座位也很奇怪，明明张倩才是安阳的女朋友……"

正在吴非陷入沉思的时候，又有人推门进来了。对方是个三十岁上下模样的男人，穿着一件浅色的衬衫，看起来很斯文的样子。对方手中拿着一个笔记本一样的东西，放到桌子上。

"情况怎么样了？"

男人问道。

"差不多应该可以了吧。方原，你想出来的方法还是有效果的。通过催眠让他以局外者的身份来重新看待整件事，从而不再陷入自己关于时间混乱的妄想中。"

"那么，关于这本日记……"

"没错，"周琪拿起桌上的笔记本，那是一个看上去经历了一些风吹雨淋，封面已经磨损的有些老旧的笔记本，里面记录着整个故事的始末，周琪刚才的叙述，全部来自这里，"这本吴非自己写的日记，他却没能想起来……只是隐隐地感觉到有什么不对吧。"

"是啊，他刚才也提到了关键的问题，为什么坐在副驾的人不是张倩，而是身为女性的你，为什么一个女性会帮其他人拿行李。因为从一开始，他就先入为主地认为，'我'是周琪，是一名女性，而在船上，村民曾经说过'你们都是情侣吧'这样的话，这样就会导致局外人产生误解，乘船的人是两男两女，因此很自然地，他会认为林华是男性。事实上，只要知道了'我'是吴非，是个男人，就能很自然地理解了，林华是女性这个事实。那么，后面的问题也能迎刃而解了：为什么林华可以在张倩的房间假扮她回答'我'的问话。"

"也许……等到他想起这一点的时候，就是他真正痊愈的时候吧。"周琪叹了口气。她拾起椅子上的白大褂穿上，这时她才产生了一种安心感。

白色，是让人感觉到安全的颜色，就像桌上的杯子，也是她习惯使用的，但此时被吴非拿在手里，这让她有些无可奈何。

治人者同时也在被治疗。那么，自己又如何能够保证，自己现在生活的世界又一定是真实的呢？

……

就职于 A 大附属医院的她，在几个月前接收了吴非这个病人。因为从无法理解的孤岛杀人案中幸存下来，导致他陷入了严重的精神障碍，甚至为了合理化自己身边发生的事件，而产生了"时空错乱"的臆想。

"当然，这种臆想并非毫无原因，"方原看了一眼已经回到床上、再次睡着的吴非，低声说道，"那是因为，在他的意识中，如果找不到合理的解答，那么无疑，自己就会成为杀害另外三个人的凶手。这是他无法接受的，所以，他才会偏执地陷入完全不合理的想象之中。只要找到事件真正的答案，应该就能够解开他心中的障碍了吧……虽然，也许还要一段时间让他全部梳理清楚。"

周琪叹了口气。作为吴非的主治医生，她也发现了问题所在，但她只是一名心理医生，无法找出解决这个问题的办法。这时她突然想起了自己的大学同学方原。

在大学时代，她曾经遇到过一起难解的事件，就连报警也没有得到解决。她不经意在课间说起这件事时，坐在教室一角的方原突然说出了合理的解答。事后也证明，他的解答的确是正确的。

在那之前，她对方原的印象，只是停留在一个学习成绩出色，但平时在班级中并不活跃的男生。在大学里，总是那些擅长运动，又或者参加学生会的男生会受到更多关注。然而她发现，方原总是喜欢一个人默默地坐在教室的角落看书，但如果其他人遇到困难，他也不会袖手旁观。

从那之后，周琪发现：方原似乎特别擅长逻辑分析和推理。除了学习以外，如果生活中发生了什么难解的谜题，他似乎也能想到合理的解答。毕业之后，方原去了美国读博，而她则进入了这家医院工作。

如果不是偶然在最近的同学聚会上遇到方原，恐怕她还在为如何医治吴非而感到头痛吧。好在听了她的叙述之后，方原在一天后，便给出了一个合理的解答，并且建议她用这种方式，让吴非自己想清楚事情的真相。

"对了，"方原突然想起了什么，"之前提到过的动机，我也做了一些背景调查。"

"哦？那么，你已经解开全部的谜了吗？"

"嗯……"方原想了想，"我并不敢说，自己解开了全部的谜题。不过总算是有了合理的推测。可惜，重要的相关人都已经不在人世，很难得到真正的、恐怕也是最完美的真相了。"

"那么，你的推理是怎样的呢？"

"首先，关于之前提到的，几年前的失踪事件。其中有两个人正是安阳和张倩，他们和一个叫陈晓清的女生一起，以低价收购了一批来路不明的珠宝，打算暂时藏在没人的地方，等风声过去再拿出来变卖。然而上岛后也许是发生了争执吧，他们杀害了这个叫陈晓清的女生。而张倩则从本应该全部藏好的珠宝中，拿走了一条宝石项链。我猜，这条项链也是陈晓清最喜欢的。一年后，安阳和张倩准备回岛上取走这批珠宝，却发现……这个小岛已经被开发商准备当作度假村进行开发，他们尝试了几次半夜潜入，试图拿走珠宝，却都没有成功。"

"……这就是开发商工作人员曾经在岛上看到的鬼影的真相吧。"

"我想应该是的。后来他们认为通过这样的方式无法拿回珠宝，所以想出了另一个办法，那就是——通过更加正大光明的方式取回这些财物。正好这时，他们得知了开发商准备转让小岛经营权的事，这不是正好吗？用极低的价格先暂时拿到小岛短时间内的经营权，想必他们也在合同里动了手脚，一旦取回财物，再随便找个借口进行转手就好了。而这时，林华——事实上，她正是陈晓清的姐姐——经过几番调查，将目标锁定了安阳和张倩，并且利用自己的基金投资经理身份和安阳他们一起来到岛上。她的计划很明确，就是先用报纸、白骨，房间里的血迹这些手段让安阳和张倩陷入混乱，然后露出马脚。"

"这么说来，那具一开始在花园里挖出的白骨，是林华准备的伪造品吧。"

"是的，"方原走到桌边，拿起原本放在桌上的眼镜戴上，又随手拿起桌上的笔，在刚才吴非涂抹过的白纸上随意地写着什么，"不过……最后出现在地下室的那具白骨，搞不好，就是安阳他们藏在地下室的、陈晓清的尸体化作的白骨吧。"

这时他的样子，让周琪终于稍微找回了一些学生时代方原的那种熟悉感。窗外的阳光打进来，照进房间里的样子，甚至让她有些怀疑，自己是否只是做了一个很长的梦。也许过一会儿，班主任就会推开房间的门，喊她去上课了。

"林华只知道妹妹在岛上被害，但却不知道尸体被藏在哪里。因此她先通过一张报纸扰乱安阳和张倩的心神，然后装模作样地在花园挖出自己事先准备好的白骨。这让安阳以为，自己之前藏好的尸体被挪动了位置，于是趁夜里来到隐秘的地下室确认，随后被尾随而来的林华从背后袭击。事实上，这座度假别墅是由一所老房子改建的，因此开发商没有留意到地下室的存在也是正常的。"

方原放下笔，说到这里，似乎有些疑惑地看向了吴非的方向。因为这些推理已经无从证明，只有吴非是唯一的见证人。

然而，吴非此时却仿佛刚才没有醒过一般，沉稳地熟睡着。也许是刚才的那番对话，让他的大脑太过疲惫了吧。

"那么……那条项链呢？"周琪突然想起了什么，她一直对结局时出现在白骨身上的那条原本属于张倩的项链耿耿于怀。"它为什么会在最后出现在地下室里呢？"

"我想，大概是因为被事先的报纸和白骨还有血迹吓得神志不清，导致安阳误以为是陈晓清的鬼魂作祟，情急之下，安阳想到了之前张倩从她那里抢来的项链，于是向张倩索要了那条项链，来到地下室，想把项链还给死者……"

"原来如此……"周琪点了点头，然后拿起笔，在桌上那本封面上写着"吴非"的病历本上写下了什么。

方原摇了摇头，他从来都看不懂医生的书写体，现在他自然也没有兴趣去了解对方写了些什么，他的任务只是帮助周琪解开这个患者所叙述的、不可思议的事情。

现在，他已经解开了谜团，也就无需继续关心，周琪这名医生将继续以何种方式给予这名病人治疗了。

"接下来……他真的能够痊愈吗？"周琪站起身，接下来，她已经没有太多可以做的事情了，只能等待吴非自己去理解他所经历的那一切了，然后，再慢慢回到正常的生活。

"当然，我相信。那样的臆想，只是出于对自身的怀疑……自己所经历的究竟是否是真实的？自己所坚信的一切，是否是虚假的？自己是否真的在自己毫无知觉的情况下杀过人？一旦这些疑惑得到解答，应该就可以回到正常的生活中吧。"

这时，房间中突然发出了一声轻微的响动。

此时，吴非正缓缓地睁开眼睛，望着天花板，他微微地翻动了一下身体，尽管他的脸上毫无表情，但是眼神却似乎比以前多了一些神采。

"很快，他就会痊愈的。"

灵魂交换体验

你听说过灵魂交换吗?

没错,这不是开玩笑,也不是在耸人听闻,而是我的亲身经历。

我们经常看到那样的故事吧,有人因为某些器官坏死,或是事故等原因而进行手术,在手术中移植了他人的器官,手术结束身体恢复之后,这些人会突然习得了某些自己原本不具备的技能或者体验。比如,移植了音乐家器官的人,会突然变得擅长音乐节奏,移植了数学家器官的人,会突然变得对数字敏感,擅长计算。

这说明,人和人之间,的确会因为某种"联系",而在一定程度上,发生精神上的"互换"。

接下来,我要讲述的,就是和我自己有关的"灵魂交换"体验。

关于最开始的"灵魂交换"体验,来自我刚刚记事时的记忆……不,与其说是刚刚记事时的记忆,倒不如说,那次的"体验",似乎是我开始"记事"的起始点。

人大概是从几岁开始有记忆的呢?

如果去做问卷调查的话,大部分人的回答,应该都是在三四岁左右吧。当我们回忆小时候——特别是那些四五岁之前的事情时,只会记得一些模糊的、片段式的场景,很难产生"连续性"

57

的记忆。

也许是一次游乐场的记忆，也许是一次和父母走散时惊慌失措的记忆，也许是一次生病住院的记忆……

无论如何，那一定都是让人足以产生深刻印象的记忆。

没错，我关于自己"最初的记忆"，就是那样一次，生病住院的记忆。我只记得，自己曾经在医院住过一段时间，每天都会被医生带去打针，还要吃各种各样的药。不，具体来说，这些记忆是否真实，现在我都已经产生了怀疑。

唯一印象深刻的，似乎只有每天醒来看到的白色床单，白色枕头，白色天花板……仿佛记忆中的一切，都是白色的。

也许听了这样的叙述，你会说，这不过是一段非常普通的记忆吧。年幼的孩子容易感染疾病，很多人小时候都会有这样的记忆。

不，问题就出在这里。

在那之后，我开始陆续有了记忆，大概是在读小学前后，我的记忆开始变得更加连贯。父母带我去购买第一个书包，第一次走进学校，和同学一起上课、玩耍，为了考试而努力默写生字……

我就像所有其他孩子一样，这样普通地长大了。如果没有发生"某件事"，我的人生，也许会像其他所有普通的平凡人那样波澜不惊地度过。然而……

那是在小学三年级，大约是我十岁的时候，有一天，我和父母一起在晚餐后坐在客厅里看电视。电视剧中的女孩，因为生了重病而住院。看到这一幕时，我突然感到，自己的脑中，似乎有一些过去的模糊记忆被唤醒了。

"我小时候住院，好像住的也是这样的病房……"

当时我无意识地这样说道。

然而父母则露出了惊讶的神色。

"你记错了吧，你没有住过院啊，莎莎。"

咦……

难道是我记错了吗？

因为那是我十岁时发生的事，所以当时幼小的我以为，大概只是自己记错了吧。但是不知为何，我记忆中那所医院的场景，却总显得非常真实，并不像是自己想象出来的。

长大后，我也曾经在网络上查阅过一些相关的资料。有人说，人类关于童年的记忆，是可以伪造的。

比如，如果对一个成年人，反复地重复叙述，他小时候曾经住过医院，并且详细地描写他所住的医院的场景，打针的细节，医生的话等等……这样一来，这个成年人就很有可能坚信，自己小时候真的住过院。

而与此同时，对于真实经历的事情，如果没有被反复提及，也很有可能在人的成长过程中被忘记。这是因为，人在婴幼儿时期大脑需要极速学习海量的信息，不断有新的神经细胞连接出现，这导致了当时的记忆无法一直保存到成年。

那么，我的这段记忆，是经过伪造的吗？

我不确定。因为在我现在的记忆中，并没有人对我进行这种记忆上的重复与伪造。然而，父母当时的眼神，却明显是在回避着什么。

也是从那时起，我开始感觉，自己和父母之间，仿佛出现了一道隔膜，当其他的孩子任性地在父母身边撒娇时，我会莫名地想起父母那时的眼神，那眼神就好像是在提醒着我，在我的心底缠绕上一丝阴影。尽管父母平时表现的，和其他家庭的父母没有什么区别，但是我总觉得……他们似乎在隐瞒着什么。

不过那时的我，也没有将这件事与"灵魂交换"的体验联系起来。

然而，在我大学时代发生了一起极其恐怖的事件，第一次让我怀疑，也许自己拥有与他人灵魂互换的能力。

刚刚进入大学时，几乎所有同学都充满着对未来的希望。

然而，这样的生活仅仅过了一年，就被一起事件打破了。

也许你还记得吧？就在几年前，这所学校发生了一起事件，有一名女生深夜在宿舍中被杀了。

没错，不是意外，也不是自杀，而是确实的被杀害。尽管后来校方想尽办法掩盖此事，并且给了受害人家属大量赔偿，可是，因为事件的确就发生在我们所居住的女生宿舍，所以，几乎所有当时的在校学生，都对这件事有所耳闻，甚至有一批胆小的学生，因为害怕而就此搬离了学校宿舍。

而那个被害女生，就住在我的对面宿舍。

当然，也许你要问，这和我所谓的"灵魂交换"有什么关系？

是的，就在那个女生被害的当夜，我和她，发生了"灵魂交换"。

确切地说，我在那一天的晚上，确实地"体验"了她被杀害的过程。

那是大一期末考试结束后几天的事，很多同学都已经陆续离开了学校，而我则因为没有买到考完试当天的火车票，滞留在了学校。

话虽如此，但其实我并没有刻意提前购买火车票，而是等到快要放假的时候才想起来去购票网站查看，当然，临近日期的票已经全部售光了。事实上，我并不像其他大部分同学那样，期待着早些回家，我反而有些不愿意回家。但是，父母希望我早日回家，直接帮我买了一张机票催促我回家。

随着年龄的增长，我和父母的隔阂也越来越大，在家的时候，总觉得不知该和他们说些什么，如果把自己关在房间里上网看书，他们又会唉声叹气起来。因此，我渐渐地开始变得害怕回家，害怕面对他们。

而当时案件的受害人，我记得她是叫菲儿，没错，虽然她的宿舍就在我的宿舍对面，但我们并不是同一个专业的学生，因此平时只是经常碰面，路上见到的时候会打个招呼，并不是很熟悉。

那一天，我在宿舍里看了一整天小说，直到傍晚时分，才觉得有些饿，于是决定下楼买一份晚饭。因为是放假期间，学校的食堂已经关门，我走到学校附近某个小区的街道上，那里有一家服务附近小区居民的小餐馆。我打包了一份盒饭，像平常一样往

61

回走着。

那时已经是盛夏时节，外面的天气很热，哪怕只是出来买饭的这样一小段路，就已经热得让我有些无法忍受；再加上宿舍室内没有空调，只能依靠几个小功率的风扇吹风，更让我感觉烦躁不已。也许是因为天气过于炎热的缘故，平时点外卖都要排队的小饭馆，此时也门庭冷落，老板娘心不在焉地看着电视，就连平时只要十几分钟就能炒好的盖饭，这一天也足足等了半个小时。

走回宿舍时，我打算顺道去门口的保安值班室登记一下我们的宿舍人员假期留宿情况，这是学校要求的。宿舍里除我之外，另外两个同学似乎假期在这里报了外语辅导班，准备整个假期都在这里留宿，因此，她们让我出来买饭时顺便登记一下。就在这时，菲儿也走到我身边，拿起笔登记了起来。

这一天，她像平时一样，随意地穿着一件浅色 T 恤和牛仔短裤，披着半长的头发，手里和我一样，也拎着一份打包的盒饭，想必也是刚刚出去买完晚饭回来。

直到现在，我都还记得，她身上似乎是刚刚洗完澡留下的、沐浴露的香气。那样的气息过于真实，因此，我对当时的情景印象极深。

"菲儿，你还没走？假期不回家吗？"

我象征性地向她打了个招呼。

"嗯，因为家人帮我安排了这里的一家实习单位，所以我才来登记假期留宿，倒是我们宿舍的媛媛，本来是可以多待几天陪我，结果刚才突然说，这边的亲戚帮她买好了黄牛票，晚上就能坐火车离校，我还要过来帮她把她的登记改掉。好烦啊，明明是这么大好的假期，我却得一个人待在宿舍，没事的话，我去你们宿舍找你们玩吧？"

我笑着点了点头，虽然我和她不太熟，不过我们宿舍的另一个女生和她似乎关系不错，两个人好像喜欢同一个韩国明星，经常聚在一起讨论那位明星的八卦，看明星的综艺节目。

不过很遗憾，我对明星、娱乐节目毫无兴趣，因此，并不怎么能和她们聊到一起。不知道为什么，尽管我和宿舍同学的关系不差，却总是感觉难以和她们产生像其他女生之间那种所谓的"闺蜜"一般的情感。

喜欢哪个男生，喜欢什么偶像，有什么小小的烦恼与秘密，这些同龄人喜欢与年纪相仿的朋友分享的心情，我却似乎完全没有。不知道是否是在成长的过程中缺失了什么，我总是害怕被别人发现自己内心真实的一面。

因此，虽然我和宿舍同学的关系还算不错，但也并没有到交心的程度。当她们在宿舍谈论起喜欢的那个明星时，我总是了无兴致地坐在自己的椅子上，看着小说，可当她们试图和我讨论我在读的是什么书时，我又不想和她们聊天。因为在我看来，她们根本不懂这些，勉强讨论，反而徒增尴尬。

"好啊，我们宿舍新买了电饭锅，你可以过来跟我们一起吃火锅。"

我当时漫不经心地对她这样说道。事实上，之所以可以这么轻松地说出这样的话，是因为我第二天就将离开学校，回到老家。因此，也无需担忧，出现我想象中的她和宿舍另外两个同学开心地吃着火锅，而我在一边无所适从、不知该如何融入她们的场面。

从保安值班室离开后，我俩一起走到宿舍楼下大厅的楼道里，因为大部分人已经离校，平日热闹的宿舍楼，此时竟然也显得有些冷清。不仅超市和食堂已经关门，就连平时在学校门口摆摊卖水果零食的小贩，也早早就收了摊。

"哎呀，还想买个西瓜的。"菲儿叹了口气说道。

"算啦，天气这么热别出去了，要不我请你吃根冰棍？"

菲儿马上摇了摇头："会长胖的啊。"

当时我还在心里默默地取笑了一番，她长得又不算胖，何必这么小心翼翼。但是这个年纪的女生，似乎就是会形成这样的"集体效应"。一旦一个女生说要节食减肥，整个宿舍的人就会跟着一起节食，整整一个学期不吃肉，不吃主食，饿到身体出现问题，反而认为自己的减肥颇有成效。如果一个宿舍当中，有一个人不参与这种"集体减肥"，则会变成宿舍中的另类分子，虽然不至于受到排斥，但也会变得更加难以融入女生的小团体之中。

正当我还想要劝些什么的时候，菲儿突然想起什么来似的，说自己还有快递没取，就离开了宿舍楼，向门口的值班室走去。

当时我没有想到，那竟然就是我见她的最后一面。

当天晚上，我因为第二天要赶飞机，很早就将宿舍的灯关掉上床休息了。而宿舍的其他同学，也因为要照顾我，所以并没有像平日一样熬夜看片或者玩游戏。大概到了晚上 11 点，我们就熄灯准备休息了。

就在那天夜里，我做了一个非常可怕的梦。

在梦里，我突然被一个男人掐住了脖子，那是毫无征兆的、突如其来的袭击。我在睡梦中想要努力挣扎，但对方的力气却大得惊人，我怎么也挣不脱，而随着男人手中的力气越来越大，我感觉自己越来越无法呼吸，甚至产生了一种"生命正在从体内流失"的感觉。

而后，在意识蒙眬中，我感到自己的灵魂暂时离开了身体，轻飘飘地，从上面俯视着自己。那时，我的确看到自己的床前有一个人，正在用力地扼住我的脖子，似乎是要置我于死地。

啊……我就会这样死去吗？

然而奇怪的是，当时的我并没有悲伤、痛苦、恐惧一类的情绪，甚至并不关心那个"凶手"的长相，只是感到有些解脱。

这样就结束了吗？

然而就在我的意识越发涣散时，突然间它似乎又回到了我体内，脖子上的触感也消失了……

我再次陷入了睡梦之中。

第二天早上，我起了个大早，因为着急赶往机场，我和还在睡梦中的室友匆匆忙打了个招呼，便拎着箱子离开了宿舍，对于头一天夜里发生的事，我只是简单地将它当作是一个诡异的梦。

回到老家后，父母来机场接我回家。半年不见，我和父母之间更加生疏了，尽管他们也像往常一样对我嘘寒问暖，我却突然感到有些陌生。

这样的场景……怎么有些像电影里发生的事情呢？

然而，我们坐上出租车后，我才发现，自己的手机快被同学发来的信息塞爆了。

　　你听说了吗？咱们对面宿舍死人了，就是那个总来咱们宿舍的菲儿。

　　听说是他杀，警察已经来了，正在跟我们问话呢，吓死人了。

　　据说，是被人掐住脖子窒息而死的。

尽管学校快速封锁了消息，但毕竟事件就发生在我们对面宿舍，因此，我还是在第一时间得知了这件事。

在听到这个消息时，我马上想到了自己头一天晚上做过的那个梦……如果是单纯的梦境，也太过巧合了吧，我在菲儿被人掐住脖子窒息而死的当晚，梦境中出现了同样的场景。

会不会是菲儿在临死之前，和我发生了灵魂交换呢……这样的话，我就体验到了她临死前被害那一刻的感受……

当然，这样的想法，无论怎么说，都太过于可笑了。但是，我又确实找不到其他更加科学的解释。

当我和同学朋友说起这件事的时候，他们都认为，要么这只是单纯的巧合，不然就是我因为受惊过度而产生了臆想。

父母听完我的讲述之后，只是皱着眉头，告诉我这是不可能的，让我集中精力学习，不要胡思乱想。

然而，事到如今，我仍然记得当初我被人勒住脖子的感受，那种感受绝对不是我凭空想象出来的。

我也曾经想过，要不要把这件事告诉学校或者警方，却被身边的同学劝住了，她们说，这样的证词，对于警察来说，根本起不到任何作用。就算我真的和受害人发生了所谓的"灵魂交换"，我既没有看清凶手的相貌，也没有记住他的任何特征，甚至就连凶案发生的具体时间也不记得。这样一来，我的这份"体验"，根本无法协助破案。

的确如此，就连父母都不肯相信的事情，其他人又怎么会相信呢？

因为这件事，我无精打采地一直待在家里。老同学约我出去玩，或者是父母让我去走亲戚，我都统统拒绝了。

"你就知道上网看小说，你没有朋友吗？"

父母这样质问我。

我不知道该怎么向他们解释自己的心理状态，那是一种只有亲身体验过才能懂得的恐惧。而当你试图向别人描述那段经历有多么恐怖、让人焦虑时，会发现他人根本无法理解。

"不过是一个梦而已，不要再给自己的懒惰找借口了。"

"有害怕的时间，不如好好背背英文单词看看外语。"

父母这样说着，一边在客厅看电视，一边玩着手机。这个对我造成巨大困扰的梦境，对于他们而言，只不过是我的大惊小怪。

面对这样的回答，我感觉自己似乎已经找不到可以倾诉的对象了。

高中时代，我也曾经有过关系非常亲密的朋友，但是我们大学去了不同的学校，后来联系也渐渐淡了下来，偶然一次参加同学聚会时，我发现，自己甚至不知道该与她谈论些什么。当我说起中学时代爱看的漫画出了新的连载时，对方却马上露出不快的神色，打断了我的话题，和其他女生讨论起了名牌皮包与口红的话题。

也正是从那时起，我开始体会到了"热闹的孤单"。

哪怕自己身处在闹市区，或者和家人一起坐在客厅里看着电视吃着饭，心里也总觉得自己只是"一个人"，而那些心底的秘密与伤痛，也慢慢成了孤独时反复品味的良剂。

因为想要逃避父母的说教，我决定每天去图书馆消磨时间。

好在图书馆离我家的距离不远，只要步行 20 分钟就能到达。图书馆的自习室有全天候的空调，又有大量的新书书架，因此，我总是喜欢待在那里看书。

不仅如此，我发现在那里，大部分人和我一样，并不是真的想要学习或者看书，似乎只是在逃避着什么。

图书馆的自习室里，有各种各样的人，有像我这个年纪的学生，还有退了休的老人，不知道为什么，甚至还有一些无所事事的中年人，也几乎每天泡在那里。每人手里都拿着一本书，但似乎每个人都是一副心不在焉的样子。

也许对他们来说，这样平和的、每天泡在图书馆的日子，是人生中最幸福的时间吧。

某一天，当我像往常一样，在书架上找书时，有一本有些奇怪的书引起了我的注意。

《恐怖的灵魂交换体验》。

这是一本低俗的、充满着无聊恐怖段子和描写的毫无意义的鬼怪的书。但是，这本书中出现的关于"灵魂交换"的主题本身，却突然唤醒了我心底里某些沉睡已久的东西。

我再次想起了自己幼时那段住院的回忆……

那段曾经被父母否定了但是我自己却认为真实存在的回忆。那段回忆，不是与我现在所遭遇的事件，有着某些相似的地方吗？

灵魂交换……我开始认真地思考这件事的可能性。

如果"灵魂交换"的体验确实存在，那么，是否也有规律可循呢？

这样想着，我开始在网络上疯狂查找着关于"灵魂交换"的资料。

很遗憾，无论如何，灵魂交换在科学层面上，仍然是未被证实的体验。当然，关于"灵魂交换"的文艺作品倒是有很多。

像是东野圭吾的《秘密》，讲述的就是在一起车祸之后，母女之间的灵魂发生交换的故事。还有西泽保彦的《人格转移杀人事件》中，本身故事就带有科幻设定所以主人公才发生了人格转移。

不过，哪怕是在文艺作品中，灵魂交换这种事情也并不是随随便便想发生就能发生的，必须是在特定的时间和场合。

因此，我更加确信，一定是有某种规律，导致了我身上"灵魂交换"体验的产生。

在此期间，我尝试着去调查了那个"我记忆中曾经住过的医院"。我曾经问过父母，我小时候如果生病，通常会在哪家医院就医，父母告诉我，那是一个就在我家附近的医院。然而很遗憾，那家医院我长大后也去过很多次，无论如何，我非常确定，那并不是我记忆中、自己曾经长期住院的医院。

而关于"住院"这件事，父母本身又是否定的，因此，自然也无法从他们那里获得更多线索。

在我的记忆中，我可以通过窗户，清楚地看到窗外的花园，每天下午都有好多病人坐在长椅上晒太阳，阳光会刺得我几乎睁不开眼，让我只想趴下午睡。我还记得，那家医院的楼梯似乎特别高，每次去打针，都要爬好久的楼梯才能到打针的地方。

还有什么呢……对了，还有一个曾经带我去打针的护士。虽然我从来没有因为打针而哭过，但是我记得，和我同住在一间病房的另一个女孩，每天因为打针而哭闹不止，每次她开始大哭时，那个年轻的护士都会从口袋里掏出一支棒棒糖给她。然后她的哭声就会渐渐变小，直到变成吮吸糖果的声音……

啊……说起来，那个女孩后来怎么样了呢……我记得她总是病快快的，好像是得了很重的病吧，到底是什么病呢……

我不停地回忆着那时的片段，那些回忆都充满了细节，却缺乏连贯性和持续性，我甚至无法判断他们到底是否真实存在过。

在那段非常模糊的记忆中，那个住在对床的女孩，好像有一天突然就不见了。

是的，有一天，当我醒来的时候，突然发现那个病床，空了……

通过这些回忆，我先是在网络上查询了十六年前（也就是我三岁左右）时市内有住院部的医院。很幸运，因为我所在的城市并不是一线大城市，所以范围被缩小了很多。

最后被我锁定的有两家医院。

第一家被我锁定的医院，是一家市立医院，也是全市最好的医院。

然而，很遗憾，走到医院后，我马上就发现，这家医院并不是我记忆中的那家曾经住过的医院。

因为这家医院住院部大楼的隔壁，是一片老旧的居民小区，从住院部病房的窗口望出去，要么是外面的马路，要么就是后面的居民区，看不到医院的小花园。而这片居民区起码也是二三十年前建的，并不存在过去没有、最近才新建的可能性。

另一家医院，是本市的一所儿童医院。虽然本身规模并没有市立医院那么大，但是对于儿科病似乎更加专长。

不过，我小学时生过几次病，父母都没有送我来这家医院，而是送去了那家离家更近的大学附属医院。

然而，当我打车来到这家儿童医院的门口时，却感到了某种熟悉感，但到底是哪里熟悉，却又说不上来。

很快，我问到了住院部的位置，尽管住院部的外部是经过翻修的，但是整体的结构和内部装修并没有太大的改变，特别是住

71

院部进门的那段水泥楼梯，似乎将我模糊的记忆渐渐地唤醒了。

尤其在踏上楼梯的时候，我感到这种场景，似乎曾经深深地印刻在脑海中。那是某种细节无比具象的记忆，深灰色的水泥楼梯，白色的天花板，木制的楼梯扶手，面无表情从我身边经过的医生、护士，还有表情麻木的病人……

几乎是凭着某种直觉，我从住院部上楼，走进了三楼的某个病房，因为我记得，打完针后，我走下楼梯，楼梯后往左一转的第一个房间，就是我的病房。

这是当年我所住过的病房吗……我不确定。这是一间双人病房，病房里简单地摆着两张白色的病床，白色的床头柜，甚至就连给家属休息用的靠椅也是白色的。在进入房间的一瞬间，我甚至感到有些眩晕。

没错，在我模糊的记忆中也充满了这样的白色。

在病房一进门的那张床上坐着一个看上去五六岁的小男孩，正在哭闹着要她妈妈给他买玩具，不然就拒绝吃药打针。

男孩的母亲看着我走进病房，露出有些惊讶的样子，想来是因为，我看起来并非病人或者病人家属。

我走到另一张空着的病床边，眺望着窗外，啊……没错，这不正是我记忆中那个熟悉的花园吗？

从这个角度望向窗外，正好是一天中阳光最好的时间。阳光透过树叶照射到花园中，在地上构成了一副斑驳的影子。此时，正有几个穿着病号服的孩子在花园里站着，也许是家长不允许他们剧烈活动，他们便只是站在花丛边，也不知是在捉虫，还是欣赏花朵。

那一瞬间，我记忆的闸门完全被打开了。此刻的我，仿佛已经不再是站在病房中的成年人，而是化作了当年那个身穿病号服、在花园里捕捉蜻蜓的小女孩。

那时的我，将每天下午在花园散步的活动当作每天唯一的乐趣。因此，我总是悄无声息地忍耐着，每当蜻蜓或者蝴蝶落在灌木丛的枝叶上时，我便努力地去用手抓捕它们，然而大部分时候，那些动作最后都化作了徒劳的努力。

尽管这样，我还是乐此不疲地重复着这样的行动。

直到有一天，我终于抓住了一只蝴蝶，将它悄悄塞进我病号服的口袋里，可是当我回到病房将它拿出来时，却被一个声音呵斥住了……

"你怎么把这个带到病房了？赶紧丢掉去洗手……"

可是，是谁呢，这个呵斥我的声音……是母亲吗？似乎并不是，我的母亲性格温和严谨，几乎从不会大声训斥我，那么，也许是护士？可是……我印象中，我病房的那位护士很温柔，也不会这样对病人讲话，到底是谁呢？

不过，无论如何，我几乎能够确认，这就是那所医院了……

尽管那幼年的记忆十分模糊，但是某些场景，却深刻地印在脑海里。那些记忆并不连贯，但是某些单独的场景，却始终伴随着我成长，只要闭上眼睛，就能想起其中的细节。

浅蓝与白色相间的病号服，手背上密密麻麻的输液针眼，每天醒来后白色的天花板与白色的床单、枕头，以及那难闻的、医院特有的味道……不，那并不仅仅只是消毒水的味道，更是某种带有令人压抑气息的味道。

"我不打针！打针太疼了，你们骗我！"

正在这时，病房里的那个小男孩突然大叫起来，他在病床上扭动着，大有一副反抗到底的架势。

男孩的母亲露出了为难的神色。

"可是……不打针，病怎么能好呢？这也都是为了你好啊……"

"我不管，你们骗我，你们明明说打针不疼的！"听到母亲这么说，小男孩哭闹得更厉害了，他的双脚在床上反复地蹬踏着，床板跟着发出剧烈的声响，吵得我心烦头疼。

"哎呀……"

小男孩母亲叹了口气，不知道为什么，向我投来了求助的目光。

我赶紧转过脸，假装没有看到她的视线。

我本来就讨厌小孩子，所以根本就没有办法去帮她哄她的小孩。再说，她自己没有管教好孩子，又为什么要向我求助？明明应该一开始就和孩子好好地讲道理说明白的，她却去哄骗孩子，得到这样的结果也是理所当然的。

想到这里，我不禁对这个母亲的教育方式生起气来。小男孩的哭叫声也越来越大，我没来由地生出了一阵恐惧，想要赶紧离开这里。

这时，我的身后传来了一段熟悉的话语。

"你看，打针的孩子是很勇敢的，所以这是给勇敢孩子的奖励。"

我回过头，看到一个中年护士正从口袋里取出一颗糖果，递给正在吵闹着拒绝打针的小男孩。

没错，在我的记忆中，也曾经听到过同样的话，我住院的时候，曾经也有一名护士，在我不想吃药的时候，从口袋中取出糖果，哄我吃药。

"请问……"

我走过去，看了一下那位护士的相貌，她看上去四十岁上下，留着普通的短发，尽管脸部在保养的状态下看起来还算年轻，但是笑起来时眼角的皱纹，以及手部的粗糙皮肤，则暴露了她的年龄与生活的不易。

很遗憾，尽管我还记得糖果和声音，但对于她的相貌，我已经毫无印象了。

"请问，您十六年前，也在这里工作吗？"

对于我这样唐突的询问，这位中年护士陷入了沉思。

坦白说，我并没有抱太大希望，就算她真的是当年看护过我的护士，这么多年过去了，她又能记得什么呢？

"十六年前……好像是我刚毕业那年，没错，我是一毕业就被分配到这家医院工作的。"

她露出了有些好奇的神色，等待着我接下来的话。一旁原本不停哭闹着的小男孩，则因为手里的糖果，也暂时转移了注意力而不再哭闹。

我的心跳有些加速，也许她还记得什么，但是……要怎么问呢?

"你还记不记得,当时有一个叫罗莎的病人,大概三四岁左右,曾经在这里住过院?"

护士很快摇了摇头。

"每年在这里住过的病人太多了,我哪里能一一都记得名字,不过……如果是住得时间比较久的孩子,我也许有印象吧,有什么特征呢?"

特征……?

我想不起三四岁时的自己有什么特征。

我突然想到,如果我想不起自己的特征,那如果是父母的特征呢?

父母的特征……

说起来,我的母亲好像是从外地嫁到本地的。

"病人的妈妈说的不是本地话,而是 S 省的方言……"我努力地回忆着母亲的特征,"还有,她的脸上有一颗美人痣。"

"啊……好像是有这么个人,"护士好像想起了什么,她歪着头,在努力地在记忆中搜寻着什么,"当时我刚毕业,好像是有那么一个长期住院的病人家长,说的方言我根本就听不懂。对了,她是不是戴着一条金项链?吊坠上是个星星的形状啊?"

啊,的确是这样。那好像是父亲给母亲买的生日礼物,现在虽然她不会再戴,却小心地收藏在家里的柜子里。

"我记得啊,当时我刚毕业,觉得那条项链特别好看,还特意问过那个病人家长是在哪里买的,结果问到之后我去那家商场里的门店一看，一条项链要好几千块钱，我那点实习工资根本就买不起。对，当时就在这个床位。"

护士拍了拍小男孩的床脚说道，小男孩不高兴地瞪了我们这边一眼，似乎是觉得拍这一下，打扰了他吃糖的动作。

那应该没错了。

"那你还记得，那个病人在这里住了多久呢？"

"住了多久……好像没住多久吧，我实习了三个月后就转正，被拉到外地培训了。回来的时候她就出院了吧。"

我感到了一丝失落。

这时，我想起了另一件事。

"那你还记得当时住在她对床的另一个病人吗？也是个女孩……"

护士摇了摇头，似乎是没印象了。

"对了，你这么一说，我培训回来之后，她们好像说，这个病房的一个小病人去世了，但是我一点印象都没有。也许是我去培训时发生的事吧。"

去世……？

等一下，如果是这样的话，也许就能说得通了。我小的时候曾经因为某些微小的疾病而短期住院，或者并不一定是住院，只是每天定期去打针，但是另一个女孩却得了濒死的重病，在某种情况下，我和她进行了灵魂交换，我获取了她临死前的记忆。

这样一来就能说得通了吧？

每一次"灵魂交换"，都是在对方临死之前发生的。

一定是因为人在死前，会因为自身的"气"而改变某种磁场，从而产生"灵魂交换"的条件，而我作为某种"特殊体质"的人，就会在这样的特定情况下，和对方发生灵魂交换吧。

这么看来，我更加深信，自己果然是具有灵魂交换的能力。

"从理论上来说，这是不可能的。"

坐在罗莎对面的男人，是她所在的Ａ大计算机系的讲师方原。对方看上去三十岁上下，穿着一件灰色的衬衫，在罗莎的印象中，他似乎永远都是穿着这样一件衬衫来上课，不过当然，据说他只是有很多件同样颜色的衬衫而已。

为什么要这样呢？

也许只是因为这样省去了选择的麻烦，可以让自己更专注在其他事情上吧。她一边这样猜测着，一边盯着对方的手指。那是一双非常修长的手，但是却并不显得纤细，那双手指敲打桌面的节奏，并非是毫无规律的胡乱敲打，更像是将某种想法输出成二进制编码的程序。

没错，这位名为方原的讲师，看起来并不像是充满书卷气的大学讲师，更像是一名计算机工程师。硬要说为什么会产生这样的感觉的话，也许是因为，他的言行中让人感受到更多的并非象牙塔中待久了而自然染上的书卷气，而是某种更加强烈的、对于解决难题的执行力。

听完罗莎的叙述，方原并没有像其他人那样，马上便判定这

78

是她的臆想，或者是做梦，而是一边用手指敲打着桌面一边思考着。过了将近十五分钟，那段在桌上敲打的动作才终于停止了。

"我想我知道答案了。你想知道的，是发生在你身上的、所谓'超常的灵魂交换'体验的真相，对吗？"

这的确是罗莎坐在这里的理由。今天的她，像往常一样，率性地穿着一件短袖衬衫和牛仔短裤，头发随意地扎成一个马尾，手上拿着一只帆布书包。也许是因为使用的时间有些久，帆布包上的图案显得有些褪色。

相比于其他文科院系那些精心打扮的女生，她的穿着似乎有些过于朴素了。不仅是色调灰暗，甚至就连短袖衬衫的扣子，也系到了最上面的一颗。不过她本人似乎并不在意，反而大大方方地将那只磨损的帆布包放在膝上。她的双手轻轻地抓着包带，似乎像是在掩饰自己的不安。

她是Ａ大新闻传播系的一名大三学生，在这个学期选修了"计算机科学前沿应用"这门课程。

她的很多同学，在大三已经开始实习了，不仅不会再选修课程，就连必修的专业课，也是能省则省。然而，罗莎并没有那么做。与同学相比，她的做法说好听些是"认真上课"，从另一方面来说，则是有些"逃避现实"的感觉——不想工作，不想走入社会，归根结底便是不想长大。

起初，她只是想随便选修一门简单且只要出勤率达到要求就能够获得高分的课程。然而，那些容易拿到学分的课程，例如音乐鉴赏、影视分析等早早就被其他同学抢订满额，剩下的可选课程，要么是理科类的艰深实验课程，要么便是内容无聊的理论课程。只有这门课，看上去似乎还有值得一听的价值。

而这门课的讲师方原，是 A 大今年从海外为学生外聘的一名客座讲师，主要研究方向集中在机器学习与人工智能等方向的计算机前沿技术领域。他真正的工作，是配合 A 大与企业合作的一些人工智能项目进行研究和指导。

当然，作为一门面向普通本科生的课程，这门课并不会深度讲解 AI（人工智能）、DPL（深度学习）等过于前沿科学的理论内容，而是着力于为学生介绍一些目前以及未来可预见的、计算机可以代替人类完成的工作。

"很多同学要问，人工智能到底可以做什么？下围棋，写文章只是其中的一部分。如果你们看过阿西莫夫的《机器人》系列，应该可以想见，在未来的某个时刻，人工智能将具备自主思维的能力。更有甚者——你可能根本无法确认，自己到底是人，还是 AI。当然，这属于机器人伦理的范畴。"

当然，这些论调，对于经常浏览互联网信息的计算机专业的学生来说，并没有什么特别新鲜之处，倒不如说，在当前这样的互联网时代，每个年轻人都能对这些前沿的科技名词，发表一番自己不知道从哪里看来的见解。

"除了这些以外，计算机科学还能帮我们解决更多问题，比如……人的意识会发生的某些超常体验，也许可以在 AI 的帮助下，进行模拟测试，得出结论。比如，很多人经历过'预知梦'吧？当我们经历生活中的某个场景时，会突然觉得脑中灵光一闪，似乎这个场景自己曾经梦到过，也就是'dejavu'。这个现象很难解释，或者说，目前的解释很难令人信服。通过人工智能的帮助，也许以后能够对这些难以理解的超常现象，得出更为科学的结论吧。"

讲师很快就给这堂课做了结束语。随后，他摘下眼镜收好，揉了揉眼睛，准备收拾东西走出教室，显然，他并不指望学生能够像这个行业的专家一样，听懂他说的每一句话，他希望通过一些有趣的论点，调动学生的兴趣进行自主研究。

然而对于罗莎来说，对方最后所讲述的那段内容，让她联想起了自己的经历。

自己的那几段所谓"灵魂交换"的超常体验，是否能够得到科学的解释呢？下课后，她跑到讲台前，请这位讲师抽出一点下午没课的时间，和她聊一聊自己的这段超自然体验经历。

这对以前的她来说，是不可能的。因为过去，她曾经向同学和父母讲述过自己的体验，但他们都只是认为，这是她的梦境或者幻觉而已。无论她怎么强调自己所感受到的真实性，都没有人愿意去帮她解开谜团。从那时起，她就已经放弃了向他人讲述这段经历的想法。

然而，不知为什么，方原给了她一种莫名的可信赖感，她也说不上这种信任感从何而来，也许只是单纯的直觉而已。

"从理论上来说，这是不可能的。当然，我并不是说，你所叙述的经历是假的，我相信你没有必要编出这样一套故事来，而且细节还如此生动。我所指的不可能，是指'灵魂交换'这件事本身，是不可能的。"

A大的计算机系办公室不大，因为大多数教授并不坐班。这里除了偶尔来交作业，或者是考试没有及格的学生来向老师磨成绩，平时鲜有学生光顾。

"你要喝茶还是咖啡？"

方原从办公桌前站了起来，走到饮水机旁，那旁边摆着一大堆茶包和速溶咖啡。

罗莎赶紧摇了摇头，她可不敢让老师给她冲茶或者咖啡。

"我带水了。"她从帆布包中取出一瓶矿泉水，打开盖子抿了一口。事实上，她并不渴，只不过是为了打消老师的顾虑，才这样表现而已。

方原笑了笑，没再说话，只是从饮水机边翻出了一袋速溶咖啡冲泡了起来，很快，办公室中便充满了廉价咖啡的香气。

"你不喜欢咖啡吗？我一天不喝这种东西，就会感觉少了点什么。哪怕是不需要工作的休息日，也必须来一杯咖啡。"

罗莎觉得有些意外，在她看来，这位老师平时的形象有些过于完美了，没想到居然还有这样的癖好。

她自己并不喜欢喝咖啡，尤其是在这样的夏天，温热的咖啡更是让她觉得有一股黏腻的闷热感。但是不得不承认，这样的味道，的确能够有效地提升注意力。她对咖啡没有研究，也不理解为什么有的同学每天都会去买速溶咖啡在宿舍里冲泡。如果真的犯困，那就早点休息，又何必去依赖这些饮品呢。

不过现在，她突然觉得，喝咖啡似乎也不是什么不好的事，这样的喜好，和自己平时喜欢喝果汁并没有什么区别。

看到方原将白色的咖啡杯摆到桌子上，她突然注意到一件事。

与其他老师的办公桌相比，方原的办公桌似乎过于简洁了。办公室里其他几张办公桌上，要么是堆着各种各样的学术书籍、论文期刊之类的文本，要么是一些杂七杂八，没有收拾过的杂物，只有方原的办公桌上，只摆放着一台笔记本电脑和一只咖啡杯，还有几张CD，也不知道他把学生的作业和教科书藏到了哪里。

她有点好奇地随手拿起一张CD看了起来。现在这个年代，已经很少会有人购买CD了。想要听音乐的话，只要从网络上购买下载即可，而且现在大部分人都是使用手机听歌，电脑也几乎都去除了光驱这个硬件，如果一定想要读取光盘，只能去特定的网店里购买特制外接光驱。

在她的印象里，小时候，还会看到家里人使用这种东西往电脑里拷贝资料，后来的一次家庭大扫除中，这些老古董已经全都被清理掉了。

这时，她突然留意到，桌子上的这张CD，封面上写着《Clair De lune》的字样，明显这并不是英文。

"月光……?"

望着CD上的文字，她不由自主地猜测道。

"你认识法语？我记得你是……新闻系的吧?"方原的脸上露出微妙的神色。

"不，我只是瞎猜而已……这个lune，很像是英文中luna的变形，而 CD 的封面上写着 Debussy，我记得德彪西应该有一首钢琴作品叫做《月光》吧？"

"没错。不过很可惜，很多人会把它和贝多芬的那首《月光》弄混，"方原打开电脑，随意地点了几下，很快，电脑中就传来了音乐声，"不过哪怕是德彪西自己的《亚麻色头发的少女》还有《阿拉伯风格曲》，也都要比这首《月光》的旋律更具有歌唱性，所以，很多人并不熟悉这首曲子。"

的确，尽管电脑中的音乐听起来平静舒缓，罗莎却并没有觉得这首乐曲有什么特别动人之处，她有些无法理解，这首乐曲的出名之处。在她看来，《亚麻色头发的少女》或者柴科夫斯基的《船歌》那样的钢琴小品，更加充满画面感，很容易就能够让人联想到它的标题。

不过这样的旋律……听起来的确容易让人产生某种安心感。没错，这就像是方原给她的感觉一样。

坦白说，她对方原的第一印象非常普通。但是，与其他讲师不同的是，对方并不会对学生的提问直接给出答案，而是会将整个答案的推导过程说明，当然，对于大部分学生而言，这个举动似乎有些多余。但是罗莎总觉得，这样的思考方式，似乎更像是一名侦探而非老师。

"可是，现在已经很少有人会听 CD 了吧？为什么不直接从网上下载呢？"

罗莎不经意地问道。她马上有些后悔，不管怎样，对方都是学校的老师，自己的言谈，未免也太随便了一些。

但是方原似乎并没有在意这一点，他反而眯起了眼睛，似乎是在认真思考这个问题。

"没错，对于很多人来说，只要是同样的音乐，不管是CD介质，还是电脑上的流媒体介质，都没有什么区别。人耳也分辨不出其中的差别。但是对于我来说，总觉得，如果音乐有了实际的载体，那么就会变得具有很强的现实性。就好像音乐本身的灵魂寻找到了可以承载的载体一样……不知道这么说你能不能理解？"

罗莎有些困惑地摇了摇头，感到似乎有些理解，但又不是全然接受这样的说法。因为在她看来，这些是没有区别的，她也无法感受到所谓的"音乐中的灵魂与肉体"。

"你喜欢古典音乐吗？我总觉得……似乎很难用那么长的时间，去听缺乏旋律性的东西。"

罗莎有意无意地说道。她并不是会随意讨论他人爱好的性格，但是不知道为什么，现在她很轻易地就说出了自己心里的想法。她发现，自己在对方面前，很轻易就能放下戒备。

"不，如果你只是想欣赏具有非常强烈的旋律性的东西，那大可不必来听古典音乐。但是……从某种意义上来说，古典音乐更像是编写程序。"

"程序？怎么说？"她无论如何也想不到，音乐与电脑程序之间有什么内在的联系。

"那是因为，古典音乐的创作也是逻辑性的，必须遵守某种特定的逻辑和规则。我只是喜欢寻找在音乐中的逻辑性而已……数学、编程也是一样的道理。如果你能够找到并发现'逻辑'的美妙，就会迷上这种感觉。"

音乐中的逻辑……她有些无法理解这段话的含义，但又隐约感到，这样的说法似乎并非全无道理，只不过她自己无法体会而已。

"说回正题吧，刚才我说到——这是不可能的。当然，并不是指你所说的事情并非事实，而是指，'灵魂交换'在现实中，理论上是不可能发生的。"

"理论上……?"

"怎么说呢……其实我认为，在某种极端条件下，你所谓的灵魂交换，是可以产生的……"方原皱了一下眉头，似乎在思考，要怎么向罗莎解释自己的想法。

"你听说过缸中之脑吗?"

罗莎摇了摇头。

"这是一个有名的思想实验。假设，一个人被邪恶科学家施行了手术，他的大脑被从身体上切了下来，放进一个盛有维持脑存活营养液的缸中。脑的神经末梢连接在计算机上，这台计算机按照程序向脑传送信息，以使它保持一切完全正常的幻觉。对于它来说，似乎人、物体、天空还都存在，自身的运动、身体感觉都可以输入。这个脑还可以被输入或截取记忆（截取掉大脑手术的记忆，然后输入它可能经历的各种环境、日常生活）——那么，在这种情况下，它自然会认为，自己的身体仍然活着，而且和往常并无不同吧?"

罗莎摇了摇头，随后又点了点头，摇头是因为，这个场景，在她的想象中实在是过于荒谬了，但是随后她又马上意识到，事实上，自己无法反驳这个论点。

"那么，展开一步想。假如有两个人，分别被取出了大脑，然后通过某种方式，将大脑联结在了另外一个人的体内……会发生什么呢？又或者再简单一些，只需要将某些记忆通过科技手段，输入到人类的大脑之中……那么，这个大脑的潜意识，会认为自己的确经历了这段经历，没错吧？"

"是这样的……"

这时，罗莎突然觉得有些恍惚，她有一瞬间似乎产生了某种幻觉，自己现在所处的世界，的确是真实的吗？自己要如何证明呢？

自己所处的白色房间，干净得过分的办公桌，自己所说的话……这些到底是真实存在的，还是某种数据所形成的程序世界？

想到这里，她赶紧摇了摇头。

"真的能够做到这种程度吗？"

"当然，只要科技足够发达，是一定可以做到的。甚至就连食物的味道，无限接近于真实的体验记忆……当然，你也不需要过于恐惧，换一个角度来想，哪怕是生活在程序编造的世界中，假如它真的能够极度仿真，那么和真实世界又有什么区别呢？"

罗莎一时不知该如何反驳，她认为这种观点一定有问题，却说不出问题在哪儿，只是本能地不喜欢这样的说法。

"不过当然，这些都不过是科学的未来假设而已。现在的科技水平，很明显无法做到这样的程度。在你的描述中，也没有相关的环境支持，所以我说，至少在你的描述中，是不可能产生'灵魂交换'现象的。"

"但是，这些事都确实地发生了啊！"罗莎有些不服气地说道，她下意识地晃动了一下身体，将手搭在办公桌上，"而且就像我所推理的一样，这两次事件的背后，仿佛有某种规律……"

"你所谓的规律，不过是你一厢情愿想象出来的规律，那只不过是让你更加信服自己拥有超能力而已。"

说完这句话，方原突然笑了起来。

"对了，你有什么特长吗？"

特长？什么意思？罗莎露出了不解的表情。

"像是……比如绝对音感，别人随便在钢琴上弹一个音，你就能准确地说出音高。又或者是特别的记忆力，比如能够背出通讯录里每一个人的电话号码……又或者说，对于数字或者是外语特敏感一类的……"

"当然没有。"

"没错，世界上的大部分人，都不具备这些才能。当然，这些技能也算不上什么特别厉害的才能。像是天才数学家、语言学家、科学家那些人，都是千万人里挑一的。普通人自然很难达到这样的高度。但是对于每个人来说，又会在内心希望，自己有一点点别人不具备的'特长'，刚才提到的，像是绝对音感，擅长记电话号码这样的特长，也可以成为每个人引以为豪的'特长'，就像在以前那个叫做《最强大脑》的电视综艺节目里，不就聚集了这样的人吗？他们的特长在实际生活中并不能派上什么用场，像是在几秒钟之内拧完一个魔方，短时间内同时做完几个大型数独，只会在朋友聚会或者综艺节目上产生娱乐效果，对于人类社会的实际发展并没有太大作用。"

说到这里，方原摘掉眼镜放在桌子上，揉了揉眼睛。罗莎觉得，比起上课时那副一本正经的样子，现在这样的老师更容易让她感到放松，也许是因为他戴上眼镜的样子过于严肃，所以现在这副样子，反而让人下意识地产生了亲近感。

"然而，刚才也说到了，每个人的内心潜意识中，都会希望自己是'与众不同'的，那么怎么办呢？很多孩童在幼年期，会产生某些幻想，希望自己拥有某些超能力。最简单的，比如幻想自己是蜘蛛侠或者蝙蝠侠，具有超能力，可以拯救世界。当然，每个人的幻想都是不同的，而这种幻想影射到你的身上，恐怕就是'灵魂交换'的'超能力'了。"

尽管方原的语气非常温柔，但是这一番话，却显得有些冷酷。他说的的确是事实，但是对于坚信自己具有"超能力"的罗莎来说，还是有些难以接受。

而且这样的解释，也变相点出了对方最不想承认的问题。恐怕世界上没有任何一个人，愿意承认自己"毫无所长"这一点吧。

事实上，大部分人并不会选择如此直接地说出这样残酷的话，然而对于方原来说，他似乎只是在陈述某个与对方完全无关的客观事实，话语中也并不包含什么情感。

罗莎并没有反驳，她只是沉默地低下头，两只手不安地绞了起来。这番话虽然有些残酷，却戳中了她内心深处不愿承认的痛处。从小到大，她都希望自己能够拥有比他人更优秀的能力。但是到了二十多岁的年纪，她也终于发现，自己不过是世界上无数普通人中的一员。

"当然，这并没有什么。因为这个世界上，本来普通人就占了绝大多数。很多人在幼年时都会幻想，自己有着某种'特长'。但事实上，大家在长大之后，都会发现自己只不过是个普通人的事实。这样的成长无疑是充满痛苦的，但又是每个人不得不面对的。你会觉得难以接受这一点，只不过是因为你内心'拒绝长大'的任性在作怪而已。"

没错，的确是这样。

罗莎意识到了这一点。尽管对方没有给她留下任何情面。但是的确让她意识到了自己的问题所在。

可是……哪怕是这样，问题也依然存在。

"但是，你要怎么解释我身上切实发生过的事情呢？这些都是真实发生的事情啊！"

"当然，但是你把它们都建立在了'我有灵魂交换的超自然能力'这个潜意识的基础上，并且下意识地在这个基础上去解读他们，当然就会越走越偏了。"

德彪西的音乐还在继续播放着，罗莎突然感到了一股虚无感，仿佛自己置身于黑暗的大海之中，随着某种不安定的节奏飘荡着。她并不喜欢这样的感觉，但是却无能为力。

"我们不妨将这两件事情分开解读。不如先说第二件吧，也是其中最为恐怖的一件。那么，我在这里不妨做一个大胆的猜测好了，在猜测之前，我想先问你，后来那起案件的凶手抓到了吗？"

罗莎点了点头，"抓到了，凶手是——"

"如果我没猜错的话，凶手就是**学校门卫室的保安**吧？"

"你怎么知道的……难道你看过当时的新闻？"

"抱歉，那是不可能的，"方原笑了笑，"我当时还在美国，没有那么长的触角关注国内的新闻。"

"那你是怎么知道的……"罗莎思考了一会，"我那时回了老家，对于这起案件也只是听同学提起而已。对于案发现场的细节可以说是毫无了解，也没有在叙述中罗列任何嫌疑人。单凭我这么简单的叙述，你是怎么知道凶手是谁的呢？"

方原将喝了一半的咖啡放到桌子上，皱了皱眉头，从抽屉中取出了一小袋奶精和一小包糖，一股脑地倒进了咖啡中，又拿出搅拌棒搅动了几下。罗莎盯着那个搅拌棒有点出了神，越看越像是《盗梦空间》里的那只陀螺……

不会吧，难道说……搅拌棒，音乐……

"你是不是电影看多了？搅拌棒是不能催眠的。"

不知道怎么回事，对方好像有读心术一样，突然点出了她心里所想的事情。

看到她窘迫的样子，方原收回了刚才稍微露出的笑意。他似乎对刚才的话有些歉意，于是便很快转换了话题。

"说回刚才的事。关于凶手的推理，其实非常简单。你提到，在案发当夜，你梦到有人掐住了你的脖子。真的会有这么巧的事吗？对面的宿舍发生了命案，一名女生窒息而死，而同一天夜里，你梦到了同样的体验。如果不是过度的巧合，或者是所谓的'灵魂交换'这些超自然的说法，那么，最有可能的是什么？"

"是……什么？"

"很简单，那就是，这件事真实地发生过。也就是说，有人的确曾经勒住你的脖子，想要掐死你。但是，因为某种原因，他停手了，并且去往了对面宿舍对另一个女生实施了犯罪。"

"等一下……"罗莎打断了他的话，"你的意思是，凶手真的曾经进入过我的宿舍，并且掐住过我的脖子想要杀死我？"

"没错，当然，现在说起来，你可能会缺乏实感，但是从你的描述来看，你自己也不相信那是单纯的做梦吧，之所以会让你认为和被害的女生发生了'灵魂互换'，正是因为这感觉过于真实了。"

"没错，但是……如果真的是这样，那么为什么凶手没有对我下手，而是去了对面的宿舍呢？"

"如果按照这样的模式思考的话，恐怕永远也无法到达正确的结论。要把问题倒过来想，也就是从结果去推导。我们已知，凶手当天晚上，先是来到了你的宿舍，试图掐死你，很快，他停手离开，然后又来到了对面宿舍实施杀人。当然，你也有可能会问，为什么不是先杀死对面宿舍的人再来到你的宿舍。从常理判断这并不合理，首先，如果凶手要杀你，至少不会选择在这个时间节点动手，因为你们宿舍的人还没走，很容易惊醒其他几个人。尽管凶手穷凶极恶，但也不敢说能同时对付好几个人。因此，我们可以确定他的下手顺序——凶手先进入你的宿舍，掐住了你的脖子，但是很快，他停手了，然后离开去了对面宿舍对另一个女生下手。刚才也说了，你的宿舍根本不具备作案条件，那么，就只剩下一个可能性，凶手——走错了宿舍。"

"走错了宿舍？但是……宿舍的门上，清楚地写着门牌号啊，怎么会走错呢？"

"没错，问题就在这里。"方原拿出纸和笔，在白纸上画下了一条走廊的样子，"我们假定，凶手一开始就是要杀受害人，但是却走错了宿舍，那么结论就是，凶手不知道被害人的宿舍门牌号。他是凭借着死者宿舍的大体方位来寻找下手，但是搞错了左右方向。"

罗莎看了看方原在纸上画出的图形，那只是简单的走廊平面示意图，走廊上象征性地画着几道门。

"不知道门牌号，但却知道宿舍的大体方向……"罗莎想了一下，从大脑中罗列出各种可能性，"那有可能，是通过在窗外观察，知道她大概住在哪个宿舍，又或者听她描述过，住在几楼第几个房间，还有可能，是通过照片，比如说，哪个宿舍得了文明宿舍的话，照片是会被贴在宿舍楼下大厅公示的……"

"没错，你说的这些，都符合'不知道门牌号，但大体知晓宿舍位置'的条件，但是，其中最重要的一点你还没有说出来，那就是，为什么凶手'弄反了宿舍的方向'。"

"弄反了方向……"

"你看着这张纸，"方原将手中的 A4 纸立起来，有画的那一

93

面对着罗莎，指着中间的平面图说，"对你来说，菲儿的房间是在左手边还是右手边呢？"

罗莎仔细地对着那张白纸看了起来，白纸上随意地画着一条走廊的平面图，还有几个宿舍门，其中一道门的旁边写着"莎"，对面那道门上则写着"菲"。显然，指的是她和菲儿的宿舍。

"菲儿的宿舍是在右手边……可是，不对啊，明明我们宿舍才在宿舍从走廊上来后直通的右手边……啊，"罗莎终于弄明白了对方的意思，"你是指，凶手是通过某种'镜面'的方式看到受害人进出宿舍，下意识地走到了他从'镜面'中看到的那一边，所以才会走进我们宿舍。"

"没错，那接下来的推理就很简单了，说起镜面反射，要么是照片，要么就是视频。这不是很快就能让人联想到，学校走廊里的视频监控设备吗？那么想必凶手是个'只能通过监控录像'来了解宿舍方位的人。除此之外，还有一点，就是你和受害人最后的对话，受害人曾经提过：她的舍友媛媛，刚刚买到了黄牛票，决定今晚乘火车离校。也就是说，原本当天晚上，她的宿舍应该还有一名室友，但这名室友因为突发情况当晚离校，为凶手制造了作案条件。那么，知道这件事的都有谁呢？除了室友本人和室友的家人，以及在路上碰到的你之外……能够通过监控录像看到宿舍位置，也听到了她宿舍里只剩下一个人，能够满足这两个条件的人——答案已经很简单了，不正是门口保安室的保安吗？"

"原来如此……"罗莎喃喃地说道，她下意识地一边说，一边用右手抚摸着自己的脖颈。尽管室内的空气有些闷热，她却仍然将衬衫的扣子扣到了最上面一颗。

"也许你的潜意识中，已经思考到了这样的可能性——"方原停顿了一下，他看得出来，罗莎似乎还没能从刚才的解答中回过神来。毕竟她刚刚知道，自己曾经与死亡距离如此之近……如果不是宿舍同学的一个翻身，或者其他一些微小的声音，提醒了凶手，也许现在的自己已经……

"即使是夏天，你都不肯解开衬衫领口的最上面一颗扣子，我猜想，那是因为你曾经有被人勒紧脖颈的经历，因此，你对于自己的脖子十分在意，害怕将它暴露在外面吧。这也许是某种逃避现实的表现。"

罗莎张了张嘴，她想要说些什么，却又不确定自己的想法是否正确。只是刚才那只轻轻抚摸脖颈的手，又慢慢拿了下来，紧紧抓住了衬衫的衣角。

"也许……真是这样吧，但是，我自己却从来没有意识到这一点。只是经常会觉得，不想要脖子暴露在空气之中，因为那种被人扼住脖子的感觉，经常在我不经意间，被我的大脑再次唤醒。"

"都结束了，凶手已经得到了应有惩罚，没事了。"方原温柔地说道。罗莎发现，对方在推理事件真相时，似乎显得过于冷酷无情，然而一旦结束了推理，他又变回了课堂上那个普通的讲师。这样突然的转换，让罗莎有些难以适应。

她摇了摇头，没错，她的潜意识中早已经模糊地意识到了真相，却因为懦弱所以不愿意去承认真相的存在，这样的自己，也开始变得面目可憎了起来。

"说起来，一个保安为什么要杀害一个普通的女大学生呢？"

方原用手指敲打着办公桌的桌面，漫不经心地说道。事实上，从他的语气和表情可以看出，他并不是十分在意这个问题的答案，只不过是想要转移罗莎的注意力而为之。

"听说……好像是因为菲儿自己买昂贵的化妆品把钱花掉无法和家里交代，于是对家里说，自己的钱包丢了，想把责任甩给学校的保安……保安和她多次对峙无果，所以……"

"这样啊，"方原摇了摇头，"虽然不知道具体的数额，但是应该不会超过几千块钱吧。真是令人遗憾，明明是毕业后只要工作一个月就能够得到的钱，却为了这么一点钱而丢掉性命……"

"是啊……"

"为什么人类总是喜欢做这种事呢？明明是再也明显不过的事情，却总是愚蠢地去犯下这些看起来不可思议的错误。"

罗莎没有说话。

也许这正是学生时代才会有的烦恼吧，有着大把的时间和精力，却没有钱。对于成年人的世界充满憧憬，却又无论怎样假扮成熟，都无法进入成年人的世界。对于他们来说，往往成年人认为是微不足道、最不起眼的小事，却能成为他们眼中天大的事情。

在这一点上，她没有办法和那些已经进入成人世界的人去沟通。

"可是……哪怕是这样，也只解释了第二件事。关于我小时候住院的记忆，又该如何解释呢？"

这时，方原露出了一丝迷惑的神情，罗莎有些意外，她原以为，对方已经解开了所有的谜团，那又为何不直接将答案告诉她呢。

"事实上，所有的谜都解开了，但是……"

"但是？"

方原点了几下鼠标，电脑中播放的音乐被暂停了。随后，他露出了有些困惑的神色，这样的神情，让罗莎觉得有些陌生。为什么对方会显露出这样的表情呢……刚才他不是已经说过，知道全部答案了吗？

罗莎有些不知所措起来。这时，她才发现，原本照射在房间里的阳光已经偏离了方向，尽管是盛夏时节，她竟然觉得有些发冷。

是空调开得太低的缘故吗？

然而，方原似乎完全没有在意，他只是站起身，走到窗前，从他的脸上，无法解读出任何表情。

"但是，那样的结果，你真的能够接受吗？"

方老师：

自从上次见面之后，已经过了半年，您也已经回到美国。事实上，在上次见面之后，我反复地进行思考，但是最后得出的结论，却让我无法下定决心真的去印证它的真实性。

97

正如您所指出的一样，我是一个喜欢逃避现实的人。过去是这样，到现在也依然是这样。

人的性格，多半是不会随着时间及年龄的成长而改变的吧。

经过了上次和您的交流，我时常在想，为什么当我小时候问父母"是否住过院"的事情时，父母给出了否定的回答后，我没有再继续追问下去呢？

是因为顾虑到了父母的情绪，还是因为会得出令自己害怕的答案呢……

总之，因为害怕惹父母生气，害怕自己微小的生活发生改变，害怕各种各样的事情，一直逃避现实到现在的我，始终没有办法解开这些生活中的困惑。所以，才会将一切异常的现象，都用自己拥有"灵魂交换"能力这个前提去进行思考。那么自然，所有得出的结论，也必然会偏离正确的方向了。

那么，老师的推理思考方式是怎样的呢？

在我看来，应该是着重去观察，究竟在事实上"发生了什么"，并且从已知的"确实发生的事"来进行反向推导吧。

如果是这样的话，那么我想，关于之前的疑惑，似乎能够轻而易举地产生一个非常合理的解释了。

事实上，关于父母否定的，我的那段住院经历，当然有一个最简单的解释，那就是，我之前提到过的"童年记忆"问题，也许是我在成长后看到了一些关于医院的影像资料，不自觉地将这些内容移植到了自己的记忆中。

但是，我之前也说过，总觉得这些事是真实发生过的。那么，如果按照这一点来看，居然只剩下了一个可能性，而且这个可能性因为过于简单，甚至于，我一直忽略了"它"的存在。

到目前为止，否认我有过住院经历的，只有我的父母。

也就是说，如果我的父母说了谎，那么就能解释得通这一切了。

然而，我的父母又为何要说谎呢？

如果只是住院这么简单的事情，无论如何，我也想不出父母要撒谎的理由，除非在这起"住院"事件的背后，还有更深的、他们不愿意提起的秘密。

到底是什么呢……

因为实在无法想到答案，我决定再次去医院一探究竟。如果目前的信息不足以得出结论的话，那么就去寻找更多的线索。我希望，再次回到病房时，自己可以多想起一些东西。

我像上次一样，依据记忆来到了儿童医院的住院部病房。距离上次来这里，已经过了近半年的时间。当时在这里住院的小男孩已经不在了，希望他已经痊愈了吧。

此时病房里空无一人，也许是之前住院的病人刚刚出院吧。我坐在床上望着窗外，努力地在记忆中搜索着。如果在同样的场景下做同样的事，会不会帮助唤起记忆呢？

我一边这样想着，一边做了一件现在回忆起来有些傻气的事。

我脱掉鞋子，整个人躺到了病床上。

小时候，我就是这样，躺在这里，等着护士带我去打针的，那么，我到底住了多久呢……我努力地想要找回那些记忆，却感觉那些记忆散落在大海的海面上，怎么抓都抓不住。

当我再次睁开眼睛时，阳光正好照射在我的脸上，这种熟悉的感觉……

"那个孩子当时，就在这个床位。"

啊，我突然意识到了一件事。

在我的记忆中，我的床位是在临窗的床位，然而那位护士却指着靠门的床位说，"那个孩子当时，就在这个床位"。

这是怎么回事？我记错了吗？

不，我现在还清楚地记得，自己坐在窗前，每天醒来后眺望着窗外景色时的心情。特别是看到有的小孩子，在楼下的小花园里玩着那些我没有的新奇玩具时，我心里还生出一股羡慕嫉妒之情。当时的那种无比细致的记忆，是不会出错的。

那么，是那位护士的记忆出错了吗？但是当时，她明明说得非常肯定，并不像是记忆模糊的样子，而且，她还特意拍着那个男孩的床位这样说，多半不会记错。

那么，按照方老师的方法论，在"我的记忆"和"她的说法"都没有错的基础上进行推论。可以得出三个事实。

1. 我住在临窗的床位。

2. 临门的床位还住着另一个女孩。

3. 据护士所说，临门的床位的女孩的母亲——正是我的母亲。

事实上，当我把以上三个事实罗列出来之后，发现事实上要想得出结论实在是一件非常简单的事情。

那就是——事实上，我应该还有一个自己已经忘记的姐妹吧（我想多半应该是姐姐）。

我猜事情的真相是这样的，我的姐姐因为某种原因生了病需要住院，而母亲需要每天去医院长时间照顾姐姐，父亲要上班，所以我一个人在家无人照料，只得由母亲每天带去医院。当时医院的病房也许并不紧张，所以在母亲照顾姐姐的时候，我就自己爬上了临窗的床位休息玩耍，因为长时间待在病房，因此才产生了自己也住院了的幻觉吧……

想到这种可能性后，我并没有马上去向父母确认，关于自己是否还有一个姐妹的事实。

因为马上我便想到，护士之前说到的"听说这个病房的孩子去世了"，而父母也似乎也在刻意隐瞒着这件事。

那么，事实的真相，多半就是，那个姐姐现在已经离开人世了吧。

至于我的记忆中为什么会有打针、吃药的记忆，我想有两种可能。

第一种可能，也是最有可能的，就是我自己在潜意识之中，将之后感冒发烧时打针吃药的记忆，与那段长期待在医院的记忆进行了混合，产生了新的混合型记忆。对于幼年时期的记忆来说，这应该是有可能的。

第二种可能的话，说出来可能老师会觉得有些好笑吧。事实上，我在想，哪怕人的灵魂无法互换，如果是有着某种至亲关系的人，是否有可能发生记忆的继承呢……也就是说，那些打针、吃药的记忆，是在姐姐死后，通过某种磁场转移给我的，这就无怪乎那些记忆显得如此真实了吧……

那么，我的推理到此结束了。不知道老师会给我的这份"作业"打几分呢？

罗莎

罗同学：

很高兴收到你的邮件。

从信中可以看出，你已经初步掌握了一些逻辑思维的方法和技巧。然而可惜的是，你的大脑仍然被实用的"浪漫式思考"所左右着，因此才会在信件的末尾提出那样不切实际的可能性。

事实上，在你写下那种推论的同时，自己也已经想到了吧，那是不可能的。

其实，你已经找到了问题的关键点，但是在推理的时候发生了关键性的偏移。当然，这也是没有办法的事，因为毕竟身处谜团中的当事人，总是会被自己的情感所左右，所以无法好好地进行客观的思考。

回到你的整个推理，你曾经罗列出了三个客观事实：

1. 你住在临窗的床位。

2. 临门的床位还住着另一个女孩。

3. 据护士所说，临门床位的女孩的母亲正是你的母亲。

因此，你得出了自己还有一个姐妹的事实。然而，你却忽略了几点：

一是你自己提到的，真实的住院、打针、吃药的记忆。在你的推理中，只解释了住院，对于打针和吃药的解释却是模糊的。

第二，哪怕是由上面的三条客观事实，可以得出的结论也还有另一条你所没有提到的，而这一条恰好可以解释上面的问题。

那就是——

你其实不是真正的罗莎。

这么说也许有些奇怪。更具体地说，你三岁之前，都不是罗莎，也就是，不是你现在母亲的女儿。

如果按照之前所提到过的方法论来看，其实客观事实是这样的——

1. 你长期在临窗的位置住院，并且也会跟随护士去打针、吃药。

2. 罗母长期在医院陪床，她的女儿住在临门的床位。

3. 一段时间后，这个病房有一位病人去世了。

你看，如果跳出你的个人情感认知，也就是"罗莎的母亲＝当时你的母亲"的这个假设，用纯客观的视角来审视，很容易就能发现，这其实是一件再简单不过的事。

那么，根据以上的客观事实，我们可以得出怎样的结论呢？

一个叫罗莎的女孩得了重病，她的母亲每天到医院照顾她，与此同时，同一个病房还住着另一个女孩，也就是你。

那以后，发生了什么呢？根据护士所说的话，病房中有一位病人去世了。显然，死的人不是你，那么很有可能，死去的这个病人，就是当时的"罗莎"吧。其实一直到这里，都是很容易理解的，问题的关键点在于，你为什么会变成"罗莎"。

如果将这件事单纯地拆解来看，也许会有很多种可能性。

但是，在你之前的叙述中，有一点尤其值得注意。那就是那段，关于捕捉蝴蝶的记忆。你将从花园捉回的蝴蝶偷偷带回了病房，但是却受到了呵斥，呵斥你的人，并不是你现在的母亲或者护士——

那么，她是谁呢？

我想，大概，是你的亲生母亲吧。虽然这种猜测稍显大胆了一些，但是这样一来，上面的疑点就能解释得通了。

我猜，在你生病的那一年，那间病房同时住进了两个病人。一个是你现在的母亲（养母）的病重的女儿，也就是那个死去的女孩。另一个则是你。也许是因为你的亲生父母家境贫困，无力负担你的治疗费用，你的生母和养母达成了某种共识，那就是——让你作为"罗莎"这个角色继续活下去，也就是让你现在的养母收养你。这样一来，你的病可以得到医治，也可以抚慰你的养母的丧女之痛。

当然，这一切都是我的猜测。就如同你所说的一样，人一生的习惯是很难改变的，你所使用的帆布包，以及磨损的衣角，从你使用的最新款的手机来看，你的家境相当不错，但是这些生活中的细节却让人感觉，你对自己的生活似乎充满了不安感，不知道是否是因为年幼时生活拮据造成的心理阴影。

但是，我也无法判断，这是否就是正确的推理。究竟是为了了解真相，去鼓起勇气求证，还是为了现在的平和生活，而忘记这个答案？

在我看来，维持现在的生活，假装一切都没有发生过才是明智的。其实，我也可以选择不告诉你我的推理，这样你就能够对这一切全然不知。但是，这样的做法是正确的吗？

我想，我不能代替你做出选择。哪怕对你来说，这样的真相有些残酷，但是它确实存在。

选择权，全都在你的手中。

方原

不停重复的一日

究竟为什么，会被杀死这么多次呢……

胡晓每天都是被床头的闹钟叫醒的。

现在很少有人还使用闹钟这种东西，大部分人会选择在手机里设定闹钟时间，直接让手机铃声唤醒。

然而胡晓却更习惯使用这个、从高中时代就一直陪伴自己的闹钟。听到闹钟响起，她挣扎着对抗睡意，将闹钟按掉，然后拿起手机，对着 Siri 下达指令。

"播放 CRI 电台。"

这是她每天的必修课，因为今年要准备英语六级考试，所以她每天早上都要拿出半个小时，在早晨练习英文听力。

七点钟，她下床洗漱，和其他热衷于面部护理和化妆的女生不同，她只做最基础的面部清洁护理工作——用温水洗脸，然后涂上简单的乳液和保湿霜，对她而言，外表并没有那么重要。

"晓晓，你起了啊？快点，我们早上有早课。"

她的舍友徐菲走到她身边，提醒她。今天是周五，早上有一堂八点的早课。徐菲不仅是她的舍友，也是她在学校关系最好的同学——至于是不是朋友，胡晓并不确定。事实上，两人的确几乎做什么事都会一起，但是这种物理上的"亲近感"，却并不能带来心理上的认同，胡晓不喜欢徐菲爱看的综艺、明星八卦，徐菲也不喜欢胡晓喜欢的东西。

胡晓叹了口气。但是哪怕这样，她还是不得不每天和徐菲一起行动。穿戴好之后，她和徐菲走出宿舍，走向学校的食堂。

今天食堂的饭也和平日一样，廉价而油腻的包子，搭配几乎已经凉透了的粥，难吃到让她反胃，但是徐菲好像并不觉得这样的早餐难吃，反而一边吃着，还一边兴高采烈地和她聊着昨天晚上看的综艺节目多么有趣。

无聊。

她在心里翻了个白眼。对于她的室友，她实在是觉得非常无趣，每天不是沉迷无聊的综艺节目或者是偶像剧，就是抱着电话和男朋友彻夜聊天。她实在很怀疑，这些人读大学就是为了做这些事吗？

但是，她并没有在表面上表示出不屑，反而和其他女生一样，假装热情地参与到了舍友的讨论之中。

某某明星最近好像要离婚了，你知道吗？

某某歌手整容了，真的好明显……

听着徐菲滔滔不绝的讲述，胡晓一边装模作样地点着头，装出很感兴趣的样子，一边在心里盘算着到底能不能快点吃完这顿饭。

今天只有上午有课，是一堂非常无聊的理论课。讲课老师的口音，重到让胡晓几乎听不懂对方在说什么，也许是因为头一天夜里失眠导致的睡眠不足，她感觉到自己几乎要在课堂上睡着了。

哪怕睡着也没有关系吧……反正老师也不会点名叫她的。这么想着，胡晓趴到了桌子上。

胡晓的父亲是本地有名的企业家，因为胡晓的缘故，他对胡晓的学校有过不少经费和项目赞助。因此，胡晓系里的老师都被打过招呼，不仅不会为难她，反而还会对她有些优待。

也正是因为这些从小到大享受到的优待，胡晓的性格也相当地以自我为中心。虽然平时和同学也维持着看似友好的关系，可她的心里非常清楚，那些同学心里是怎么想的。

她讨厌这样虚伪的人际关系，表面看似平和，但事实上每个人都对他人心存不满。但是对此，她也并不想要做出改变。一直与自己不喜欢的同学维持着平和的表面关系，她已经习惯了这样的"表演"，反倒不觉得疲惫，只是把它当成一种日常的行为。因此，她似乎也并没有做出努力要改变这种关系的必要……

就在她这样想着，快要趴在桌子上睡着时，她的手机震动了一下。

有人发来了一条语音微信，尽管还在上课，但她还是偷偷戴上耳机听了起来。一般这种时候会给她发微信的，只有她的男朋友陈嘉。

下午没课吧，两点在你们宿舍楼下的休息区见吧，有点事。

胡晓产生了一种不祥的预感，如果只是普通的小事，那不妨

109

直接微信里说就好。可对方支支吾吾的态度让她有些担忧。

陈嘉是她去年认识的男友，和她并不是一个专业。只不过是一起上选修课时，陈嘉恰好坐在她的旁边，两个人才认识的。

坦白说，胡晓并没有多么喜欢这个男友。只不过班上很多女生都觉得陈嘉很帅，而她也正好不讨厌对方，因此，在对方向她告白的时候，她便顺水推舟地同意了。

胡晓就读的学校，是个偏文科类的综合大学，原本就女多男少，因此，虽然听起来有些可笑，但是交往了男友的女生，总能显得"高人一等"，比其他女生更有魅力。

对她而言，并没有多么想要交往男友，只不过是想要享受各种节日时的鲜花和礼物，还有在她任性时给她送夜宵的特殊待遇。

更何况，陈嘉在学校还是个风云人物。他是学校学生会的组织部部长，还是篮球队的主力成员。在胡晓认识他之前，就听班里不少女生谈论过他。

也因此，陈嘉对她来说，不过是一份可以炫耀的"资本"。在真正交往的过程中，她并没有觉得，比单身时代更加开心，只不过比起这个，她更喜欢享受那种"被他人羡慕"的感觉。

然而，这样的关系持续了一段时间，也让她厌烦了起来。

她没有想到，一段交往关系会变得如此麻烦：不仅要每天回复对方发来的、毫无意义的微信，还要容忍对方那些无聊的情绪与思想。她搞不明白，为什么这个男人毫无自己的想法，每天只知道在网络上看些愚蠢的观点，再拿来向她吹嘘。这样的交往方式，让她几乎要崩溃了。

也许是她的厌烦表现得过于明显，最近陈嘉也对她冷淡了起来，原本每天许多条微信的嘘寒问暖，现在也早已经变成了每天晚上公式化的一条晚安。似乎对方已经全然忘记了，半年前是如何热烈地追求她的。

更为夸张的是，有人还看到陈嘉和其他女生在学校里卿卿我我。

既然如此，那么早晚也是要分手的，长痛不如短痛……

好不容易等到下课，她和徐菲来到了食堂。拜这堂课的老师提前下课所赐，此时食堂里的人还不多。

"对了……"徐菲特意压低了声音，凑在她耳边说道，"你知道隔壁专业的许盼盼吗？"

啊……这个名字，她好像有一点印象，是谁呢？

"就是那个被你抢走系里奖学金名额的人啊，你忘记啦？"

啊，对啊。

胡晓这才想起来，系里每年都有三个奖学金名额。原本今年的第三个名额，是准备分配给这个叫许盼盼的女生——然而，因为胡晓曾经在一次社团活动中拿到了优秀奖，获得了加分，所以就把许盼盼的名额顶替掉了。

当然，尽管是有合理的缘由，不过有不少系里的人都在背后猜测，是胡晓的爸爸动用了关系，才让胡晓拿到了这个奖学金。毕竟平日系里的老师没少关照过她。听说许盼盼还为此去系领导办公室里大闹了一场，举报胡晓的加分不当，惹出了不小的风波。也为此，她对这个女生的印象极差。

"她怎么了？"

"我前两天看到她和陈嘉一起在学校小树林里，不知道干什么呢。"

"哦。"

胡晓淡淡地回复了一句。她早就想到陈嘉可能要和别的女孩子在一起了，只是没想到对方是许盼盼。她和许盼盼没有什么交集，只是没想到，陈嘉的眼光竟然会这么差。

许盼盼哪里比她好了？

为了一千块钱的奖学金就不依不饶的穷酸鬼。

简直好笑。

"你真的不在意啊？她把你男朋友抢走了！"徐菲好像生怕她没听清一样，再一次在她的耳边大声吼道，怕不是整个食堂的人都能听到了，"而且你还送了陈嘉一部苹果手机吧，我看他之前用的是和我一样型号的安卓手机，但他最近好像换了苹果手机，是你给他买的吧？"

"那也是没办法的事啊……"

胡晓想了想说道，下意识地用筷子搅动着碗里的牛肉面。不知道是否是今天食堂师傅的心情比较好，给她的面里加的肉似乎要比平时多一些。

可不知为何，她却感觉怎么也吃不出这几块牛肉的滋味来了。

"我和你说，许盼盼这个人，真的好讨厌啊。你还记得上个月，宿舍有人吵架的事吧？"

胡晓挑起碗里的面条，一边吃着一边点了点头。的确，她记

112

得上个月，曾经听到同个楼层的某个宿舍似乎有几个女生吵了起来，后来还惊动了系里的老师和宿舍楼管。不过很快，事情便被学校压了下来，她也没有再多关注。

"那件事和许盼盼有关？"

徐菲稍微压低了声调，似乎是怕食堂人多眼杂，被人听到。

"没错，我听说，是许盼盼的室友，你知道吧，那个特别漂亮的女生，最近她不是刚从国外旅游回来，还买了一堆名牌化妆品，和一只 GUCCI 的背包吗？"

"哦，好像是有这么回事。"胡晓点了点头，她记得宿舍里的人，的确有一天在谈论这件事情，特别是对那个女生带回来的名牌背包羡慕不已。

胡晓倒是很淡然。对于名牌服饰、化妆品这类的东西，她并不是特别在意。也许是因为家境优渥，父母从小都给她最好的东西，久而久之，她早已对这些所谓的"名牌货"失去了兴趣。

"听说许盼盼去向系里的老师举报，说她室友的钱……来路不明。"

说到这句话的时候，徐菲的语气突然变得有些微妙，胡晓知道，那是她在说出一些自己很感兴趣，但是又觉得有些"耻于出口"的事情时的自然反应。

"什么来路不明？难道还能是偷来的？没听说有人丢钱啊？而且她那堆东西也得有个一万块钱了吧，这可不是笔小数啊……"

"对啊，就是因为那些东西有点夸张了，所以他们班上的人才怀疑钱是不是来路不明。那个女生家里对她管得很紧，也不可能拿出这么多钱来。最后据说是许盼盼看到，晚上有陌生男人开车来接送那个女生，就在班里说，她的钱来得不干净什么的，最后被那个女生发现是许盼盼传的谣，两个人大吵了一架呢。"

原来如此。胡晓今天的胃口很差，平时还算爱吃的牛肉面，今天却觉得怎么也吃不出味道来。明明面里加的佐料和以前并没有什么区别。

胡晓只吃了一点面，就将筷子放到了一边，此时她已经全无胃口。如果是自己甩了陈嘉也就算了，要是被人知道，陈嘉是因为许盼盼才和自己提出分手，那不是显得自己还不如许盼盼吗？

不能这样……自己必须掌握主动权才行。

胡晓一边心不在焉地听着徐菲的八卦，一边在心里盘算着，要如何和陈嘉说清楚。然而，就好像是老天偏偏要和她做对一样——

"哟，你怎么也来食堂吃饭啊？刚刚拿了奖学金还保了研，不是应该出去好好庆祝一下吗？"

这讨厌的声音，是来自她的班长林阳。

胡晓皱起了眉头。

这是她大学四年最讨厌的人。

讨厌到一听到对方的声音就想要吐的程度。

"是啊，毕竟不像你一样，还没找到工作，又没考上研究生。"

她淡淡地回复了一句。

原本班长林阳以为自己铁定可以获得保研名额，因此根本没有去复习相关专业的考研内容。结果保研结果公布时，他才发现，自己的名额被从来没有告诉过他要参加保研竞争的胡晓抢走了。

不过对于她的回复，林阳好像并不生气，反而还有些得意。

"你别得意得太早了，谁知道你还能高兴几天。讨厌你的人，现在比讨厌我的人还多。"

胡晓差点笑了出来，原来这家伙还知道，讨厌他的人有一大堆。

瞒着全班同学，自己偷偷去参加考研的评选，以为这样就能保证自己绝对拿到全专业唯一的保研名额。事实上，这种事，林阳过去也干过不少。像是特殊的奖学金、某种活动，只要有人数限制，林阳是能少通知就少通知，全都是为了确保自己的那份可以拿到。

然而这样的人是怎么当上班长的呢？

还不是因为他的母亲在本地教育局工作，不知道给了学校或者系里的老师什么好处，才能让他大学四年一直这么嚣张。不过可惜，他家里的那点关系，还够不上让学校给他直接保研。

"那我起码没有做什么亏心事吧？"胡晓冷笑了一声，为了嘲讽林阳，她还故意拿起了食堂的免费粥，慢条斯理地喝了一口，"而且我参加保研竞选是同学和老师都知道的，为什么没人告诉你，你应该自己动脑子想一想。"

"……"

不知道是不是因为自己的音量太大，周围似乎突然一下子安静了下来。过了几秒钟，周围那些同学的窃窃私语声，才又恢复了起来。

胡晓深吸了一口气。她能感觉到自己的情绪有些失控。这不是她平时的状态。

也许是被戳到了痛点，林阳不再说话。

胡晓用筷子搅动了一会碗里的面，也许是因为被放置得太久，那碗面泡得有些软了，吃在嘴里口感极差，甚至让她有些反胃。

"你不吃了啊？"徐菲小声地问了一句，明显对她这种浪费行为有些不满。

徐菲家里的条件不好，平时过得很节俭。胡晓记得她说过，她的父母平时只给她很少的生活费。在她们学校，这样的学生不少，大部分家境困难的学生，都会对自己极其苛刻，很少会买太贵的东西。徐菲平时在吃和用上很省，甚至很少会在食堂吃肉菜。但是她会把省下来的钱用来买漂亮衣服和首饰。

胡晓不是很明白她的这位室友为何要这样。

在她看来，徐菲的一些省钱行为甚至有些可笑。她会刻意借同学的手机打电话来节省下自己的电话费，或者是在同学聚餐时找借口上洗手间或者说"没有零钱"而逃避 AA 的餐费。

说起来……自己为何会和这样的人成为朋友呢？

胡晓有些困惑，这只能说明……自己也很惹人讨厌吧？

在胡晓的回忆中，在学校里，总是相似的女生会自然地形成一个圈子。学习好的同学会形成"学习组"，喜欢追星、热衷打扮的女生会组成"时髦组"，还有一些性格一般，成绩中上游的女生会组成"朴素组"。而剩下的那些，无法进入任何圈子的女生，则会自动被划分为被"剩下的那个圈子"。

仔细回忆起来，自己好像从小到大，都是在不经意间，进入到那个"被剩下的圈子"中……在这个圈子里，尽是些成绩差到极点，或者是性格特别古怪，或者是穿着过度土气的女生。她并不想和这些女生为伴，却又不知为何，总会在不知不觉间，成为这个"剩下的"圈子中的成员。

　　也许正因为这样，她才尤其渴望能够通过"交往男友"这件事，让自己看起来不显得那么可怜吧。

　　胡晓一边这样胡思乱想着，一边和徐菲离开了食堂。徐菲似乎看出她有心事，并没有像平时那样滔滔不绝地探讨胡晓毫无兴趣的八卦和综艺节目，而是沉默地陪她向宿舍走去。

　　最近的天气，越来越炎热了。不知道是不是这个原因，胡晓的内心也觉得有些烦闷。是对下午即将面对陈嘉的不安？或者是和林阳吵架过后的不悦？她自己也说不上来。

　　走在回宿舍的路上，耳边不停地传来人群的嬉闹声，树上的知了叫声，还有马路边不停鸣响的汽车飞驰而过的声音，现在已经快到了放假的时间，为什么学校里还有这么多人呢。

　　胡晓的头有些痛起来。

　　"现在几点了啊？"

　　回到宿舍一进门，她突然想起来，陈嘉好像还约了自己。都怪林阳刚才在食堂里和自己说的那堆阴阳怪气的话，把她气得有些头脑发晕了。

　　"一点半。"徐菲一边回答着，一边打开了自己的笔记本电脑。

很快，胡晓的耳边便传来了她所熟悉的声音。

那是徐菲最爱看的韩国综艺节目。每天只要一回到宿舍，她就会打开电脑看这些毫无营养的综艺节目。

胡晓摇了摇头，尽管她烦透了室友将这些嘈杂的综艺节目大声外放的行为，但是她并不会向室友提出意见。

"我下楼和陈嘉聊会儿。"

"要我陪你吗？"

"不用了。"胡晓摇了摇头，她有点害怕自己控制不住情绪失态。至少，她不希望被室友看到自己出丑的样子。

她在休息区找了个位子坐下，等着陈嘉。在下楼前，她在内心已经预演过好几次，要怎么和陈嘉好好把事情说明白。但是，当陈嘉真正坐到她面前时，她又有些犹豫了。

"你到了……"

"哦，你说吧。"

胡晓深吸了一口气，她已经有了预感，但哪怕自己的预感再强烈，真正到了事情发生的时候，她还是无法彻底地冷静下来面对。

"你应该已经知道了吧……其实我……"

看来是要说许盼盼的事了。

"你和她是从什么时候开始的？"

胡晓努力压抑住有些颤抖的声音问。虽然知道已经无可挽回，但这种事情，她还是要问个清楚，自己到底被人当了多久的傻子。

"三个月前，你开始准备参加保研的考试那时起。本来是想早

118

点告诉你的，但是怕耽误你参加保研的考试，所以等你拿到保研资格才告诉你……"

原来如此，的确，自己三个月前，为了参加保研的校内资格考试，暂时和陈嘉减少了见面次数，微信聊天的频率也减少到了一天一次，说是聊天，其实也只不过是无聊地睡前互道晚安。

胡晓自己心里清楚，那并不是因为忙于保研的资格考试而不得不减少和陈嘉的联系，而是因为她已经渐渐发现了这个男生的无趣和愚蠢，开始单方面不愿意和对方多聊天。

然而，她对对方失去了兴致，并不意味着，对方可以随意把她甩掉。她还没有决定要彻底放弃的玩具，凭什么自己要提出离开呢？必须给对方一点惩罚才好。

想到这里，她不禁有些生气。但是她并没有将这种情绪表露出来，而是故作平静地说：

"好吧，既然这样，那就分手吧。但是……"她刻意停顿了一下，"把我的奖学金还给我。"

胡晓在拿到了那笔从许盼盼手里抢来的奖学金后，用这笔钱给一直抱怨自己的旧型号手机难用的陈嘉，买了一台最新款的苹果手机，虽然身边的同学和朋友都说，女孩子不要这样倒贴，但当时她想得很简单，自己又不缺钱，为什么不用这笔意外来的收入，给这个玩具一些适当的甜头呢？

但是，如果分手了，这笔钱是一定要要回来的。尽管她并不缺这些钱，但没理由便宜这个男人。

"你不是开玩笑吧……那钱我不是已经买了苹果手机吗？"陈

嘉有些生气地说，他万万没想到，胡晓会提出这样的要求。

"没错，但那是建立在我们交往的基础上，你说你三个月前就已经和别人在一起了，但是奖学金是我两个月前转给你的。你的这种行为，不就等于骗吗？把钱还给我吧，我们一刀两断。"

"我现在哪有这么多钱给你？要不我把苹果手机给你吧，我再去买个便宜的国产手机好了。"

"我自己有苹果手机了我干吗再要一个呢？"胡晓不高兴了，她没想到陈嘉是个这样的人，欠债还钱，这不是理所应当的吗？而且陈嘉并不是什么贫困生，不可能连几千块钱都拿不出来吧。

自己当初是看上了他哪一点呢？

是他的温柔体贴，还是善解人意？

现在看来，这些品质，只不过是他对当下喜欢的女生所"表演"出来的而已，一旦感情不再，这种品质也会瞬间烟消云散。

当然，这原本就是人的本性，只不过是自己过于愚蠢才会一时相信。

"我前一段时间玩游戏把最近父母给我的生活费都花掉了……最近手头真的没钱，要不然这样，这笔钱算我欠你的，等我实习的单位转正了，我一定把钱还你。"

胡晓冷笑了一声，说到这里，她反而有点庆幸，自己能早点看清这个男生的真面目。

在送手机之前，陈嘉就曾经好几次跟她借过钱，借口都不一样，要么是要买新的篮球鞋参加比赛，要么是和同学聚餐或者买参考资料书。一开始，胡晓还信以为真。她知道，陈嘉的家境虽然不至于说贫困，但也并不富裕。而男生间往往有些少不了的应酬，既然自己有钱，多给对方一些也不是问题。

后来她才知道，陈嘉把她给的大部分钱都充值到了游戏里，而且还是手机游戏。她无论如何也无法理解，到底那种东西有什么好玩的，要充几千块钱进去。就算充了钱，又能得到什么呢？她想不通，这些男生为什么会对这些看上去毫无意义的手机游戏如此痴迷。

甚至哪怕两个人约会时，对方也会趁她不注意的时候偷偷掏出手机来玩。

胡晓摇了摇头。当然，现在两个人分手了，对方终于可以正大光明地告诉她，钱已经"玩游戏"花掉了的这个事实，反正她也拿他没办法了。但是，如果以为她会就此罢休，那未免也有些过分了。

胡晓深吸了一口气，努力不让自己显得过于激动。

"你那个破单位，转正起码半年以后。还是算了吧，你自己想办法，以前我转给你的钱就算了，但是这次用我的奖学金打给你的钱，一分不少，这个月内还给我，不然……不然我就去学校论坛曝光你。"

虽然说出来有点可笑，但这是胡晓在短短几秒钟内，能想到的对陈嘉最大的惩罚。陈嘉是学校学生会的干部，又是社团的核心成员，如果在学校论坛曝光他，应该会对他造成不小的影响吧……

说完，她就站起身，准备走回宿舍。

陈嘉马上走过来，扯住她的胳膊，似乎是还想要说些什么。

胡晓用力地甩开了那只手。她觉得，那只手有些恶心，凭什么用摸过其他女人的手再来碰她呢？想到这一点的时候，她甚至有些想吐。

她赶紧加快脚步走进了宿舍楼道。陈嘉好像还想追上来，却被门后的值班舍管阿姨拦住了。

回宿舍后，胡晓才松了一口气。

事实上，她也不知道，自己想要的结果到底是什么。从小到大，她似乎没有缺少过任何东西。因为家境富裕，自己又是家里的独生女，父母从小到大一直都给她最好的。

也正因为这样，胡晓时常感到，对生活缺乏"欲望"。无需努力就能够获得一切，这样的生活，也渐渐让她有些厌倦了。而陈嘉，似乎是这样无聊生活的一剂调味品。当这剂调味品终于过期之后，生活好像又变得有些失去了色彩。

所以，她要陈嘉还钱，并不是真的需要那些钱，只是想让对方不好过而已。一想到对方为了这件事而着急为难，甚至有可能会在新女友许盼盼面前丢脸的样子，她就觉得内心有些快意。比起这个，分手的那一点点失落感，早已经被她抛到了脑后。

"Siri，放我最喜欢的歌。"

胡晓轻轻说道。既然事已至此，不如放松一下心情。她平时喜欢听欧美流行音乐，常听那些欧美排行榜上的热门歌曲。

然而，与预想中的旋律不同，桌上的手机，响起了一首很俗的中文广场舞歌曲，好像在嘲笑她一样。

这是什么？自己最喜欢的根本就不是这首歌！

然而，手机里的音乐就好像在嘲讽她一般，自顾自响个不停。

怎么回事啊……今天好像特别倒霉？！

胡晓生气地坐到床上，也许是因为昨天晚上没睡好，也许是因为今天中午吃得有些过饱，又也许，是因为想要逃避这烦躁的一天。

天气过于闷热，宿舍里又没有空调，她觉得有些呼吸不畅，大脑也开始渐渐眩晕了起来，不知不觉就这样睡了过去。

也不知道过了多久，直到徐菲回到宿舍，她才醒了过来。

"咱们晚上有社团活动啊，你怎么还在床上躺着？"

社团活动？

对啊，好像今天是周五，是社团的例行活动时间。

都是被陈嘉气糊涂了。

胡晓从床上坐起来，稍微梳洗了一下，和徐菲一起向学校走去。也许是因为下午睡得有点久，她的头晕依然没有好转，反而因为睡得过于昏沉，使得大脑的运转更加迟钝了。

"怎么了，不舒服吗？"徐菲似乎是看出了她的异样，小声在旁边问道。

"没有，就是头有点晕，不知道是被气的还是没有休息好……"

徐菲沉默了一会儿。

一直以来，徐菲的性格都是这样。她似乎很难顺着他人的话题进行对话，一旦遇到自己不擅长的谈话，便会马上进入沉默状态。

胡晓叹了口气。

两个人走在学校的道路上，只听到脚步踩在地上的沙沙声。一切似乎有些安静得过分。一旦处在这样的环境中，胡晓就习惯性地开始胡思乱想，此时此刻，她竟然有些怀念徐菲的那些无聊的八卦话题。然而，徐菲却偏偏在这时闭上了嘴。

"对了，我想去买点零食。"快要走到教学楼时，胡晓突然觉得有些饿，这时她才意识到，自己似乎没有吃晚饭。

"哦，那我去社团教室那边等你吧。"

胡晓点了点头。

她从教学楼门口拐了个角，学校的小超市，只要穿过教学楼旁边的这丛小树林就可以抄近道直接过去了。

虽然从小树林里直接过去有些难走，可是时间紧迫，还是抓紧时间为妙……这次社团活动是最终作业考评，而社团分数也要算进优秀学生的考评成绩里，她可不想让自己的优秀奖因为一次社团的迟到而泡汤。

可是，为什么平时熟悉的道路，现在却感觉有一些陌生呢……

有什么不对……

好像……有人在跟着自己？

正当她想要出声的时候，她感到自己的腹部似乎被尖锐的物体插入了，当她想用双手捂住腹部时，却怎么也捂不住那不停涌出的……温热的液体……

叫醒胡晓的，是每天都会定时响起的闹钟。

闹钟……

不对，怎么回事？

自己是做了一个梦吗？

刚刚自己明明梦到……在学校的小树林里，被什么人袭击了……

甚至连那种刃物刺入腹部的真实感，都还仿佛残留在自己的身体上。

但是现在，自己枕边的闹钟，的确响了。

她下意识地按掉闹钟。

自己还躺在床上。尽管宿舍的床硬得要死，但是此刻，她却觉得很舒服，就好像自己在跑完了万米长跑之后，终于可以躺下来好好休息一下。而身上盖着的棉被，也像棉花糖一样柔软地包围着她，给她一种强烈的安心感。

然而很快，她就意识到了，自己之前的意识，并非在做梦，而是真实发生的。

"Siri，今天是周几？"

"周五。"

……怎么回事？昨天不是周五吗？怎么今天还是周五？

不，等等，难道说昨天所经历的事情真的是梦？

但如果是梦的话又太过真实了吧……

她摸了摸自己的腹部，那个印象里曾经感受到剧烈疼痛的部位，此时却安然无恙。

"晓晓，你再不起床的话就要迟到了。"徐菲的声音从她耳边传来，还是和往常一样熟悉的声音，听不出任何异样，甚至连她的脚步声，也似乎和昨天一模一样。

胡晓勉强坐起来，像往常一样洗漱了一番。

她想要问徐菲是否还记得昨天的事，但是又发觉，自己根本就不知道该从何问起。而且对方只会觉得自己是犯了病吧？

不仅如此，她的手机所播放的英语新闻，也和昨天听过的完全一样。甚至就连食堂早饭中包子的口感，也和昨天完全一致。

某某明星最近好像要离婚了，你知道吗？

某某歌手整容了，真的好明显……

徐菲继续滔滔不绝地说着和昨天一样的话题，这让她几乎崩溃了。为什么，为什么会这样……

绝对有问题。明明是同样的一天，为什么自己经历了两次呢？

毫无疑问，接下来的课堂上，老师所说的每一句话，也和她脑海中所预想的一样。就在老师说到"接下来我们请一位同学复述一下刚才的要点"时，也像"昨天"一样，她的手机震动了起来，依然是陈嘉发来的那条微信。

这绝对不可能是做梦吧……

但到底是怎么回事呢……

上完课后，她和徐菲在食堂吃午饭，当然，她的午餐仍然是那碗比平时多了几片肉的牛肉面，是几片来着……平时一般是三片，今天是五片吧。

她慢慢地用筷子夹起碗中的拉面，塞进口中。

"你知道许盼盼吗……"

徐菲像昨天一样开始提起了那个女生。

很快，林阳也走了过来，像昨天一样，对她说了一堆毫无意义的话语。

不过这一次，胡晓并没有像昨天那样对对方大声嘲讽。因为她已经没有心思再去考虑如何让林阳难堪，她必须搞清楚——自己到底在经历什么。

对，目前来说，这才是最重要的。

昏昏沉沉地回到宿舍后，她拿起手机，打开微信给陈嘉发了一条语音。

"我有点事，今天没法和你见面了，有事明天再说吧。"

今天，她实在没有心思和男友再讨论那几千块钱的问题。不过，如果自己的时间恢复了正常，这些钱还是必须要回来的。

"今天必须见面，我在楼下休息区等你。"陈嘉有些不依不饶地回复她。

"我真的有事。改天吧。"

然而陈嘉还是不肯放弃，直接拨打了她的电话，她的手机来电音乐开始响了起来。这让她更加烦躁了。

"我今天有必须和你说的事……"

对方的话还没说完，胡晓就挂掉了电话。

对啊，搞不好昨天那个在小树林里袭击自己的人就是陈嘉，自己要求他还钱，结果他根本就没有钱能拿得出来，又怕自己在学校的论坛里曝光他，所以才……

不，也许是许盼盼呢？自己抢了她的奖学金，现在又为难她的现任男友，也说不定会新仇旧恨一起清算……

等一下，还有一个可疑的人，林阳。自己抢走了他的保研名额，中午还在食堂对他冷嘲热讽了一番，以他的性格，绝对会打击报复自己。

这么一想，好像对自己有杀人动机的人，未免也有点太多了。

要怎么办呢？

如果不和陈嘉见面的话，搞不好还是会激怒他……

还是和他说清楚好了。

这样想着，胡晓再次走下楼，来到宿舍楼下的大厅。也许是因为还是中午，大厅里有不少还在休息的女生。

最好还是别在这里闹得太难看。

想起昨天和陈嘉不欢而散的那一幕，胡晓在心中暗暗提醒自己。这一次，她努力安抚自己的情绪。

"我们分手吧。"

陈嘉似乎对胡晓竟然先提出这一点有些惊讶，不过他马上释然了。

"你知道了啊……"

"嗯，但是我用奖学金给你买的手机，不能就这么算了吧？"

"晓晓，你也知道，家里给我的生活费，我都拿去玩游戏了，现在手头真的暂时没钱，要不这钱算我借的，等我的实习单位

128

转正……"

胡晓叹了一口气，再次陷入了深深的怀疑，自己当初是怎么看上这个男人的呢。

"算了，钱我也不要了，那你把苹果手机还给我吧，你自己再去买个一千块的国产手机好了。"

这是上一次陈嘉提出的建议，现在她觉得也不是不能接受了，只要能让陈嘉把东西吐出来，怎么样都好。

不能把陈嘉逼得太紧，不然也许又会像上一次那样惹得他恼羞成怒呢。所以，她采用了比较温和的语气，这一次，应该不会有麻烦了吧。

"啊……？"

但是，陈嘉听到这个提议，反而有些为难的样子。

"怎么了？你还一定要用苹果手机了？那就还钱。"

"不是，晓晓，我……我把苹果手机……送给别人了。"

什么?! 胡晓感到自己简直要爆炸了，一定是送给他的新女友许盼盼了吧。用自己的钱买手机讨好别的女人，是不是也太过分了?!

"那就要回来吧。"

胡晓生怕自己再说下去，会进一步激怒陈嘉，她硬是憋住了要去学校论坛曝光陈嘉的威胁，站起身来。

这一次，陈嘉没有追上来。

回到宿舍，她再次感到有些犯困，便倒头在床上睡了起来。

在梦里，她感到陈嘉、许盼盼、林阳，每个人似乎都在追杀

129

自己。不，不仅是这三个人，她想起了好多自己平时得罪过的人。

怎么会这样……

自己原来是个这么不讨人喜欢的人吗？

如果真是这样，自己还是从这个世界上消失比较好吧。

也不知道过了多久，徐菲的声音从耳边传来。

"晓晓，再不去社团就真的迟到了，迟到可是会扣分的！"

说完，对方还推了一下她的枕头。

啊……果然，这次是真的做梦。

"对了……菲菲，今天真的是周五吗？"

两个人走在路上，胡晓突然这样问道，她忍了好久，还是忍不住想要确认这一点。

"是啊，怎么了？"

"不，我只是觉得有点奇怪……"

两个人走在学校的道路上，周围静得只听见她俩的对话声，这让她感觉到更加不安了。

"哪里奇怪？"

"说出来你可能不信……我，其实我……已经经历过同样的一天了。"

徐菲沉默了，显然大概是在思索她话里的含意。

"你指的是……像最近那部热门电影《恐怖游轮》那样，不停重复同一天吗？"

虽然胡晓并没有看过这部电影，对于它的题材和大致内容，她还是知道的。

"对，其实我也不知道，自己到底在周五这一天循环多久了。我只是觉得……好像有什么不对……"

胡晓下意识地说道。

"不对……哪里不对呢？"徐菲的语气中带上了一丝好奇的色彩，想必她一定不相信自己所说的话，但是却想要探究，自己这么说的原因何在。

也许这就是女生间的友谊吧？

如果是男生，互相讨厌的话，一定会当面说出来。而女生的话，则会一直维系表面上的平和，甚至装出关系亲密的样子来，在看似无所不谈的状态中，互相在内心诋毁对方。就像是现在的自己和徐菲。

她还记得，徐菲给她的第一印象很差。第一次见面是大一新生报道的那一天，明明是自己先到的宿舍，她只是刚把东西放下，徐菲和她那从农村跟来的父母就走了进来，完全没有跟她打过招呼，便将一大堆东西放到了宿舍的公共区域，像是在"抢占地盘"一般。

小家子气。

这是胡晓对徐菲的第一印象。硬要说优点的话，也不是没有。但是那种仿佛与生俱来的"穷酸气"，实在是让她难以接受。尽管如此，在发觉自己无法融入其他女生的圈子后，她便和徐菲自然而然地组成了"小团体"。

"好像今天发生了很多事，不知道是不是巧合，另外，我总感觉今天过得有些晕晕乎乎的，自己的状态也很奇怪，不知道是不

131

是因为循环了太多天的缘故，我的脑子有点混乱了。"

"虽然我很想相信你说的，但是，循环同一天这种事情，是不可能发生的啊。时间是线性的，不存在重复的可能性。你该不会是因为陈嘉的事，产生什么精神疾病了吧？"

虽然对方是用开玩笑的语气说起这番话，她也能听出，对方不过是想用一个不高明的玩笑来缓解她的紧张，但是……

唉，如果真是这样，就是告诉别人，也不会有人能帮自己解答这个困惑，更何况是徐菲这样见识浅短的人。

不，时间已经不够了。再这么继续下去，恐怕还会和昨天一样被杀吧？要如何避免呢？胡晓的大脑飞速运转了起来。

首先，要避免和"昨天"犯一样的错误，那就是——进入学校到超市那段路程的小树林。因此，尽管她觉是很饿，还是忍住了想去超市买零食的欲望，和徐菲一起走进了教学楼。

只是避免从小树林路过还不够，不能自己一个人行动，也不能去没有人的地方。

既然无法解除凶手的动机，那么暂时，只能避免给凶手可乘之机。

不知道为什么，胡晓突然觉得有些想去洗手间。

应该没问题吧，在学校的教学楼里，凶手应该不敢贸然行凶。

虽然也可以叫上其他同学一起去，但是自己明明已经二十多岁了，还要喊别人一起去洗手间，未免也有些太做作了。

她这样想着，不知不觉已经走向了洗手间。

不对，有什么不对。

为什么感觉，有些安静过头了呢？

没关系，安静的话，就代表没有人跟着自己，不会有事的，不会有事的。

她在心中反复这样对自己说着，然而异常的心跳仿佛在预示着，自己目前处于不寻常的环境中。

这是什么声音……

正当她意识到有什么不对的时候——

某种熟悉的异样感再次传来……

这是第几次被同一天的闹钟叫醒呢……

胡晓按掉闹钟，她甚至机械性地像平日一样，让 Siri 帮她播放起了英文的新闻广播。

那是她熟悉的新闻内容，她甚至已经能够背诵那些第一次听起来有艰涩的英语新闻了。

没错，又是同样的一天。

胡晓按掉了手机里的新闻广播，从床上坐了起来。

事到如今，她反而已经有些习惯了这不断循环的一天。就好像在度过过去二十几年人生中的普通一天。

但是，这一天毕竟并不是真的那么普通。

她发现，无论如何，自己都无法保证一定能够不给凶手留下作案的空间。哪怕防范得再到位，也无法保证没有意外发生。

那么，如果从动机上进行排除呢？她也想过这种可能性。除了陈嘉是当天向她提出分手以外，林阳和许盼盼都早已对她心生怨恨，但一直重复循环的却总是这一天，根本没有办法，将这两个人的动机排除掉。

就算是彻底死掉，也比这样不停地重复着被杀掉的一天要幸福吧。

还是说，真的有能够摆脱循环的方法？

"晓晓，你怎么还在床上？"床边传来徐菲的声音，"都快到时间了，我们再不出发就来不及去食堂吃早饭了！"

"哦……"胡晓稍微想了一下，"你帮我请个假吧，就说我生病了，我今天不舒服，真的没法上课了。"

"你应该还没到'那个'的时间吧？"

"不是，我头疼，真的。"胡晓懒得解释了，她说完这句话，再次躺到了床上，示意自己无论如何，今天也不会去上课了。

"那好吧，要是生病了就去校医院吧。"听到她这么说，徐菲也放弃了劝说她的可能性，自己收拾了一下就出了门。

胡晓躺在床上，开始梳理自己的思绪。

现在已知的事实是，自己在周五这一天，被人杀死了。

那么，如果能够防止自己在这一天的死亡，是否就能将循环打破呢？当然，哪怕不考虑"不停循环的一天"这个不符合逻辑和常理的判断，防止自己的死亡都是现在的头等大事。

前两次自己的死亡，一次是在学校去超市抄近道的小树林中，那里的确人烟稀少，而且因为学校最近在进行改建，到处都在大兴土木，学校里对外来人员的检查也根本无从谈起。

因此，她无法确认，到底是被认识的人所杀，还是只是在路上被陌生人袭击。

那么，第二次呢？

第二次，她刻意回避了"从小树林里穿近道去超市"的这个行为，而是走进了教学楼。但是，本以为安全的教学楼里，为什么也会……

不，等一下，为什么自己会认为教学楼是安全的呢？教学楼的门口并没有保安。而且之前的新闻也报道过，曾经就有女生被外来务工人员杀死在洗手间内。

自己只是仗着认为教学楼里人来人往这一点，就忽略了会有人隐藏在洗手间内伺机行凶作案的可能性。

那么，有可能锁定凶手吗？

不，首先，自己没有办法排除外来人员作案的可能性。因为学校并不是封闭式的场所，所以在这一点上，就没有办法锁定嫌疑人。

那么，如果抛开这些不确定性，在自己身边，有可能对自己产生杀意的人呢？

之前自己考虑过的几个有作案嫌疑的人：陈嘉，林阳，许盼盼……

陈嘉是男生，不可能潜入女厕所……不，这可不一定。如果他趁没人注意的时候偷偷潜入女洗手间的一个隔间里，然后等到自己进入洗手间时再趁机动手……

不对，再怎么样，陈嘉都不可能预测到自己什么时候会去洗手间吧。

不过，如果是他一直在跟踪自己的话……但是那样，又如何确保洗手间里没有其他人呢？

胡晓感到自己的脑袋快要爆炸了。仿佛有千丝万缕的线索，但她无论如何也梳理不清。

这时她的手机震动了一下，不用看也知道，是陈嘉发来的微信。

怎么办呢？如果要避免激怒对方的话，不见面是最好的。但是，如果不见面的话，他会不会又做出其他过激反应来呢？

该怎么办好……

"我身体不太舒服，有什么事微信上说吧。"

她想了想，这样回复。

"今天有很重要的事，我去你宿舍楼下找你吧。"

看来对方今天一定要见到自己……如果是这样的话，也只能暂时压抑住心中的怒气，勉强和对方和平分手了。

然后呢？如果和陈嘉和平分手的话，应该能够去除他对自己的杀机。

林阳和许盼盼呢？

这就难办了。保研和奖学金自己已经拿到了，事到如今也根本没有再退还给他们的可能性。对于这种自己在"今天"之前就已经造成的积怨，事到如今，似乎没有更好的办法能够消去。

那么，假如自己找到绝对安全的方法保护自己，不让自己在这一天和任何人接触，绝对确保自己的安全，是否就有可能消去自己的危机呢……

或者说，哪怕"今天"自己能够通过"某种方式"平安度过，跳出循环，但是，明天、后天，自己还能躲过这份"杀意"吗？

如果自己的"死"是意外，只是校外人员临时起意，那么，通过自己在今天的行为改变，的确有可能确保自己的安全。但如果"杀死"自己的凶手是自己认识的人，也就是具有"明确"动机的人，那么，这份"杀意"恐怕并不会随着时间的推移而消失。

那么，有没有办法"解除"其他人的动机呢……

胡晓躺在床上，反复地想着，但是完全想不到可行的方案。

也不知道过了多久，宿舍的推门声再次响起。

"晓晓，你怎么还在这里，这都几点了？"

看来是徐菲上课回来了，听她话中的意思，现在已经不早了吧。更何况，她还闻到了一股饭菜的香味，应该是徐菲从食堂打包了盒饭回来。

"我就猜你肯定没吃饭，给你带了一份食堂的炒饭，喏。"说着，徐菲把炒饭放到桌上，炒饭的香气马上扑满了宿舍。这让早饭也没吃的胡晓终于觉得自己有点饿了。

她从床上爬起来，端起炒饭，往嘴里塞了起来，是她最喜欢的咖喱鸡块炒饭。

不少同学都说，食堂的饭难吃，但她并没有这种感觉。从小到大，她几乎没有吃过家人亲手做的菜。小时候，父母忙工作，经常随便给她从街边买些现成的熟食应付。后来家里的经济情况好转，父母便请了一位远房亲戚来做小时工帮忙做饭，可她并不喜欢那位亲戚的烹饪手艺，总觉得她的菜味道奇怪。她曾经试

137

着向父母抗议，可父母似乎并不怎么放在心上。

因此，来到大学后，她也不觉得食堂的饭难吃，反倒认为比家里的好，符合自己的口味。

她一边想着这些有的没的，一边将炒饭往嘴里塞，今天的炒饭炒得的确不错。胡晓突然觉得有些讽刺，虽然这一天尽是些烦心事，但是好像自己吃到的东西都要比平时更美味一些，无论是那多了几片牛肉的拉面，还是这份炒得格外香的炒饭。

"对了，你知道我在食堂碰见谁了吗？"徐菲突然想起了什么似的问她。

"谁啊……"

连问都不用问，她当然已经猜到，是碰到了班长林阳。但是她已经懒得去解释其中的缘由，只是顺着徐菲的话问下去。

"林阳啊！哈哈哈，别提有多丧了，听说现在他还没找到工作，连个实习单位都没有。也是，原本他以为自己肯定保研了，既没去找实习，也没有好好准备考研，现在两头都落空了，是有点可怜。"

胡晓闷头吃着炒饭，没有接话，如果换了平常她早就和徐菲一起冷嘲热讽起来，但是现在，她满脑子都在思考自己这几天的诡异经历，完全没有心思去讨论这些。

"他这是活该，谁叫他以前得罪了那么多人。上次英语六级考试，居然把全班的准考证都弄丢了，害得大家都没法考试，居然还怪楼管阿姨没看好宿舍……要我说，没准他是故意把大家的准考证丢掉的，好自己偷偷摸摸去考。这样我们整个专业，不就只

138

有他一个人能过六级了？哈哈，这就叫报应……对了，陈嘉不是约了你吗？快到时间了吧……"

啊……光顾着吃饭，她居然忘记了这件事。

胡晓放下吃了一半的炒饭，抄起手机走出宿舍，见面地点还是在宿舍楼下的大厅。

不能生气，不能生气，要好好说话。

她这样在心里不停地告诉自己，绝对不能激怒对方。

"我们分手吧……"

陈嘉的开场白还是和"过去"一样。

"哦，好啊。"胡晓淡淡地回答。这样的话，总不会引发冲突了吧。

"……"

大概是没有料到她答应得这么痛快，陈嘉一时之间有些不知所措。

"你都不问为什么吗？"

"我没兴趣知道，没事的话我要走了。"胡晓忍住内心的烦躁，站起身来，准备离开。不知道为什么，她突然意识到，比起前几次的"愤怒"，现在自己心中似乎已经平静了很多，既不为对方的背叛感到愤怒，也不再想要追回任何"付出的补偿"，只想着赶快结束这件事。

没错，现在看起来，过去的自己似乎是有些过于执着于某些东西了。哪怕对对方没有任何留恋，也要因为心中那些不该有的自尊，而去做出让人无法理喻的事情。

"不行，这件事情我一定要和你说清楚。"陈嘉站起来，扯住了她的手。她试图甩开，但陈嘉似乎一定要说个明白一样，拉着她坐回了座位上，"你知不知道你这个人有多讨厌，从来都是只为自己考虑，根本没有考虑过我的感受。你说我用的手机不好，想帮我换一部手机，那就直接帮我买一部啊？直接把钱打过来算是怎么回事？！你有考虑过我的自尊吗？"

……他竟然还有脸说这件事。

"你可以选择不要啊。"

"我为什么不要，那是你说好要送给我的。"

对方像个赖皮的孩子，无论怎样都无法和他讲明白任何道理。

胡晓叹了口气，"那你说，你要怎么样才算满意？"

"你得向我道歉！"陈嘉没有丝毫犹豫地说道。

"道歉？你在开玩笑？该道歉的人是你吧……？"

胡晓无奈了，她没想到，自己步步忍让，这个男人居然还能无耻到这种地步。

"当然是你应该向我道歉了，除了道歉，你还要赔偿我的精神损失，你得再送我一部苹果手机。"

"你做梦吧。"

胡晓站起身，将随身带着的保温杯的盖子拧开，把喝剩一半的水向对方的身上泼去，然后马上转身离开了。

因为她只怕，自己再走慢一秒钟，就会做出更冲动的事情来。

等她走进了宿舍区，还能听到陈嘉在后面追赶着骂她的声音，还有宿舍楼管阿姨拦住他，不让他上楼的争吵声。

回到宿舍，胡晓才意识到，自己似乎又犯了一个愚蠢的错误。

是的，自己再一次激怒了陈嘉。

但是，这能怪她吗？自己明明已经忍耐到了极点，是对方一次又一次提出无理的要求，自己根本就不可能同意……

不，等一下。

这有点不合常理。在她的印象中，陈嘉虽然说不上是什么忠厚老实的男人，但是似乎也没有无耻到这种地步。

然而，对方刚才的表现，就好像……就好像……没错，就好像是无论如何，也要"制造一个让她愤怒"的理由一样……

也就是说，不管她如何预防，这些来自身边的危险，都是不可避免的吗……

那既然如此，自己怎么才能找到最安全的地方躲起来呢？

报警？恐怕在没有明确证据的情况下，警察只会把她当成一个发疯的精神病人。

而自己在外地读大学，也不可能现在马上回老家。在学校里，同学和老师也不可能相信她说的"一定会被人杀死"的鬼话吧。更何况，她平时并不讨人喜欢。

那么，如果一直待在宿舍里呢……？

不知道。

许盼盼也住在女生宿舍，如果许盼盼要杀她，只要从隔壁宿舍走过来就可以了，简直轻而易举。

唉，要怎么办才好呢。

想到这里，她走进宿舍门，将宿舍的门重重地反锁上。不，这还不够，宿舍的门锁太容易被打开，需要再加固才行。

她又将宿舍里的椅子放到门口，但是这样也显然无法预防凶恶的杀人者……

对了，自己还有其他防身的东西。她从桌上摸到了徐菲平时常用的水果刀，紧紧地握在手上……

如果真的发生了意外……

就这样，胡晓一个人坐在床上……

时间一分一秒地过去了。

然而，好像这一天特别漫长，除了自己床头的时钟一直滴答滴答地响个不停外，外面的世界似乎被凝固住了。

也不知道过了多久……

胡晓渐渐睡着了，也许……也许这一天，终于度过了吧……

然而，就在她这样沉沉睡去的时候，某种熟悉的痛感再次向她袭来，她还没有来得及去意识到发生了什么，就再次失去了意识。

熟悉的闹钟声，熟悉的英语广播新闻……

毫无疑问，这又是循环重复的"那一天"。

胡晓从床上坐了起来。

如果不停地被杀是自己在这一天无法逃离的命运的话……

那么，自己用其他方式结束生命，是否就能打破这个怪圈了呢……

她洗漱完毕，换上了一件新衣服。

"晓晓，我们该去上课了……"

耳边传来徐菲熟悉的那句话。

然而她摇了摇头。

如果没有记错的话，宿舍走廊的尽头，有一处通往天台的安全楼梯……

一步，两步，三步……

这样走上去……

轻轻一推，通往天台的门就这样打开了。没错，这果然是这个世界为自己准备的结局。

她走上天台，不知道是不是清晨的缘故，仿佛今天的空气，比"往常"更加清新一些。只要一直向前走，向前走，就对了……

"这就是我的故事。"

杨云帆说完，有点不好意思地低下了头，也许是因为说得太久，又也许只是为了消解自己的窘迫，他拿起桌上的饮料倒进杯子，然后一口气喝光了。

杨云帆是 A 大美术系的一名大四学生，此时，他和社团里的其他同学围坐在火锅边上，一群人一边吃着火锅里的涮肉一边聊天。

尽管已是大雪纷飞的冬天，好在 A 大位于北方，室内有充足的暖气，加上热腾腾的火锅进入胃里带来的暖意，让他们丝毫感受不到外面的寒冷。

杨云帆参加的社团是学校的科幻社。尽管是美术系的学生，但杨云帆还是特意选择了这个与自己专业毫不相关的社团加入。有趣的是，科幻社中的学生，极少来自理科专业，大部分都是文学院、影视学院和美术学院的学生。

　　相对于其他社团丰富的活动而言，这个社团的活动，也只集中在院线有科幻类大片上映时集体观影，经典科幻小说出版时安排读书会而已。因此在学校里，这个社团的存在感，几乎是弱到了无以复加的地步。

　　甚至当同学得知杨云帆加入的是科幻社时，都会惊讶地问："Ａ大还有这种社团吗，我怎么从来没有听说过。"

　　事实上，在Ａ大，一般学生过了大三之后便会退出社团，专心于毕业设计和实习工作。而杨云帆却没有退出科幻社，一方面是因为他的成绩不错，毕业作品早早就做出了一部分内容；另一方面是因为，他的家境优越，父母经营本地一家大型地产公司，所谓的"专业"美术，只不过是他的爱好而已，还未毕业，父母就已经给他安排好了家里公司的工作，内容自然也与美术无关。

　　也许正是因为这样，他才极力在学校里丰富自己的生活，不像其他同学那样，将精力用在打工、实习上。加入科幻社的小团体，就是这校园生活中的一环，对他而言，大学的四年时光，是逃避现实的最后期限，毕业后进入由父母安排的成人社会，恐怕就再也无法这样随心所欲地生活了。

　　不过，也正是得益于社团的规模小，长期的小范围活动，让社团成员间产生了某种"密友"式的亲切感。没有同专业学生的就业、考研竞争，有共同的爱好和话题，聚会的主题总是围绕"吃喝玩乐"展开，不知不觉间，这个社团的成员也就慢慢成为了"玩伴"性质的朋友。哪怕是没有社团活动的日子，社团成员间也经常会周末聚餐，或者是一起出去玩玩密室逃脱或是桌游。

而这一年的冬天，社团里这一届大四的学生大都要开始实习了，因此有人提出，准备提前举办社团送别大四学生的活动，于是一行人便来到某位学长在外租住的房子，开起了夜间的火锅派对。

此时，他们正一边煮着自己带来的火锅食材，一边聊天。第一轮兴致满满的涮肉结束后，也许是有些累了，不知是谁提出了"每人讲一个自己身边和科幻有关的故事"的提议，作为餐间休息的娱乐项目。

事实上，大部分人所讲的，无非是小时候的一些不知事理的见闻，或者是"即视感"或者"鬼压床"之类的经历，尽管这些算不算"科幻故事"还有待讨论，不过好歹炒热了气氛，让本来吃得有些微饱而犯困的人，都打起了精神。

然而，在几个同学"段子式"的故事讲完之后，突然出现了杨云帆的这个漫长无比的故事，时间一长，让在座的人都有些恍惚了起来。直到他打开一瓶罐装啤酒，啤酒气摇出的泡沫喷出的声音，才让大家回过神来。

事实上，杨云帆讲述的，并不是他本人的经历。

"这是几个月前一位网友发给我的小说。但是……无论如何，我都想不通其中的意义。"

"啊？那好奇怪啊，先不说小说本身的内容，为什么别人会将一部小说发给你呢？"

杨云帆陷入了回忆。那是在半年前，他和本专业的其他同学一起举办毕业画展时的事情。那是毕业前的最后一次画展，因此学校鼓励学生邀请家人朋友一起参加。

"因为和那个网友认识了很久，之前也聊到了想要见面的事，虽然不在一个城市，但是搭高铁的话，也只要一两个小时就能到吧，所以当时我就邀请她来参加我们的毕业展了。"

"你说的'她'，是女的咯？"社团中的大一新生朱玫一边将桌上剩下的青菜一股脑地丢进还在沸腾的小火锅里，一边笑眯眯地说。

"嗯……"杨云帆想了想，"好像是吧，其实我没问过。我和她在网上认识也是因为讨论科幻小说，不过她喜欢的是梶尾真治、小林泰三那样的日本软科幻作家，感觉上有点像是女孩子……本来喜欢科幻小说的人就很少，所以我也并没有特意去问过对方的性别。平时聊天的内容，也都是电影和小说一类的东西。"

"有问题吧。"朱玫眨了眨眼睛，也许是因为喜欢吃甜食的原因，她的脸有些圆，笑起来显得很可爱。

"能有什么问题，都没见过面的啊。"杨云帆赶紧摇了摇手，事实上，在今天之前，他从来没有仔细考虑过这一点。

从小到达，他似乎从来没有"喜欢"过任何人。也许是因为家境优越，从小到大，父母对他想要的东西几乎都会一股脑地直接买来。因此，他时常觉得人生"缺乏欲望"。无论是杂志周刊上

146

的高级餐厅，还是名牌衣服球鞋，哪怕是他并不是那么想要的东西，父母都会直接买给他。

喜欢一个人是什么样的感情呢……他也说不清。初中时代，他曾经对隔壁班的女生产生过一丝淡淡的好感，但是很快便随着对其他爱好的痴迷而烟消云散。

他只是觉得，和对方交流的时候，很舒服。不用在意任何现实生活中的背景，只是单纯地聊自己感兴趣的内容就好。那种感觉……似乎是完全逃离了现实生活的烦恼一般。

这样看来，也许自己喜欢的，只是这种逃避现实的感觉吧。

"不过，为什么邀请她来参加你的毕业作品展，她要给你发送一份奇怪的小说呢？"

看到杨云帆似乎陷入了沉思，朱玫戳了戳他。虽然只是个刚进社团不久的大一新生，她似乎并没有像其他新生那样，会对学长学姐过度敬畏。他们平日的关系并没有这么近，但也许是因为火锅聚会天然就会让人增加亲密感，再加上酒精饮料的作用，才让她做出这样的举动。

"我也不知道……她只是说，如果我能猜出小说的谜底，就可以来和我见面了。"

"那结果呢？"

"事实上，这部小说，我反复看了好几遍，甚至连所谓的'谜底'是指什么都猜不出来……"

望着桌上热气腾腾的火锅，杨云帆无奈地叹了口气，如果不是这个莫名其妙的话题，他也许还能多吃几口涮肉吧，可是讲完

147

了这个漫长的故事，他觉得疲劳不已，只想喝水来缓解自己的口干舌燥。

"谜底是什么……"朱玟歪着头想了想，"要说的话，故事里面最大的谜题，就是'为什么主角会在同一天循环'吧？"

"不。"杨云帆摇了摇头，"这个问题我也曾经想过，但是，似乎整个故事是将循环当做了一种设定。并且主角也提到过，'只要活过这一天，就能逃出循环'。在我看来，故事里不可解的谜有这样几个：第一，胡晓到底是被谁杀害的？在前三天的故事里，她的三次死亡，是否都是同一个人作案？还是不同人作案？第二，凶手是怎么作案的？如果第一天主角在不设防备的情况下，作案难度还算不高。但是第二天，第三天，主角已经提高了警惕，为什么凶手还是能够作案成功？第三，不知道为什么，我总觉得……有一种说不上来的感觉，就好像，就好像主角背后隐藏着什么秘密。我能感觉到，但是到底是什么，却又说不上来。总而言之，有一种'不太对劲'的感觉。"

"啊，这么说起来，好像的确是这样……"周嘉敏点了点头。周嘉敏今年大三，平时喜欢玩带有科幻悬疑色彩的游戏，也喜欢看科幻电影。但是说到科幻社团的基本，也就是科幻小说，其实并没有看过几本。每次大家讨论起《太空漫游》或者《基地》系列，这些经典得不能再经典的科幻作品，他就只能像个傻子一样插不进话。

事实上，他真正感兴趣的，是动画游戏和推理小说，但是A大并没有动漫社和推理社，倒是有些科幻作品中，也具有一些悬疑元素，因此他才选择加入了科幻社。

刚加入社团时，他因为总是插不上话，存在感极其微弱。直到有一次在微信群中，有新入社的同学叫他"师姐"，才让其他人发现了他唯一的存在感——那就是他本人女性化的名字。

但事实上，他和这个女性化的名字毫无任何关联之处，平时总是戴着高度数眼镜，穿着动漫主题的 T 恤衫，书包上挂着一堆动漫美少女角色的徽章挂件——仿佛在脸上写着"宅男"二字。

不过好在，他本人倒并没有过度在同学之间谈论所谓的"宅向"话题，反倒是意外地具备不错的逻辑思维能力，正所谓人都有两面性，尽管经常沉迷于某些动漫作品，但周嘉敏并非只会对着美少女发呆，反而会对那些看似毫无逻辑的动漫作品进行一番理论分析，甚至还将某些看上去平淡无奇的美少女游戏，称为"艺术作品"、"哲学作品"之类。因此，他也会常常纠结于科幻作品中那些不合理的设定和剧情，甚至到了有些让人不堪忍受的程度。

"这里的逻辑说不通啊。"

每次社团成员一起出去看电影时，他都发出这样的感慨。开始时，其他人还会觉得不合时宜，到了后来便开始习惯了他的钻牛角尖行为。只要不去接他的话，好像也不会对其他人的正常讨论造成太大影响。

因此，当他开始发言时，其他正在吃涮菜的社团成员，纷纷不由自主地停下了手上夹菜的动作，脸上浮现出"又来了"的表情。其中有人已经想要张嘴转换话题，避免他的胡言乱语了。然而，周嘉敏接下来的发言，却让其他人吃了一惊。

"我觉得我知道答案了。"

为了强调自己的这句话，陈嘉敏还特意提高声调咳嗽了一声，吸引其他人的注意力。

"你知道了？知道什么了？"

"我知道凶手是谁了。"

"……？"

也许是因为他的话太过突然，其他社团成员有点不知道该如何回应。原本大家并没有把杨云帆所讲的故事，当成一个真正需要"破案"的推理故事，而是更倾向于认为，这是一个出于某种"娱乐心态"所写下的"科幻设定系"小说，只是重在讲述重复循环一天的故事。没想到，居然真有人在这么快的时间内，就得出了"凶手是谁"的结论。

"那么，凶手是谁呢？"朱玟小声地问道。显然，从她的表情来看，她并不太相信周嘉敏的话，因为他平时的推理也是乱七八糟，漏洞百出。

"很遗憾，虽然我想马上公布凶手的名字，但是，哪怕我现在说了出来，你们也会一头雾水。不如就让我从头开始说起吧，"周嘉敏卖了个关子，还示意朱玟给自己的杯子里加了一点酒。

"事实上，是刚才杨云帆自己的话启发了我。"

"嗯？我说什么了吗？"

"是的，你提到，在第一天之后，凶手第二天和三天的行凶，事实上，主角胡晓已经有所提防，但是为什么这个人还是完成了

150

行凶呢？答案显而易见，只不过我们都被假象所蒙蔽，导致我们忽视了那条最重要的线索。"

"最重要的线索？"

"是的，事实上，杨云帆也提到了，在这个故事的整个过程中，总是充斥着某种'违和感'。那是什么呢……直到我听到刚才的那句话，才突然意识到问题所在，没错，那就是——主角的室友去哪里了？"

"什么室友？你指的是徐菲吗？"朱玟问道。

"不，不是徐菲，而是——其他室友。大家回忆一下，胡晓的室友，除了徐菲之外，似乎并没有提到其他人。一般来说，大学的本科宿舍，会设定两人间吗？在正常情况下，只有博士生，或者国际留学生才有这样的待遇。但故事中已经说明，主角和同学之间有保研的竞争关系，所以一定是本科生，同时这里面也没有关于国际学生的说明和提示……这就很奇怪了，那么，宿舍里另外的两个人去哪了呢？"

"去哪里了……如果是大四生，有可能是提前找到工作，去外面租了房子，也有可能是去单位实习，单位包了食宿……这没什么稀奇的吧。"杨云帆似乎思考过这个问题，马上给出了合理的解答。

"没错，正常情况下这的确没什么稀奇。但在这部小说里，这个疑点似乎有着特别的意义。尤其是作品中的某一幕让我尤其在意。如果你们还记得——胡晓曾经对自己的手机 Siri 说过，'放我最喜欢的音乐'，但 Siri 却播放了一首她完全不喜欢的音乐。这是怎么回事呢……是苹果手机的功能出了问题吗？"

"你的意思是……当时响应她的，不是胡晓的苹果手机？"

朱玫歪着头，小声地问道。

"没错，如果这不是一个无用信息的话——我相信作者不会在这里故意写一个与故事毫无关联的细节，那么，有没有可能，这是在暗示我们，房间中还有一部苹果手机呢？之前故事中已经提到了，徐菲说过，她是使用安卓手机的，那么这部'多出来的苹果手机'，正是属于这个'隐形人'的。"

"等一下，你说的隐形人是指什么？你的意思是，在主角胡晓的宿舍里，还有一个一直隐藏自己形迹的人吗？"朱玫歪着头，露出了一副苦苦思考的样子，但是很快她又放弃了思考，从不知道是第几次涮好的火锅中，捞出了一些青菜放进碗里，再一次津津有味地吃了起来，也许是因为一次往嘴里塞了太多，让她吃菜的时候，腮帮子有些鼓了起来，虽然并不能说美，却有种属于年轻女孩特有的可爱。

看着她津津有味地吃着涮菜的样子，周嘉敏摇了摇头，仿佛对自己的听众，没有认真思考而感到有些无奈。今天的他，也像平时一样穿着一件动漫主题的卫衣，卫衣上印制的巨大的美少女正做出一个摆手的姿势，仿佛在嘲笑那些还没有解出答案的人。

"吃菜吃菜"，将自己碗里的菜吃完后，朱玫站起身，将涮好的菜挨个放到在座每个人的碗中。这并不是因为她出于学妹的自觉而做出的行动，而是她单纯看不下食材在火锅中被涮得过老，必须把所有菜都捞起来的强迫症式习惯。

"对于你们这些只看科幻作品的人，提到'隐形人'，恐怕只会想到，是通过某种高科技手段，让人类获得隐形功能，又或者是干脆由科技制造出来的隐形人。但是显然，在这部小说中，只有'循环'这个设定带有一定的科幻色彩，其他的内容都是非常现实化的。因此，我说的'隐形人'，也是现实生活中的'隐形人'，而不是带有科幻元素的设定。"

"现实生活中的'隐形人'，那又是什么意思呢？"

杨云帆也无法理解地摇了摇头。他的碗中又多了几片被朱玟夹过来的青菜，显然，必须进入第二轮的"战斗时间"了。

"意思就是——这个人在现实生活中真实存在，却因为某种原因成为了'隐形人'。比如说，这个人平时和其他人的关系都不好，身边没有人会和他说话，看到了他也会无视，久而久之，对于同学来说，他就会变成一个'隐形人'。"

"嗯……好像也有道理，但是，真的会没有存在感到这种程度吗？"

"你们可能难以理解。不如换个说法吧，如果截取从杨云帆讲完故事，一直到现在的这段场景，用文字的形式写出来，那么请问，阅读这段内容的人，会认为现在一共有几个人在吃火锅？"

"嗯……杨云帆，我，还有你，这三个人是一定存在的，其他人嘛……因为刚才只有我们三个人在说话，其他人并没有发言，所以读者并不知道还有多少人在场吧？"

"没错，就是这样，因为这段场景里，只有我们三个人在进行

153

主要对话，其他人虽然也客观存在，但没有插入对话而是在一旁默默吃火锅、喝酒，所以读者多半就会以为，也许社团里只有我们三个人，但是如果不只我们三个人，那么，一共有多少人呢？五个？十个？读者无从得知，因为作者并没有描写。所以我的意思是——这部小说里，也存在着'作者没有描写，但确实存在的人'。那就是胡晓和徐菲的室友，我们假设这名室友为A，这名室友和徐菲、胡晓同住在一个宿舍，并且使用一部苹果手机，每天早上和徐菲、胡晓两个人一起去上课，晚上也一起去参加了社团的活动。但是，作者有意隐瞒了这个人的存在，让读者误以为只有两个人。而在某些地方给我们提示，比如胡晓在使用语音助手Siri时，给她回应的，反而是另一个苹果手机。有了这样一个有用信息，接下来的答案就已经呼之欲出了。"

"所以，凶手就是那个隐形的室友咯？"

"没错。之前胡晓百思不得其解的问题，现在得到了解答。就像我前面所提到的，这名室友A和胡晓和徐菲一起上课、回宿舍。因此，A具有绝对可能的作案条件，第一天，三个人一起去上课，胡晓告别两位室友，去超市的时候，室友A偷偷跟踪她，趁她不注意在小树林里杀害了她。第二天，A在教室听到了胡晓要去洗手间的事，偷偷跟在她身后，发现洗手间四下无人就直接下手。至于第三天就更简单了，她之所以能够下手，是因为她一直在宿舍里！所以只要趁胡晓睡着之后动手就可以了。"

"等一下，"杨云帆摇了摇头，"你说的是很有道理，而且这样来看也的确算是解开了小说的中谜底，但是……室友的杀人动机是什么？而且除了苹果手机的线索，小说其他部分完全没有提示过这位室友的存在，这样解释感觉未免有点牵强了吧……"

"动机？"周嘉敏皱起了眉头，"我之前的确没有考虑过这个问题。一般的推理小说中，动机不都是最后附送的奖券一样的产物吗？反正不是情杀就是仇杀。你看，这部小说里给出的猜测动机也都很无聊。只要知道了凶手，动机是什么根本就不重要。"

说完这番话后，房间里瞬间安静了下来。大家好像都被他的推理说服了，但是又觉得这番推理中，有什么地方"隐隐不太对劲"，但又说不出到底是哪里不对，只能默不作声地吃着火锅中涮好的新一轮菜品。然而，一整桌的火锅已经吃到了尾声，现在每个人的胃中也几乎到了满满当当的程度，连一开始香气扑鼻的美味涮菜，也让人有些不能下咽了。

"很可惜，你的答案是错误的。"

在一片只剩下咀嚼声的安静之后，突然有人说道。

说话的人，是一直默默地坐在沙发上吃着涮菜的一个男人，他穿着一板一眼的衬衫，还戴着金属框眼镜，火锅的热气，使他的眼镜蒙上了一层水气，他不得不拿下来不停地擦拭。在一群穿着休闲装的大学生中间，他显得有些古怪。然而，外表上的不同，并不会让他显得不合群，或者难以融入。

与其说此人没有融入，倒不如说，似乎其他人很自然地认为，他的存在是理所应当的。

"方原，你这话是什么意思？"听到有人反驳自己的推理，周嘉敏有些不高兴地反问，而此时，他卫衣上印制的美少女的表情，

155

也似乎跟随着主人的情绪一起，显得有些生气了。

被问到的男人这才抬起头来，因为是学校研三的学生，他看上去比其他在场的同学更成熟一些，也许是在思考整个故事中的秘密，他刚才一直没有说话。

事实上，他平时并不是一个多话的人，但不会让人忽略他的存在。在社团中，他并不是喜欢闲聊的那一派，却总是能在适当的时机，发表合适的见解，让人心服口服。

硬要说的话，便是相当于社团中的"意见领袖"这样的角色吧。当社团的小集体中出现意见分歧时，他总是能说出关键性的意见，并且有充分的依据令人信服。因此，当他发言时，尽管声音不大，却让所有人都不由自主地停下了手中的动作，就连之前因为吃得过饱而有些困意的同学，也突然坐直打起精神，想要听听，他是怎么解读这个故事的。

"事实上，你的解答虽然具备足够的意外性，作为短篇发表的推理小说，如果在这个解答的基础上再稍加修饰，也的确可以成为一篇给人留下印象的作品，但是就目前作品中给出的线索，明显是指向了另一个答案。但是没想到，其中的一条线索，却被你错误地解读了。"

方原站起身，原本他坐在沙发的角落里，说到这里时，他突然站了起来，走到杨云帆身边。如同国外的电影中，真正的侦探，终于将所有的案件相关人都召集起来，准备公布案件最后的真相一般。

"你看，果然不对。"朱玟开玩笑式地冲周嘉敏吐槽了一句，显然，她从一开始就不相信对方的推理是正确的，但她的表情却并不是尖酸的讽刺，反而像是在帮对方圆场，那是一种只有女孩子才能看懂的表情。

事实上，相比起周嘉敏混乱而毫无逻辑的推理，整个社团的人，都无一例外地认为，方原的推理更具有可信性。

但方原本人并不是什么推理爱好者。他很少会像周嘉敏那样，在观看电影或者平时的聊天中，质疑某件事"是否符合逻辑"，又或者是将推理小说中的桥段经常挂在嘴边。与此相反，他几乎很少提到与"推理"有关的话题。

然而尽管如此，他却经常能够在日常生活中，解开一些大家无法理解的生活之谜。像是找到科幻社过去曾经制作过的社刊，找到已经失联的学长举办社团聚会等等。

他给人的印象是，总能通过逻辑的方法，来找到事情的本源。这并不是普通的推理爱好者所能及的，而是拥有一套自己的逻辑推演方法论才能够做到。

"等一下，你所指的错误的解读线索……"杨云帆突然想了起来，"是指苹果手机上 Siri 语音助手的线索吗？"

"没错，作者在这里留下了非常明确的线索，这的确是解开本案的关键之一，但是很遗憾，这个线索的解答并不是指向'隐形室友'的解答，因此我才说，你走上了错误的方向，并且越走越远，导致完全偏离了正确的答案。当然，能够注意到这个线索本身，已经不易了，如果要给你的推理打分的话，也许我的分数会是……五十九分吧。"

"五十九分？怎么是这种分数啊？"

所有人都笑了起来。

"因为虽然这个'隐形人'的解答意外性很高，但错了就是错了，不能算是及格啊。当然，如果写成小说或者改编成游戏作品的话，应该会比较有趣……而且很遗憾，你也没有意识到，这部小说背后的'谜底'是什么。"

"难道谜底，不是指凶手是谁吗？"杨云帆有些疑惑地问道，在这之前，他也考虑过无数次这个问题，却无法找到答案，因此，他认为这只是一个故弄玄虚的说法，所谓'谜底'就是找出真正的凶手。

方原摇了摇头，他再一次拿下眼镜擦拭了一下。也许是因为北方屋内的暖气开得太热，再加上火锅的热气迟迟不消，使他的眼镜不断蒙上了水汽。不过，这似乎并未影响他的思路。

与其说他思路清晰，倒不如说，他在开口前，就已经完全思考过了各种各样的可能性，这才得出了完美的结论。

"确切地说，在破解了答案之后回头来看，这部小说的谜底，是由'凶手是谁'，'到底发生了什么'，和'主角的秘密'三个部分组成。而这三个部分，最后会统合成为所谓的'谜底'。"

"这么说你已经知道答案了？"杨云帆有些惊讶。他听到周嘉敏的所谓的"隐形人"推理，已经颇感信服了，这样的答案既具备高度的意外性，也的确称得上是合情合理，能够解释"凶手是谁"的问题。

事实上，他原本认为，周嘉敏应该是社团中最擅长推理的人，方原虽然是社团里唯一的一个理科生，平时也偶尔解决过一些日常之谜，但是在他看来，这两个人的推理风格是不同的。方原的推理更偏现实化，他的推理经常用于解决日常生活中发生的谜题。而真正谈起推理小说、电影和游戏，周嘉敏的阅览量则要大得多，不管说起什么推理作品，他都能聊得头头是道。

老实说，刚才周嘉敏的推理，虽然还有一些不合理之处，但那样的推理，对他来说已经足够震撼了，如果不仔细排查其中的疑点，他几乎就要相信这是最终答案。更何况，这本来就是一部"写成作品"的小说，在这一点上，他本能地认为，周嘉敏应该更加得心应手一些。

然而，按照方原所说的，那样的答案还远远不是真正的答案，那么到底真正的答案，会是怎样的呢？

"不如我们就直接进入正题吧。"方原轻轻咳嗽了两声，声音不大，却很容易引起他人的注意，而且身为研究生的他，现在已经在帮导师为一些本科生上课，言语之间，也不自觉地带着某种"教导"式的风格，有些让人不由自主地产生的信服感。

"事实上，这部小说作品中的确存在某种像是'隐形人'一般的叙述性诡计。在这里，请容我对'叙述性'诡计稍作解释，如果用简单一点的方式来解释的话，那就是'作品中的人物知道、而读者不知道'的事实，比如刚才周嘉敏提到的'隐形人'诡计，那就是胡晓和徐菲知道，还有一名室友的存在，由于小说中的刻意误导隐瞒，而使读者没能注意到她的存在。事实上，这部小说的确使用了这样的方法，但并不是隐形人诡计。"

"等一下，"周嘉敏稍微抬了一下手，"就我读过的推理小说里，使用叙述性诡计的作品虽然很多，不过反反复复都是那些套路啊。比如说，刚才提到的隐身人诡计，还有性别误认诡计，姓名误认诡计，等等，但是在这里面，我找不到除了隐身人以外，其他有可能的陷阱了……"

"是的，那是因为，你还是在用过去的经验，去往新的谜题上套。你做的，并不是根据现有的谜题去推理出正确的解答，而是用自己过去的经验，去往谜题中套，是 A 解答？还是 B 解答，又或者是 C 解答？也许你一直套到了 Z 解答，也无法发现一个正确的解答。因为你无法确保，现在的出题人，一定是从过去的套路当中选择一个去出题。如果他选择了新的，前人没有使用过的陷阱，那么，这种方法就行不通了。"

"那么所以……你的解题方法是什么呢?"周嘉敏不甘心地问道，的确，对方的话一语道破了他的痛点，这让他也重新开始意识到自己的问题，阅读过大量的推理小说作品，既是他的优点，也是他的痛点。

"很简单，就像我们从中学时代就常常去做的阅读理解题一样，重点是……抓住出题人的思路。如果是现实中的案件，我们要思考的，就是'凶手为什么要这么做'，但当我们面对推理小说时，就要思考'作者为什么会这么写'。如果你仔细阅读这部作品，就会发现其中有许多不自然之处……"

"说起来，好像确实是这样，我第一次听这个故事，就感觉有些奇怪，好像作者在刻意'模糊'什么东西，让这部作品似乎显得边角不全一样。"

朱玫一边说着，一边在努力回忆着什么，她微微地低下头，用手拨弄着额前的刘海，犹疑不决时，她就会不经意地做出这样的小动作。

"比如说，这部小说的开头，是女主角被闹钟吵醒，然后她使用了苹果手机自带的语音助手 Siri，要求 Siri 给她播放英文广播……不知道为什么，我就是有一种强烈的违和感……"

"没错，你的直觉是正确的，倒不如说，线索从这里就开始了。一般来说，女主从梦中醒来，使用手机的语音助手 Siri 让它为自己播放英文广播，这样的场景，听起来非常像是都市白领故事的女主角出场的方式。而说到女大学生，很少会和这样的场景联系起来。而后面也有很多类似的场景，像是女主角让 Siri 给自己播放喜欢的音乐。如果你想听自己喜欢的音乐会怎么做呢？一般来说，都是将喜欢的歌曲收藏在曲库的收藏列表中，想听就直接点开听好了吧？"

"没错，对对对，我就是觉得这里的违和感，非常非常强烈。"

"你这么说起来，我也发现了，但是……"周嘉敏皱着眉头，"但是，我认为，那只是作者为了表现女主角有多么不讨人喜欢，故意塑造出一个装腔作势的形象，用来表现她讨人厌的性格，从而让周围人产生的杀人动机合理化。"

"不，如果只是那样的话，还是有更多更合理的表现手法。除此以外，还有一点更加让人无法理解也更具违和感的事情，那就是——在整部小说中，有一个经常在小说作品中出现的字，这部作品里，从头到尾都没有出现。"

"没有出现的字……？"

"有人知道答案吗？"方原像是故意要吊人胃口一般，就是不揭晓最后的正确答案，也许是想像最近的歌舞比赛节目主持人一样，故意吊观众的胃口。但他的脸上却并没有流露出高高在上的表情，仿佛这也只是他所代上的一堂普通课程，在引导学生解出正确的答案而已。

然而，就像是被无聊的电视节目主持人吊过太多次胃口的观众一样，现场的社团成员只是沉默地摇了摇头，一边继续吃着碗里已经几乎没有味道的涮菜，一边等待着他的讲解。

这些社团成员，似乎早已习惯了这样的场景。对于无法解开的日常之谜，方原能够比其他人更快想到答案，而且他的推理方式，虽然听起来头头是道，但其他人却难以模仿学习。

"这个没有出现过的字是——'看'。没错，只要仔细排查就会发现，一般的小说里，总是极尽可能生动细致地去描写主角周围的场景和环境，这样的话，难免就要描写主角看到了什么，听到了什么，做了什么。然而，这篇小说中，从头到尾没有出现这个'看'字，也很少出现环境描写，绝大部分内容，都是由对话与主角的心理活动所支撑的，在极少出现的环境描写当中，大部分主角所认知到的环境，都是来源于'声音'，比如像是'周围很安静'这样的描述。再结合故事里大量出现的，苹果手机语音助手 Siri 的使用情景，说到这里，你们应该已经猜出来了吧……没错，显然，**胡晓是看不见的**，或者至少，视力不佳到了需要重度依赖语音而无法看清事物的程度，也许是因为天生视力受损，也有可能遭遇什么事故或者做了手术而导致暂时无法看到东西，所以才重度依赖 Siri 语音助手。当然，作者还有一些提示，比如室友给她带的饭菜，她是吃了一口才知道是咖喱鸡丁炒饭。如果视力正常的话，在吃之前就应该可以判断出来了吧？此外还有，陈嘉给她发微信，她需要戴耳机来听语音才能知道内容。"

"啊……这么说起来，好像的确是这样。"杨云帆因为之前阅读过多次这部作品，马上就领悟了方原话中的含义，"难怪……我之前一直觉得有种奇怪的感觉，就是缺少了主角的'看'这个动作。所有在主角身边发生的事情，全部都是通过'发声'来讲述的，像是微信手机震动，手机 Siri 语音助手，还有人物对话，的确是完全没有通过主角的视角来描写任何'视觉上'的场景。"

没错，这样一来，第二个问题的解答也就应运而生了。主角到底是被谁杀害的呢？撇去第一天和第二天先不说，单看第三天，主角胡晓已经待在宿舍里将门锁了起来，但还是无法逃脱被杀害的命运。那么答案就很简单了吧……拥有作案条件的，只有她的室友徐菲。事实上，只要敢于想到这一层，我们就会发现，前两次的案件，也是徐菲的作案可能性最大。因为只有她一直陪着胡晓行动，对于胡晓去了哪里是完全了解的。"

"没错，你说得有道理，但是……胡晓在小说中，却完全没有怀疑过徐菲啊？在她列举的嫌疑人名单里，只有被她抢走保研名额的林阳，和她因为分手而吵架的男友陈嘉，还有被她抢走奖学金的许盼盼。她杀害女主角胡晓的动机是什么呢？"

周嘉敏问道，此时此刻，他似乎已经完全忘记了，刚才他自己说过的那一番"动机并不重要"的论调。

"当然，她是有动机的。这个动机的秘密，就藏在你刚才所说的线索中。也就是——那只'多出来的苹果手机'。这之前曾经提到过，徐菲使用的是安卓手机。那么，你刚才推理，这部多出来的、会播放胡晓并不喜欢音乐的手机，是属于一位并不存在的室友的。但事实上，为什么这部'多出来的苹果手机'，没有可能是属于徐菲的呢？"

"前面已经说了，徐菲的手机是安卓手机，那如果这部手机是徐菲的，不就自相矛盾了吗……啊！"周嘉敏像是突然想到了什么一般，突然大声说道，"难道是，她利用了胡晓看不见的弱点，偷偷拿走了胡晓的新款苹果手机据为己有，然后又换了一个其他型号的旧款苹果手机给胡晓，因为被胡晓发现了疑点，所以才动了杀心吗？"

"当然不是。虽然胡晓看不见，但不代表她是傻子，不同的手机在使用过程中很容易就能察觉出来。"

"那么问题是出在哪里呢？"

"之前提到过，徐菲的家庭条件一般，只能用得起千元级别的安卓手机，当然，这对于学生而言并不是什么丢脸的事，倒不如说很正常。可如果她突然拥有了一个苹果手机，那就很奇怪了，简单来说，排除了偷这种非法行为，不是别人送的，就是通过借钱买的。那么，是哪一种可能性呢……事实上，作品中也给出了一个非常明确的提示。胡晓和陈嘉分手时，提到过胡晓将自己的奖学金给了陈嘉，让他买一部苹果手机，第一天，胡晓让陈嘉把奖学金的钱还给自己，陈嘉说已经买了苹果手机没办法还钱，第二天，胡晓做出了妥协，让陈嘉把买的苹果手机还给自己，但陈嘉当时说了什么呢？没错，他的回答是，已经把手机送人了。显然，这里送的人一定是他新交的女朋友，那么——已经不需要我多作说明了吧？"

"也就是说，主角的室友徐菲就是陈嘉的新女友？"杨云帆想了想，他之前从来没有考虑过这种可能性，所以一时有些难以接受，"所以徐菲的杀人动机，就是胡晓扬言要曝光陈嘉的事情咯？"

"没错，正是这样，"方原点了点头，"除此以外，应该还有嫉妒、讨厌等其他一些因素作怪吧，不过只要明确了徐菲就是陈嘉的新女友这一点，动机方面，我认为已经足够可以成立了。还有更为关键的一点，在'最后一次循环'中，胡晓没有去上课，但是徐菲回到宿舍后，却直接问胡晓'陈嘉不是约了你吗'。在这一天的循环中，胡晓收到陈嘉微信，是在宿舍里，而这时徐菲应该在教室上课，她怎么会知道胡晓在宿舍里收到的微信内容呢。只有一种解释——答案当然是，陈嘉提前告诉了她，自己要在这一天和胡晓摊牌。"

原来如此。

社团中的诸人，听到这里，也总算理解了这部小说的"内核"，原来线索已经在这么明显的地方给出了。

其他人还没有从方原的推理中反应过来，刚才做出了错误推理的周嘉敏，首先想到了什么。

"等一下，你说的都很有道理，但是关于凶手如何作案这一点，还是没有明确。刚才你也提到过了，凶手每次都能行凶成功，特别是在主角已经有防犯的情况下……"

"没错，的确是这样。但是有了已知的凶手，以及主角'看不见'这个线索。那么，主角被杀害的可能性就需要重新进行考虑了。之前主角自己也曾经进行过推理，为什么第二天的案件中，凶手能够在洗手间内杀死她。教学楼里人来人往，除非凶手早就躲在洗手间内并且不让其他人进入，才能保证行凶成功，但即使这样，凶手在杀人后，也很难保证全身而退。但如果有了上面的两个前置条件，问题就马上能够解开了。"

说到这里，他环顾四周，似乎是想要提示在场的其他同学，有没有人能在他揭晓答案之后，自己得出结论。就像是他平日帮助他的导师，给本科生上课时的习惯一样。

不过很遗憾，就如同他在上课提问时课堂中那些本科生的反应一样，在座的社团成员，也似乎完全丧失了思考的动力。特别是在周嘉敏的错误推理之后，大家已经放弃了思考，只是希望能够早一些揭晓答案。

然而，方原却似乎并不着急。他总是希望能够通过提示的方法，让学生自己找到答案，而不是一股脑地将答案直接告诉学生。可是对于更多学生来说，似乎却更希望直接得到答案，因为这样更简单也更加直接。

"好吧，事实上，这一点，作品中也给出了提示。那就是时间问题。关于女主角胡晓当天晚上的行动，小说中多次提到了'静得可怕'没有声音'这样的形容，再让我们回过头来看一下故事整体的时间线。在第一天和第二天的故事中，女主角胡晓上午上完课，中午和男友陈嘉见面，下午回到宿舍午睡休息，晚上被室友叫醒，去学校参加社团活动。但是，如果你仔细观察就会发现，从下午到晚上的时间是不确定的——也就是说，在女主角'看不见'的前提下，她是不知道，自己究竟是晚上几点起床的。"

周嘉敏突然想到了什么一样，"是她的室友徐菲误导了时间？"

"没错，在胡晓看不见的前提下，这个在正常条件下几乎无法使用的手段，出现了可能性。胡晓曾经百思不得其解，在学校里，虽然是晚上，但大学生经常会排晚上的课程，也还有大量复习考研以及各种考试的学生在自习室学习到晚上十点多，甚至更晚。那么，在这样人员往来频繁的学校里，凶手怎样掩人耳目地作案呢？很简单，只要在时间上动一点手脚就可以了。试想，晚上八点的校园还可能有人，但是，晚上十二点以后的学校里，还会有人吗？或者更极端一点，凌晨两点呢？这样一来，不仅是学校的小树林里，就算是教学楼里，也空无一人，想要作案的话，可以说是易如反掌了。"

"但是，要怎么做到呢？女主角虽然看不见，但不会对时间不敏感到这种程度吧？"

"当然，如果只是正常的生活作息，一定可以发现时间上的不自然之处，但如果室友提前使用了安眠药一类的助眠药物，然后直到深夜才唤醒主角呢？所以，其实这个故事很简单，主角之所以没有意识到身边的危机，正是因为忽略了对方的动机这一点，所以才百思不得其解。"

"原来如此……"杨云帆叹了口气，这种解释的确说得通，而且也将之前周嘉敏推理中的疑点一一给出了解答，但是……但是，他心里总觉得，还有什么"谜底"没有解开。

"当然，小说中的故事就是这样了。但是之前你所提到的，为什么你的网友会将这部小说发送给你，并且提示你要解开其中的谜底才能见面——你想到了吗？"

杨云帆这才意识到，自己从刚才开始，内心的那股不安是怎么回事。没错，其实说到这里，他当然已经想到了。

对方在暗示的，不就是"看不见"的这种状态吗？自己邀请对方来观看自己的毕业画展，但对方却"无法看见"，对于这样尴尬而无法启齿的状况，对方突发奇想，拿出这样一部小说来提示他，但他却完全没有意识到……

"那么，你会怎么做呢？很遗憾，毕业作品展已经结束了，当然，你还会有其他的机会画画，但如果对方无法看到，这样的见面还有意义吗？"

杨云帆摇了摇头，事实上，虽然他未能破解作品中的谜底，但是，通过和对方的交流和对话，也早已隐隐猜测出了这种可能性，但是他却因为不知道该如何面对这样的状况，而假装一无所知，并在内心一直抗拒着这样的可能性。

到底要怎么办好呢……

是自己无法接受这样的对方吗？

不，恐怕他只是，无法面对这样的自己吧。今天之所以选择讲出这个故事，也是因为想要告诉自己，该正视这个答案了。

火锅聚餐已经结束。时间还早，有的人打开电视和DVD机翻着一包不知道是谁带来的电影碟片，想要找一部大家都没有看过的电影一起观看。有的人抱着喝剩的啤酒，微醉地玩着手机，还有人从学长家里轻车熟路地翻出了麻将。

眼前的这一幕，对于杨云帆来说，似乎已经熟悉得不能再熟悉。从大一刚刚加入社团时的满是新鲜感，到每一年送走一批人。到了自己也要离开的时候，反而渐渐有些麻木了。

他走到窗前，透过窗户望着窗外。马路上依然车来车往，附近的居民楼里亮着一片片灯火。住在那里面的人，是否也像他一样，在为未来的人生烦恼着呢……

"云帆，快过来打麻将啊，三缺一。"

周嘉敏在身后喊着他的名字，他的背后已经传来的麻将牌被放置到桌子上洗牌时发出的噼里啪啦的声音。而对方似乎也已经全然忘记了刚才自己的那番有些可笑的推理，全心地投入到了新的游戏中。

"哦，来了。"

杨云帆揉了揉眼睛。比起自己过去二十几年的人生，现在他的烦恼似乎有些太多了，现在，他只想要沉浸在面前这短暂的无忧无虑中，暂时忘记现实世界的问题。

来自过去之人与消失的 UFO

最近，朱莉莉晚上总是睡不好觉，只要一闭上眼睛就觉得会有外星人把自己带走。

这并不是她突如其来的青春期臆想，而是事出有因。

两周前，也就是她升上初中后的第一个暑假里的返校日，学校安排所有学生回校领取期末成绩单和暑假作业。毫无意外，这次朱莉莉依然拿到了第一名的成绩。

"唉，我要是能像你一样厉害就好了。"同桌刘悦一边叹着气，一边收拾着东西说道，当然，她并不是因为成绩不理想而感叹，而是因为之前父亲曾经答应过她，如果这次考进班级前十，就带她去省城旅游。很可惜，她只考了二十多名，这个成绩，显然连和父母通融的余地都没有。

"那下次再努力一点，考个好成绩就行了。"

朱莉莉随口说道。当然，她也明白，以刘悦的性格，恐怕下一次考试也不会比现在更加努力多少，这只不过是她随口说出来安慰同桌的话而已。

刘悦的学习成绩一般，不过她的父亲是本地公安局的副局长，多多少少算是有些小权，因此学校里不少老师都对她另眼相待。所以，刘悦自己也多少有点高傲，她只和成绩好以及长得好看的女生交朋友。

而朱莉莉就是属于前者。

朱莉莉以前不是她的同桌，是刘悦特意和班主任说，想要和成绩最好的同学坐一起，她俩才被调成一桌的。

"喂，那件事你们听说了吗？"

正当刘悦还想要说什么时，后座的胡明从背后拍了拍她。

胡明是班上的捣蛋大王，虽然他的成绩并不算太差，但他平时总喜欢和老师对着干，类似故意和老师唱反调，然后用一些抖机灵的话去惹得全班哈哈大笑，或者是故意在做黑板报的时候，画上一些奇怪的卡通角色，让板报显得滑稽可笑。

不过意外的是，老师们并不讨厌他，班里的同学也一样，大部分人都认为，他的心眼儿并不坏，只是为了逗乐才这么做，况且他的成绩也不差。

因此，朱莉莉听到胡明说"那件事"，便下意识地以为，又是什么老师或者同学的糗事。

"你不知道？"看到朱莉莉毫无兴致地摇头，胡明露出了夸张的表情，"出大事了！据说有外星人来我们这儿了！"

外星人……？

朱莉莉有些摸不着头脑。她今年初一了，早就过了还会相信世界上有外星人存在的年纪。而且胡明虽然平时喜欢吹牛，却从没说过这么夸张的故事。

"怎么回事啊？"

朱莉莉还没说话，刘悦也凑了上来。

"刘悦你应该听说了吧？昨天和我爸一起跑运输的叔叔，来我

171

家找我爸喝酒，说是最近沸沸扬扬，好多人都在传这件事。据说啊，我们这边的山上，落了一架外星飞船！"

外星飞船？她可从来没听同桌刘悦说起什么外星飞船。刘悦不仅和她是同桌，而且暑假时，还会到她家来找她请教作业。与大部分同龄的女孩子不同，刘悦家里有两个女儿，家里人希望两个女儿都能读大学，所以对刘悦的学习抓得很紧。

看到刘悦也露出迷茫的神色，胡明有些得意，看来这是属于他的"独家新闻"了。

"我听叔叔说，他们跑运输的时候，在附近的一座山头上，发现一个奇怪的大家伙。看起来特别像外星飞船！"

"可是……说不定是别的东西，比如说，工厂的废弃物一类的，怎么可能真的有外星飞船呢？难道有人看见外星人了？"

"那倒没有，可那个叔叔说，最近县里有好多人失踪了！所以大家都在传，这些人是被外星人抓走了。"

"无聊。"

朱莉莉说完，便收拾书包离开了学校。

在她看来，胡明未必是在撒谎，但是这件事听起来实在是太不可思议了。多半是那位到胡明家做客的叔叔，喝高之后的胡言乱语。

朱莉莉是家里的长女，家里还有个比她小七岁的弟弟。因为她成绩一直是学校的前三名，所以爸妈觉得，没准将来她能考上大学，把全家接到大城市去生活。所以他们并没有像其他女生的父母那样，让女儿读完初中就回家帮忙干活，赚钱养家，供弟弟

172

上学。

正因如此，朱莉莉对自己的要求特别严格。她知道，如果自己的成绩下滑，可能就没法继续上学，也许初中毕业就要外出打工赚钱，供弟弟上学，甚至还要出钱给弟弟结婚盖房。所以，她经常用近乎变态的方式用功读书做题。

也正因为这样，她总是强迫自己，将注意力集中在学习上，不管是关于隔壁班那个颇受女生欢迎的篮球打得很好的男生，还是关于胡明爸爸从镇上带回来的明星画册，她都会强迫自己不去加入同学的讨论。

朱莉莉的家乡本来是个极其偏僻的小地方，连公路都没修通。最近几年新的政府领导班子搞改革，才把路修了起来，这个小县城的经济也才由此慢慢开始发展。胡明家是跑运输的，属于先富的那一批，朱莉莉家父母都是当地小学老师，没什么本事，所以家庭条件虽说不上差，也算不上好。

朱莉莉去胡明家里做过几次客，胡明家有好多新鲜的东西，像是光碟播放机，能放好多电影。但是朱莉莉不太喜欢去胡明家。她总觉得胡明家怪怪的，一去胡明家就浑身不自在。

为什么呢？因为她觉得胡明的妈妈像有精神病似的，整天一幅没精打采的样子，不像其他同学的母亲，见到儿子的同学来做客，总归会招待一下（特别是朱莉莉这种学习成绩特别好的同学）。胡明的爸爸看到她来，倒是经常拿出从外面带回来的糖果点心，一边招呼她吃一边跟她说，让她多照应胡明的功课。

不过朱莉莉并不在乎，因为在她看来，这些同学都不算是她真正的朋友。

她的朋友只有一个，是一个叫方原的男生。

方原不是朱莉莉的同学，也不是她的亲戚，要说的话，算是她的——笔友。

小学毕业那年，朱莉莉考了全校第一，作为学校的状元，县城组织了一个让各校状元去省城参观的活动。

当时活动安排朱莉莉他们参观省城的一所重点中学，朱莉莉到现在还记得，那天像做梦一样，他们这些县城学生，从来没见过这么大的学校，这么豪华气派的教学楼，还有她虽然不知道具体是做什么但是看起来根本就不像是属于这个世界的实验室，艺术室……

那可比县政府的办公楼还要气派一百倍啊！

当时接待她们的，除了省城的学校领导，还有几个当时初三毕业的学生代表。方原就是其中之一。听说朱莉莉的作文写得特别好，方原就和她聊了一些小说上的事，听说朱莉莉看过四大名著，甚至还读过《福尔摩斯探案》这样的小说，方原非常惊讶。所以从省城回来之后，方原就把自己一些看完不用的旧书寄给了朱莉莉。一来二去，两个人就成了笔友。

这一点，朱莉莉要感谢她的爷爷，这些书，都是她小时候偷偷从爷爷的书柜上拿下来，趁父母不注意的时候看的。因为只要被父母看到她在读和学习无关的书，他们都会露出不高兴的神情。

不过有几次，她偷偷拿书的事被爷爷发现了。爷爷倒没有像父母那样板起脸来训她，反而还笑眯眯地告诉她，会帮她保密。因此，小时候她在爷爷的掩护下，偷偷看了好多闲书。

可是，没过几年，爷爷的身体越来越差，后来卧床不起，这些书也被父母以"占地方"为由收了起来。从那以后，她就失去了读课外书的机会。

方原比她大四岁，今年读高一。在朱莉莉心中，方原就像海报里的大明星一样，长得帅，懂得也多。所以她每次写信时，总是毫无保留地把自己心里想的都告诉对方。

她还记得第一次见到方原的时候，正是在省城学校的图书馆里。虽然她所在的县城也有一家图书馆，但多半是本地百姓看完不要的捐赠的旧书，种类五花八门，基本都是杂志或者低俗小说。

而那边只是一所学校的图书馆，就要比自己老家的图书馆大上十倍，里面的书应有尽有，哪怕是到了午休的吃饭时间，她也仍然一个人徘徊在图书馆中不肯离开。

"你喜欢看外国文学名著？"

正当她站在"外国文学"的书架前，有些茫然的时候，有人这样问她。她回过头，发现一个穿着校服的男生正靠在书架上微笑着对她说。

这时她才想起来，这个男生，似乎是这所省城学校的学生代表，还在刚才的学校活动中发言致辞了呢。

"唔……"一时间朱莉莉有些不知该怎么回答。尽管自己是小学状元，可自从她来到省城，便处处充满了不自在的感觉。和那些城里的孩子相比，自己举手投足间，都显得那么局促拘谨。

对于其他从县城来的学生来说，也许会认为这是一件还算自然的事。但朱莉莉不同，从小到大，她都认为自己并不属于那个小小的县城，只不过时运不济才出生在那样的偏僻之处，自己与城里的人并没有本质上的不同。

但事实上，直到真正来到这里，她才发现，哪怕只是出生的地点不同，自己的人生也已经输了一半。城里的孩子仿佛天生就比自己有更多优势，那不仅仅是学习成绩，或者是见识方面，哪怕只是看着对方无忧无虑的样子，她都会产生一股压抑感。

此时，她手中正拿着一本从书架上取出的《呼啸山庄》。她不知道这是一本怎样的小说，只是觉得这个名字听起来非常特别，封面上是一座破败的西式别墅，看上去充满了萧索之感。

"我家那里，没有这么多的书。"

朱莉莉的手指轻轻地在书背上摩挲着。尽管是一本图书馆的借阅书，但是她抽出的这本书却很新，想必是因为平时无人借阅的缘故。

对面的男生微微露出了惊讶的表情，但很快便释然了。

"你喜欢看什么样的书呢？"

"嗯……小说吧。"

"爱情小说吗？"

朱莉莉露出了迷茫的神色。

对面的男生指着她手中的那本书解释说，"这是一本爱情小说。不过……并不是喜剧式的结局。"

"啊……"朱莉莉这才发现，原来自己不经意间抽出的书，让对方产生了误解，"不是这样的，我只是……觉得这本书的名字很特别，而且……"

"而且？"

对方微微挑动了一下眉毛。

"而且我觉得，不管是爱情小说，还是什么其他的故事，都没有必要一定要写成圆满的美好结局吧。因为现实生活中，本来就没有那么多美好的结局。"

"可是，正因为现实中没有，才需要在小说中去实现。"

朱莉莉一时觉得无法反驳。她只是觉得自己并不喜欢读那些过于虚假的美好故事，因为那样的世界太不真实了。

"那么，如果只是被这些美好的故事所麻痹，等到有一天，真的看到了世界上不美好的那一面，会更加痛苦吧。"

朱莉莉低下头，轻轻地扯着衣角。这件衣服是县政府给这次活动特意发的统一制服。说是制服，也不过是普通的白衬衣而已。原本朱莉莉很喜欢它，但是来了这里才发现，和城里学生的校服相比，自己的这件衣服也显得有些土气了。

"可是我不这么认为。"男生用手扶了一下眼镜，看上去，他的眼镜度数不浅，但是他戴眼镜的样子却并不显得笨重，或者像是那种典型的书呆子。

"如果现实生活中的苦闷太多了，那通过读美好的故事来改善心情不是正好？毛姆曾经说过：阅读是一座随身携带的避难所。如果有什么烦恼的话，也许读一些有趣的故事，就能忘记了吧。"

"你也有烦恼吗？"

朱莉莉很意外，在她看来，城里的孩子不该有烦恼。他们既不需要为了生计发愁，又不需要和兄弟姐妹抢占生活资源，为什么还会有烦恼呢？

男生无奈地笑了起来，他笑的时候微微低下了头，仿佛有些不好意思，虽然这个举动在这个年纪的男生身上，实在是再常见不过。但对于朱莉莉来说，却有些出乎意料，在此之前，她从来没有认真留意过身边男生的表情。哪怕是坐在她后座，朝夕相处的男同学，他们的面容她已经无比熟悉，但是她发现，自己似乎从来没有留意过他们的表情，因为那些同学对她而言，都不过只是坐在一个教室中上课的人而已，她并不想多花心思去观察他们。

方原将视线微微移开，手指顺着书架上的"外国文学"那一栏轻轻划过，"这些……我全部都有，而我现在的烦恼就是，家里的书太多了，如果不及时处理掉，恐怕就没有办法买新书了。"

就这样，朱莉莉留下了家里的地址，方原答应她，有空会把自己看完的书寄给她。在寄书的时候，两个人也会通过写信，聊聊最近看了什么书，朱莉莉遇到学习上的问题，也会写信向方原请教。

一路胡思乱想着，朱莉莉从学校回到了家。母亲正在哄弟弟吃饭。弟弟因为嫌弃每天都是同样的饭菜，半哭半闹着坐在地上打滚。

看到朱莉莉回家，母亲使了个眼色，示意朱莉莉过来帮忙哄弟弟，自己则去厨房给弟弟做了个煎鸡蛋加餐。朱莉莉的父母都是县里小学的职工，父亲是个数学老师，母亲则是学校内勤，而且两个人都没有编制，家里的经济情况养两个孩子已经捉襟见肘，日子过得紧巴巴的。哪怕是一份蛋炒饭或者煎鸡蛋，也是弟弟才能享用的"特殊加餐"。

朱莉莉一边想着今天胡明说的事，一边心不在焉地哄着弟弟。弟弟大吵着想要买同学今天带到学校里来的游戏机，但那是同学的亲戚从外地省城买来的，朱莉莉家哪有门路去买这种东西呢？就算能买到，父母也舍不得花这份钱买非生活必需品。

朱莉莉叹了口气。如果是方原的话，家里应该会有很多这样的东西吧？她记得方原跟她在信中提到过，自己喜欢使用计算机上网，尽管朱莉莉对"上网"这件事还没有什么概念，但在方原的口中，好像使用网络，就能获得任何东西和信息。

像她在学习中遇到的不懂的难题，那些方原说过的、她没有听说过的作家和小说，还有那些她想要了解的外面的世界，都可以通过网络查到。

什么时候自己才能过上方原那样的生活呢……为什么在城里人看来平常不过的日常生活，到了自己的世界中，却变得连想象都困难。

想到这里，她突然灵机一动。如果是方原的话，没准能够给自己一些建议吧。不管是关于外星人的事，还是关于家里的。

暑假已经过半，快要结束。朱莉莉就像往常一样，早早完成了老师布置的暑假作业，这是她的习惯。但是，剩下的时间她也并不会用来玩耍，一来要照顾弟弟，二来，她也会看方原送给她的辅导书。那些辅导书，是他们这个小小的县城买不到的，里面的很多题目，请教老师往往也得不到正确的答案，因此，她只能花费更多的时间去钻研这些内容。因为她知道，只有这样，她才有可能离方原更近一些。

这一天，弟弟又像往常一般，吵闹着不肯吃午饭。好在这次，他吵闹着要的不是什么新奇的玩具，只是一种便宜的零食而已。

母亲从口袋里掏出了一点钱，让朱莉莉午饭前把零食买回来。朱莉莉只得放下原本在看的辅导书，拿钱出了门。

当她路过马路附近的小商店时，老板喊住了她，告诉她有她的邮政包裹。是方原寄来的。

看到这个，朱莉莉顾不上弟弟的零食了，马上打开包裹，坐在马路边的石头上看了起来。

朱莉莉：

你好，你还在过暑假吧？我们这里已经开始补课了。

上了高中之后，看小说的时间比以前更少了。以前我一个暑假至少能看完三十本书，可这个暑假，我只看了十八本。都是被这些补课给害的。

上次我寄的那本大仲马的《三个火枪手》，你还喜欢吗？你之前说，想了解国外的事情，所以就给你寄了国外的小说。

虽然这本书讲的并不是国外现在发生的事，不过故事本身很有趣，所以就推荐给你了。如果你喜欢，我可以再推荐一些同类的书给你。

对了，我想和你聊聊，你上次的信中提到的有关外星人的事情。

首先，按照一般的科学观点，世界上是没有外星人的。我必须先解释清楚这一点。至少目前人类，还没有明确的证据证明世界上有外星人的存在。

但同时，这个世界上又的确存在很多无法解释的事情，所以，当人们无法解释这些事时，就会认为这是一些"非自然力量"所引发的现象。比如外星人，或者鬼怪神仙一类，如果有了这种超自然之力，那么自然，就可以将所有无法解释的事情合理化了。

你在信中所说的两件事，一是山上出现了像是外星飞船一样的不明物体，二是最近县城里有人失踪。在我看来，如果将这两件事分开考虑，那么便很好理解了。

就如同你说过的，那只所谓的"外星飞船"，多半是工厂的废弃物一类的东西，只是出于某种原因，被运送到了山上。

至于最近县城里有人失踪，那就更不可能是外星人所为了。但具体是怎么回事，恐怕还要了解更多具体的信息才能知道。关于这些事，我觉得有几种可能：

1.这些人会不会是约好一起出去打工了？因为可能是突

然决定的，所以没有亲戚朋友打招呼？

2. 你们那里最近是否爆发过传染病？如果有严重传染病出现，政府会把这些有症状的人，都统一安排到医院或者其他地方隔离起来。因为传染性太强，所以他们可能也是突然被安排隔离的。

3. 这几个人会不会是一起犯案，被公安局抓走了？如果是这样，一来事出突然，二来如果案情重大，家里人也不愿向外多说。在外人看来，就像是"失踪"了一样。

其他的可能性，我暂时还想不出。不知道你有没有其他线索呢？

对了，既然你对这个题材感兴趣，那就寄几本科幻小说给你吧。对于入门科幻读者来说，黄金科幻三巨头的书，应该比较适合你来阅读，不如就给你这本海因莱因的《进入盛夏之门》吧。

至于你所说的困境……怎么说呢，尽管所处的环境不同，可我还是能够理解你的感受。不仅仅是你，每个人在成长的过程中，都要面对各种各样的困境。如果只是单纯抱怨，对于解决问题是没有任何帮助的。

在我看来，你的困境都是来自客观层面，不管是家庭的绑架，还是对于所处困境的不甘，这些，都是能够通过主观的努力去改变的，不是吗？

方原

朱莉莉看完信，发现已经是中午了，太阳晒得要命，妈妈要她给弟弟买的东西还没有买好，如果没有及时在午饭前把弟弟要的零食买回来，搞不好可是会被母亲一顿痛骂。想到这里，她站起身，将书和信放进背包里，加快脚步向前走去。

但她的心里，想的却是信里的内容。

方原给她的回复，让她陷入了一丝轻微的迷茫。那仿佛是一个答案，又仿佛只是一个解题思路，然而，她却似乎怎么也抓不住那道难题的重点……

正当她还在胡思乱想的时候——

一名年轻女性出现在她的视线中，对方的皮肤很白，看起来20岁上下，扎着一条马尾，看样子不像本地人，更像是城里来的。但她身上穿着的那件白衬衫和牛仔裤，又让人有种说不出的感觉，那并不是土气，而是款式陈旧，这种"陈旧感"，与女性身上的青春气息相映衬，产生了一丝违和的感觉。

更奇怪的是，这个女人，看起来并不像是来旅游（当然，也并没有人来这里旅游）或者办事、找人的。她既没有像其他外地人一样，背着包或是拖着旅行箱，也没有那种风尘仆仆的感觉。

硬要说的话……她就好像是凭空出现在这里一般，迷惑地四处张望着，像是在寻找什么，当她看到朱莉莉时，马上加快脚步走了过来。

这时，朱莉莉才发现，虽然对方穿的衣服款式老套，但衣服本身却很新，正是因为这样，才让她觉得很不自然。

"同学，我想问一下，今年是哪一年？"

今年是哪一年？这是什么问题？

朱莉莉睁大了眼睛。

可是看到对方认真的样子，朱莉莉猜测，也许对方是出于某种原因才这么问的，也许是记性不好？又或者没睡醒？她有些糊涂，但还是勉强回答了。

"2005年。"

这名女子听到这个回答，突然睁大了双眼。

"2005年？是真的吗？你不是在骗我吧？"

她好像真的不相信。

但是这有什么好撒谎的。朱莉莉不高兴了，为了证明自己说的是真的，她提高了语调。

"是真的，不信你看。"朱莉莉打开背包，从包里掏出前几天用来包东西的报纸，上面白纸黑字印刷着——2005年。

"怎么会这样！我……我……"女子突然抱住了头，蹲了下来。

"喂，你没事吧？"朱莉莉吓了一跳，好端端一个人，怎么突然就这样了。

"现在真的不是1993年吗？"

回到家时，已经过了午饭时间。

朱莉莉一进门，母亲便对她劈头盖脸一顿训斥。因为放假期间，朱莉莉是要在家里帮忙做菜，照顾弟弟的。虽然弟弟已经上小学一年级了，却仍像个心智不全的幼儿一般，一有不顺心的事就坐到地上打滚，有时候甚至会害得她完全无法集中精力学习。

原本母亲让她去小卖部，买点弟弟从早上起来就吵着要吃的零食，不然就不肯吃午饭，没想到朱莉莉直到下午1点多才回来，弟弟早已经在家里大哭大闹了一顿，还把她的文具盒和书包打翻在了地上，而母亲也似乎觉得这是理所当然的，并未加以阻止。

朱莉莉一边忍耐着母亲的训斥，一边收拾着自己被弟弟打翻的东西。

如果没有这个弟弟就好了……她摇了摇头，如果是平时，她恐怕会因为这件事而抱怨一番自己的处境。但是现在，她的脑子里，全都是刚刚碰到的那个自称来自1993年的女人的事。

不仅如此，这个女人还说，自己失去了记忆，既想不起来自己是谁，也想不起来自己家在哪里。

她说自己醒来时，就在县城的车站了，而且几乎完全失去了记忆，只是模糊地记得，自己生活在1993年。

如果只是这样，可能大家也只会把她当成精神病送去医院。最离谱的是，她居然真的从身上，掏出了一张1993年的汽车票！

现在明明是2005年，这个女人的身上，为什么会有十几年前的汽车票呢?！

小县城的消息传得快，很快，就有人通知了县里的警察。警察哪里碰到过这种事，最后在大家的建议下，先把这个女子安排

185

到了县里的招待所，第二天再向上级请示，这事应该怎么办。

尽管方原打消了她对于外星人的幻想，但是同时，方原也确实说过，这世界上有很多不可解释的现象，那叫什么来着……？对，超自然力量。

想到这里，朱莉莉突然想起方原寄给自己的书。

她打开和信一起寄来的那本名叫《进入盛夏之门》的小说。这本书讲述的是一个有关时空旅行的故事，她不知不觉就看到了深夜，这是她第一次读到这样有趣且有想象力的故事……

第二天，朱莉莉早上六点就醒了。昨天夜里，她几乎只睡了三四个小时，因为她一口气将《进入盛夏之门》全部读完了。

今天必须早起，因为她还有一件必须去做的事——那就是去招待所，看看昨天的神秘女人，今天政府要怎么处理。

现在，她几乎已经深信不疑，那名神秘女子是从1993年穿越而来的。因为方原寄给自己的那本《进入盛夏之门》中，的确提到了"时间旅行"的概念，而且这是切实可行的。也就是说，在某种超常力量的影响下，人类是有可能进行时间旅行的！

早上起床后，朱莉莉随便扒了几口饭，便出发去招待所了。

父母问她要去哪里，她说去找同学补习功课便头也不回地跑出了家门。她实在无法压下自己的好奇心，哪怕回来被父母暴打一顿，她也不想错过围观这件怪事的机会。

况且，如果这件事她能打听到个来龙去脉，下次在给方原的信里写上两笔，那不是最好的谈资？

虽然暑假已经过半，天气却似乎才进入最酷热的时节。阳光从道路两旁的树叶间隙透射出来，让她热得有些窒息。虽然也可以选择花一块钱，坐县城的唯一一趟公交车过去。但是……

她摸了摸口袋。她身上的确有两块钱，但是这两块钱是她偷偷从给弟弟买零食的钱里省出来的。当然，并不是她给弟弟少买了零食，而是她发现，如果多走半小时，一家离家比较远的小店里卖的东西，会比家门口商店的便宜一点，虽然只有一两毛的差价，但是积少成多，经过了一个暑假的积累，她已经攒了几块钱。

这些钱不是随意用掉的。她先是用两块钱在一家很远的文具店买了一袋信纸。当然，那并不是普通的信纸，而是印有好看花纹的特殊信纸，在那些不同图案的信纸中，她最喜欢的是带有樱花图案的粉色信纸，尽管她从没见过樱花，但是那种淡雅的美丽，总是令她感到心旷神怡。

她用自己攒的钱，在文具店买了薄薄的一沓信纸。这对她来说，已经足够了。因为这些信纸，她只用来给一个人写信。

想到这里，朱莉莉的嘴角不禁又微微上扬了起来。而原本炎热的天气和漫长的路，也让她觉得没那么难受了。

她就这样一路胡思乱想着走到了招待所附近。这个县城只有一家招待所，平时人很少，除了外地领导来视察，平时鲜有人光顾。可是，朱莉莉仍找了好一阵子，路上还向几个人打听了才找到。

但朱莉莉还没走到招待所门口，就发现院子外面已经围了十几号人，看起来都是昨天听到风声，今早赶来看热闹的。

"朱莉莉！"

正在她想着要怎么挤进人群时，有人在身后叫她。

她回头一看，胡明正在一边冲她招手。

她赶紧走了过去。

胡明今天穿了一件黑色 T 恤，T 恤上印了一个巨大的卡通图案，看上去似乎是只黄色的小动物，小动物表情特别可爱生动，但是不知为何，尾巴却是个闪电的图形，让她感觉有些古怪，也许又是什么动画片里的角色吧。不用说，在他们这样的小地方，大部分衣服都是制作粗糙的，这件衣服肯定是胡明的爸爸从省城里买了带回来的。不过可惜，这么可爱的衣服，穿在胡明这么个傻头傻脑的男生身上，显得太不协调了。

"你也来这儿看热闹？"朱莉莉眼睛盯着招待所的门口，随意地和胡明打着招呼。

"是啊，你也听说了吗？那个从 1993 年穿越来的女人？"胡明一脸兴奋，之前朱莉莉只在他拿到一大笔压岁钱，准备去县城里唯一一个游戏厅玩的时候见过他这样的表情，"我以前看过一个外国大片，叫《未来战士》，讲的是两个来自未来的机器人穿越回到现在打架，可好看了。不过未来战士是从未来来的，这个女人是从过去来的，好像还有点不大一样。"

"嗯……"朱莉莉点了点头，虽然她没看过胡明说的那部电影，不过从对方的话中，能够听明白他的大概意思。

这时，门口呼啦啦地又来了一群人。朱莉莉一眼就认出了其中一个人——刘局长。

刘局长是本地公安局的副局长，当然，一般大家都会把这个

"副"字省掉，直接叫他刘局长。而朱莉莉会认识他，是因为刘局长是朱莉莉的同桌——刘悦的爸爸。

其实朱莉莉家乡这个县城，平时没有什么大案要案，顶多是一些民事纠纷，因此公安局的工作也是杂七杂八的，碰到这种事自然也是划归到他们的管辖范围中了。

"你们怎么也在？"

这时朱莉莉才发现，原来刘悦也跟在一群大人身后，偷偷地溜了过来。看来真是个大新闻。

胡明和刘悦解释了来龙去脉。很快，大人那边就吵着要让大家一起看看那个女人。刘局长不便拒绝，只好让工作人员在院子里支了张桌子和几把椅子，把那个神秘女人叫了出来。

很快，昨天那个神秘女子就出现在了大家面前。

虽然围观的大人不少，可朱莉莉她们几个小孩子还是仗着身材矮小，行动灵活，硬是在围观的人群中挤来挤去，挤到了最前面。

这时朱莉莉才终于有机会，再次好好看看那个神秘女人了。她还是穿着和昨天一样的衣服：一件款式有些过时的白衬衫，一条蓝色牛仔裤。与昨天不同的是，她今天披着头发，不知道是不是因为昨天晚上没有睡好，眼圈还有点儿红。

朱莉莉越看越觉得，这个人一定是从过去穿越来的。

"你叫什么名字？"刘局长手下的一个小警察问道，他好像很不习惯这种场面，不知不觉就拿出了审问犯人的语气。

"这是王叔叔，是今年刚分到我爸手下的大学生。不过我爸叫

189

他小王，嘿嘿。"刘悦在朱莉莉耳边嘀咕着。

朱莉莉点了点头，估计这个小王叔叔平时给刘悦买过糖吃，不然为什么她说起对方的语气，感觉有些甜甜的呢？

"我……"那女子歪着头，想了想，"我想不起来了。不过……我的车票上，写着个陈字，你说我会不会姓陈啊？"

"咳咳，那我叫你，小陈同志吧，"小王警官清了清嗓子说道，也许是因为不常和年轻女性交流，他脸上微微有点泛红，"听你的口音，不像本地人啊，你是哪里人？"

小陈又想了想，摇了摇头："我记不清了，不过啊……不过我感觉听不太懂你们这里的人说的话，所以应该不是本地人吧。"

小王警察皱起了眉头。

朱莉莉刚才还不觉得，这时才发现，这个小王叔叔皱起眉头的样子，居然有点好看，很像之前一个同学带来的明星杂志上的明星，可是那个明星叫什么来着……

不行，想不起来了。虽然那个同学说，这个明星经常在电视上出现，可朱莉莉家里没有电视，怎么也想不起来那个明星的名字了。

"不是本地人啊……那事情就不好办了。按理说，我们应该联系你的家人，把你送回家。如果你是外地人就有点麻烦了。你能想起来，你是哪里人吗？"

小陈又摇了摇头，不过很快，她像是想起了什么，掏了掏口袋。

还是昨天那张汽车票。

1993 年的。

190

朱莉莉这时才有机会仔细打量这张车票。这张车票充满了年代感，它并没有破损，但是很明显，这并不是这个年代的产物，车票上那劣质的印刷文字，以及纸面经年累月的年代感，都说明它确实是一张来自 1993 年的车票。

"你这张汽车票，是从省城到这里的车票……不对啊，刘局，1993 年，咱们这里还没通汽车吧？"

刘局长接过车票看了看。

"这票啊，上面虽然写着咱们县城的名字，不过以前这个站，是个特别小的临时停车点。只有有人要在这里下车，和司机说，才给停。然后下了车之后还得走几十里地。"

原来如此。朱莉莉也有印象，自己小时候，有一次一位外地亲戚结婚办酒席，她跟着父母走了好久才走到车站，又坐了好久的车，才离开这里。直到最近几年，随着公路的修建，这个小小的县城才变得有了些生气。

"不过我觉得，这张车票说明，这位小陈同志可能是从省城里来的。"小王警察说。

刘局长摇了摇头："那可不一定，如果人家是从别的省来的，先坐火车到省城，再转汽车到这里呢？"

朱莉莉心中暗暗佩服起了刘局长，局长就是局长，还是比普通的小警察有经验啊。

说到这里，刘局长又仔细端详了一下车票。

"这车票啊，不像假的，我以前坐过这趟车，那车票就是这个样子的。"

听到刘局长都这么说了，围观群众纷纷兴奋了起来，这不就几乎等于坐实了"穿越"的说法吗？更有甚者，有几个人准备把全家老小都喊过来看热闹。

"小陈同志，你再好好回忆回忆，还能记起点什么吗？"被刘局长质疑之后，小王警察赶紧转移了话题。

小陈手里抓着那张车票，又歪起头眯着眼睛，好像是在努力地回忆着什么。

"比如说，你记不记得，自己的家人、朋友、同学，你在哪里上的学？你喜欢什么东西一类的？也许这些信息，能帮助我们判断出你的老家在哪儿，这样才能联系上你的家人，然后送你回去。"

小陈听到这小王警察的提醒，好像突然想起了什么。

"对了，我家……我家好像，有台电视机……我经常在家里看电视。"

1993年家里就有电视机了，肯定不是本地人，朱莉莉的家乡这里，1993年的时候，根本就没有人家里买得起电视机。

这次朱莉莉也学会跟着推理了。

不过大家都没有打断她的话，而是静静地等着她继续回忆。

"想不起来了……不过昨天，我在你们这个招待所里吃了份青椒肉丝，我发现，我好像不喜欢吃青椒。"

喜欢看电视，不爱吃青椒。

这算是什么信息啊。小王警察明明让你回忆你的家人朋友学校。

"至于我的学校……我能想起一些同学的脸，但是我想不起他们叫什么了！不过我好像，记得我和同学那时经常唱一首歌，叫作什么……'星星点灯'……"

"哇噻，她还真是十年前穿越来的！我家里有这首歌的录音带，好像是我妈以前买的，我小时候总听她放。真的是十几年前的歌。"胡明难以掩饰激动的心情说道，看起来，他已经彻底相信了这个女人的话。

一时间，围观的人们似乎已经完全确信了，这的确是一个来自过去的女人。而几位县政府和警察局的，也都一脸无措，不知道该怎么处理为好。

"对了！"就在大家纷纷陷入沉默时，人群里突然有人大喊了一声，"你们说，她是不是以前被外星人绑架了，现在又送回来了啊！"

?!

朱莉莉正想义正严辞地告诉大家，世界上没有外星人，大人们却好像突然恍然大悟，纷纷交头接耳了起来。

"你们胡说什么呢？"刘局长不高兴了。

"刘局长，你不知道，最近咱们这儿，突然出现了一个外星飞船！据说有好几个人都被它带走了！"

"是啊是啊。刘局，你怎么都不知道这事。"

看到胡明捅了捅自己，一脸得意的表情，朱莉莉这才想起，胡明之前说过的"外星飞船"，难道还真有这么回事？

刘局长看了看围观群众，无奈地说："外星飞船？在哪儿？你们带我去看看……嗯，你也一起去吧，看看能不能想起点什么。"

听说有外星飞船可看，连招待所里的小妹也跑了出来，央求了老板半天，放她两个小时假，跟着一起去看外星飞船。

当天晚上，朱莉莉已经不记得自己是怎么回家的了。

也许是这一天的信息量太大，让她的大脑已经无法思考。

这一天下午，她跟着刘局长和一大群人，一起走了几里地，跑到了山里一个荒无人烟，她从没去过的地方，确实发现了一个巨大的，有些像外星飞船一样的东西。那艘"飞船"的表面由金属制成，在剥裂开的表面上，部分电线裸露在外，看上去极其危险，所以根本没有人敢靠近，因此，也无法去探究它的内部构造，也没人说得清，这到底是个什么怪东西。

大家讨论了半天，觉得这个小陈姑娘，可能是在1993年被外星人绑架，而后失去记忆的。直到最近，外星人又来地球绑架人类，结果不小心飞船失事，这个小陈姑娘就此回到了地球。

本来，经过方原的说明，朱莉莉已经完全相信了"世界上没有外星人"的科学道理。

但是这几件事情凑到一起，她又觉得，好像除了外星人，没人能解释这一大堆的怪事。

她躺到床上，看着方原送给自己的书，觉得也许方原能帮自己解开这些谜。她想要下床动笔写信，可走了一天的山路，感觉自己累得只要一闭眼，马上就能睡着了。

一周后，暑假结束了。朱莉莉终于回到了学校。

她原本打算给方原写信，把自己经历的怪事通通写下来请教方原，但她的姑妈姑夫临时要去省城打工，母亲要她去姑妈家，帮奶奶照顾小表弟。于是朱莉莉忙了一个星期，都没顾上提笔给方原写信说这些；因为要寸步不离地照顾表弟，自然也没有空跑去招待所，打听那个穿越的女人后来怎么样了。

回到学校后，第一节课刚下课，刘悦就戳了戳她，示意她跟着一起走出教室，朱莉莉不明白，还有什么话不能在教室里说吗？

"莉莉，出大事了！"

大事？看到刘悦的样子，朱莉莉有些奇怪，再大的事，能比之前的"穿越事件"更大吗？

"怎么啦？又有外星人了？"

"不是的，那个从1993年穿越来的女人，和山上的外星人飞船，一起消失了！那个女人，真的是外星人！"

朱莉莉惊呆了，这可真是了不得的大事啊。

"怎么消失的？你具体说说？"

"我也不知道，都是听我爸说的。说是就在前两天，招待所里的女人突然不见了，走的时候还留下了两百块钱，崭新的！"

两百块钱？这可不是个小数目。而且……她之前说过，身上只有一张车票，哪来的钱呢？朱莉莉不解。

"我爸他们听说之后，问了招待所和附近的人，都没人见过她。所以大家就想到，会不会和那个外星飞船有关，结果跑过去一看，飞船也不见了！"

但是，那也不代表，是那个神秘女人开着飞船走了啊……可能只是巧合呢？

朱莉莉还没把心里的话说出来。刘悦就更加神秘地说——

"而且，飞船带走的，还不只是那个女人，当天，胡明的妈妈也失踪了！"

朱莉莉：

你好，听说你最近已经开学了，不知道是不是很忙？

在上次的来信中，你提到了身边发生的一连串奇怪的事件。听说，你们那里的大人都认为，这是外星人所为。

但是，这是不可能的。

最直接的证据就是——她留下的钱。在信中，你提到过，她留下了两百元崭新的人民币。先不说如果是从1993年带来的钱是否会是崭新的，有一个关键点是：新版人民币，也就是我们现在使用的第五套人民币，是在1999年发行的，如果她真是从1993年穿越而来，又怎么会有1999年才发行的新版的人民币呢？

因此，我认为，她一定是和我们一样的正常人类。

那么，关于她自称"失忆"，并且最近的记忆只到1993年。我认为有两种可能性。

第一种是，她确实因为某种原因，比如头部遭到撞击，产生了失忆症状，而且是只失去了1993—2005年的记忆。

第二种是，她编造了一整套的谎言来欺骗你们。

然而，如果仔细推敲起来，第一种说法是行不通的。回忆一下她出现在你们那里的"情景"。我们假设，她是之前就去到你们那里的，然后突然发生了什么，比如说，被抢劫，或者和人发生口角，昏了过去，失去了最近这十几年的记忆。如果是这样的话，那么，她有可能穿着十年前款式的衣服，带着十年前的车票吗？

答案是否定的。

所以，只有第二种可能性了。

如果是这样的话，我便在想，有什么是需要她编造这么一大段谎言来欺骗你们的？她的目的又是什么？

当然，这一切，必须与她离开时发生的事情联系起来。

1. 外星飞船不见了。

2. 胡明的妈妈不见了。

你曾经在信里提到过，外星飞船的体积很大，一个女人并不能靠自己的能力搬运。所以我想，可能这件事和她的直接联系比较小。那最有可能的就是，她的谎言，与胡明妈妈的失踪有关。

这个女子和胡明的妈妈的联系点在哪里呢？

不得不承认，这个问题把我难住了。直到有一天，我突然想起了两件事。

第一，你今年读初一，也就是12岁左右吧。那么，胡明是你的同学，也就和你同岁。同时，2005-1993=12年。也就是说，这个女子声称的，自己穿越而来的1993年，正是在胡明出生时间的前后。

第二，这名神秘女子提到，自己曾经喜欢过老歌，叫《星星点灯》，而胡明的妈妈也有这盘磁带。之前你们那里并没有修路，恐怕很难买到这种东西。所以我想，这盘磁带，对胡明的母亲是否有什么重要的意义呢？又或者说，这根本就是她从别的地方带来的东西？

联系到了这一点，我又想起你曾经提起过，胡明的母亲不爱说话，平时总是一副病恹恹的样子。

这一切连起来，我想到了一个答案，而同时，我也在昨天，找到了印证我答案的证据。随信附上一张报纸剪报。请你参考。

省城女大学生寻母十年成功

本报讯——

本市一名19岁陈姓女大学生，曾在小学时与母亲走失。多年以来，该女子不顾家人反对，一直寻找亲生母亲下落，近日，终于在××县寻母成功，并且成功将母亲带回省城。

……

如报纸上所说，这名女子的母亲，曾经与她的父亲感情不和，带着她离家出走，当时受到了人贩子的欺骗，坐上了

198

一趟从省城去往你们那里的汽车。也许是母亲在途中发现了异常，也许是因为其他什么原因，这名女子在中途就下了车，并且得到了解救。而母亲则失去了音信。因为该女子当时年幼，而且当时山区拐卖女性的现象比较严重，在没有家人和警察支持的情况下，一个未成年人根本无法独立寻找母亲。

直到她成年后，也许是自己打工赚到了钱，她终于凭着一张车票和当年的记忆找到了当年那趟汽车的目的地。然而，经过短暂的观察后，她发现，你们那里的情况，虽然比十年前有了一定改善，但通过警察去正面解救的难度仍然较大，同时，她又听到了当地关于"外星飞船带着部分村民消失"的故事，于是才故意编出了这么一套谎话来。

只要号称自己是"时间旅行者"，和"外星人"有关，必然能引起当地大部分人的注意，而她又提到了"1993年，从省城来，不喜欢吃青椒，喜欢听《星星点灯》，姓陈"，这些关键词，无疑是将自己的一些关键信息抛出，事实上，也许是上天也在帮助她，你的同学胡明正好就在现场，想必回家后将这些统统告诉了自己的母亲吧。而后，他的母亲可能通过某种方式，在招待所联系上了这名女子，两人连夜离开。这样一来，这名女子和胡明妈妈的失踪之谜，就都解开了。

至于外星飞船的消失，看起来似乎与整件事情无关。只不过是这名女子利用了所谓"飞船"的传言达成了自己的目的。

我想，可能只是相关部门或者企业，在附近进行某些工业项目，将项目废弃的工业装置废弃在了那里吧。而它的消失，或许是因为女子到来引起的骚动，使得相关部门害怕因为媒体关注而被察觉到有问题，所以紧急将它运送到了别处或者处理掉了。

怎么样，对于这样的答案，你还满意吗？

对了，上次寄给你的小说如何？我想，上次的科幻小说，可能对你产生了"过度"的影响，才会让你认为"时间穿越"是真实存在的。不，实际上那并不存在，只不过是小说家们美好的幻想罢了。

这次不如送几本推理小说给你吧，也许能够帮助你，用逻辑思考的方式来解决问题。奎因的《希腊棺材之谜》和阿加莎的《尼罗河上的惨案》都是推理小说中的最佳入门作品，希望你喜欢。如果你能考上省城的大学，就可以在学校里随意地借阅这些小说了，加油！

方原

朱莉莉紧紧握住信纸，心中的情绪复杂而又难以形容。她突然觉得，这个她从小长大的县城，这个她曾经认为是"家乡"的地方，突然间变得如此陌生，甚至让她有些害怕。特别是那张随意附上的剪报，她只看了两眼，便很快将它放进柴火堆里烧了。

在她的印象里，自己生长的家乡虽然不富裕，但是大家都不是坏人。她还记得第一次去胡明家时，胡明的爸爸还拿出了从省城带回来的好吃的零食招待她……

但这样的家乡，为什么还会生出这么丑恶的事情呢……

对于她来说，完全无法想象，像是拐卖人口这样的犯罪行为，居然就发生在自己身边。更让她难以接受的是，这样的犯罪行为，居然一直被整个家乡的人所默许着，恐怕甚至就连自己的父母也是知情人吧……

"你在干吗？"看到一直在发愣的朱莉莉，母亲从背后推了推她，"你弟弟吵着要糖，你赶紧去给他买。"

朱莉莉张了张嘴，还没来得及说话，隔壁又传来了弟弟的号哭声，那声音，仿佛像有无数根针扎在她的大脑中一样，让她的头几乎要炸裂了。

要是能离开这里就好了。

一定要离开这里。

如果一直留在这里的话，恐怕就会变得和父母一样，对于这样的"恶"习以为常，甚至在不知不觉间成为其中的一分子。

莉莉：

最近还好吗？说起来，你收到这封信的时候，考研的成绩应该已经公布了。不知道你报考了哪所大学的研究生？总之应该会离开省城的大学，去北京或者上海读研吧？

很抱歉，我已经决定去美国读博，并且未来可能会留在美国搞科研，因为时差的缘故，恐怕很难和你再通过即时通讯软件或者手机联系了。不过写信的形式也不错，我想"写信"这种形式，往往可以让说话的人用更加深思熟虑的方式，将自己的想法说出来。

这次给你写这封邮件，其实有一个特别的原因。

还记得你十年前曾经写信向我提到，当时你的老家曾经发生的一连串的怪事吗？我当时只解答了其中一起事件，同时也有了明确的证据来印证我的解答。而另一起事件，我只是模糊地给出了一个思路，坦白说，关于那起事件，因为线索太少，所以我的推理也并不成形。

后来在我的推荐下，你也爱上了推理小说和逻辑推理的思维方式，不知道从那之后，你是否也对这起事件做出过推测呢？

我之前曾经想过，也许在你老家附近，有一个军事或者科研单位，那个巨大的"外星飞船"也许就是从那里而来的。遗憾的是，我当时并没有去查找资料，证明在你老家附近，是否真的有这样的单位存在。这是推理中最要不得的行为。

直到最近，我看了一部电影，也许是受到了电影中内容的启发，对于那起"外星飞船"突然出现又失踪的事件，我产生了新的想法。

从当时你信中的描述可以看出，它"出现"时的面貌是"表面剥离，露出了电线"的样子，这应该并不是一个完整的装置，而是被损毁了的样子。那么，为什么要将一个被损毁了的大型装置，搬运到这样的一个与世无争的小县城中呢？

关于这一点，我找不到合理的解答。于是，我就做出了一个大胆的推测，它并非通过"人力的搬运"而来到这座山上的，而是因为某种"被动"行为而掉落的。也就是说，也许它的损毁，正是与落到山上时发生的撞击有关。没错，符合这一逻辑的行为就是——"火箭发射"。

我查询了国家发射火箭的理论降落地点，的确在你的家乡附近。

那么，它又为何会突然失踪呢？你提到过，当时那名神秘女子的事，几乎惊动了整个县城。而后，又有大批村民去山里亲眼看到了火箭的残骸，在这种情况下，消息可能传到了省城，惊动了更高级的政府官员，所以才有了"飞船连夜消失"的事情。

不知道这样的答案，你又是否满意？

说到这里，当年村民的失踪之谜，我想你也许会有自己的推理，和自己的答案吧。这几年，你阅读的推理小说，已经远远超过了我，相信你的推理能力会更强一些了。

那么，这封信就写到这里吧，说起来，我最近开始了一项非常有趣的研究，我想你应该会感兴趣，有时间我们可以见面聊。

方原

侦探圆桌会议

我们当中有一个，不是人。

2030 年，冬。

"是人类厉害，还是机器人厉害呀？"

陈博士坐在办公室里，他的儿子晨晨坐在一旁的沙发上，扭头看着办公室柜子里的各种实验模型。

虽然已经到了严酷的冬季，因为室内的中央空调开得够暖，所以陈博士并不觉得冷。

快要下雪了吧。天气预报说，最近几天会有强降雪。尽管现在还没有下雪，但外面的行人已经非常少了，凋零的树枝在风中摆动着，哪怕隔着窗户，似乎也能听到外面的风声。

陈博士的办公室不大，与其说是他的办公室，倒不如说是 A 大机器研究系的办公室。只不过其他老师都有课，现在只剩下他一个人。

在这个不大的办公室中，除了普通的办公设备，最引人注目的，便是角落里那一整排各种各样的机器人模型，它们已经初步具有了人类的形态，只不过因为还是实验品，所以并不完整，大多数模型只具有半个身体，或者没有完整的模拟成人的形态。倘若第一次进入房间，很容易被这异样的景象吓到。

不过对于经常来这里的晨晨来说，这景象实在是再熟悉不过了，他早已经见怪不怪，甚至给每个机器人模型取了名字。

现在，晨晨正站在一架已经完全具备了人类体征的 AI 机体面前。这是一台以青年女性外貌为特征的 AI 机器人，它的样子是仿照国内几位知名女演员的综合特点制作而成，因此面孔十分美丽动人。如果不是因为没有接通电源启动，一直处于静止状态，恐怕真的会有人将它当成真人也说不定。

关于晨晨刚才提出的问题，陈博士感到有些困惑。

如果要论证这个问题，恐怕可以写上几十万字的论文。不过，对于刚刚读小学的晨晨，大可不必这么认真。

"当然是人类厉害，因为机器人是人类制造出来的啊。"

说完这句话，连他自己也笑了。对待晨晨，只需要用他能理解的思路，给他一个简单的提示就好。

"嗯……"晨晨想了想，好像并不完全接受他的回答，他的小手在那架 AI 机体上轻轻地抚摸着，似乎是被那与人类无异的触感所吸引，而那小心翼翼的样子，又像是生怕弄坏实验品一样。对于这个年纪的男孩子来说，这样的性格可以说是十分难得了。

"那机器人不能制造机器人吗？"

陈博士愣住了，他没想到儿子会思考到这一步。

理论上，如果人工智能发展到了某种程度，由"机器人制造机器人"并非不可能。

如果那样的话，机器人会制造出怎样的机器人呢……

"那反过来说，机器人有可能制造人类吗？"

陈博士吓了一跳。今天儿子是怎么了，突然一连问出这么多让他难以回答的问题。

硬要说的话，也不是不可能。在无限发达的未来科技世界，只要有了合适的人工培养环境，由机器人操作，把人类的精子和卵子……

不不，等一下，这样的话，和人类现在做的动物实验又有什么区别？

如果真是这样，那岂不是代表机器人在做人类实验？

尽管室内开着暖风空调，陈博士突然觉得浑身发冷。当然，他本人的业务水平并不支持他去预想，这样的情况是否真的能够实现，要做到什么程度才能实现？他只知道，如果真的实现了，那到时候，这个世界真正的统治者，就不再是人类了。

事实上，尽管是机器学习领域的专家，但陈博士自己的本专业并不是真正的机器学习和人工智能，而是数学，机器人理论只是他在专业之外的一个课题项目而已。因此，对于一些技术性的问题，他很难给出非常明确的回答。

看到爸爸不回答自己的问题，晨晨走了过来，轻轻扯了扯他的衣角。也许是因为母亲早逝，尽管只是个小学生，晨晨好像要比其他的孩子懂事一些。他既不会因为没有糖果而大声哭闹，也不会四处闯祸让家人头疼。

"不会的，人类在制造机器人的时候，会给机器人加入一些条件约束。比如，不能够违反人类制造的原则，不能做伤害人类的事，更不能凌驾于人类之上……"

说到这里，陈博士走到书架旁，从上面抽出了一本阿西莫夫的《钢穴》，这是著名的《机器人》系列小说中的一本。

"你如果对机器人的话题感兴趣，可以看看这本书……"

咦，等一下，这句话好像有些耳熟。

啊，对啊，当年自己读中学，第一次对机器人产生兴趣的时候，有一位老师也说过这样的话，同时把这本书推荐给他。

不过，那是一位语文老师。

有点讽刺。

不过儿子似乎被这本书所吸引，已经忘记了刚才的一大堆问题，现在又回到沙发上，安静地读起了书。

在这本小说写成的年代，机器人与人类"共事"听起来还是一件充满幻想色彩的事。然而现在，智能机器人已经应用到了多个领域。这样看来，过去那些科幻小说的作者，都是伟大的"预言家"也不为过。

正在陈博士胡思乱想的时候，有人敲了敲门。

进来的是一位看起来十分干练的女子，她留着清爽的半长头发，穿着普通的浅色调衬衫和牛仔裤，脚上是一双运动鞋，虽然这副休闲打扮让她看起来像是一名私企员工，但是不知为何，她的脸上带着一种过于明显的从容和与世无争的感觉，这恰恰是常年处于学术环境中的人才会有的样子。

这是最近才调职到 A 大的 Cindy。她最近刚刚从海外高校回到 A 大，专门进行机器人 AI 项目的研发工作，此前她所在的海外高校，正是机器人研究的前沿机构。尽管学校里的人，平时都是互称中文名字，但是从海外留学回来的 Cindy，还是坚持要别人叫她的英文名字。这让陈博士有些不舒服，对于常年待在国内学术界的他来说，这种洋派作风，未免有些过于新奇了。

不仅如此，她的工作风格也与国内的学术界有些差异。她对待任何人都像是朋友，缺少国内学术界那种表面上的过度尊重，不过奇怪的是，对方总是给他一种很强烈的"距离感"，这并不是外表上的那种"高高在上"之感，而是某种内在的难以形容的感觉。她可以和任何人轻松地聊天，但又似乎总是有意无意地隐藏着什么。

陈博士过去并不喜欢这样的人，不过不知为何，现在却不由得对对方有种莫名的亲切感。

"博士，时间差不多要到了，我们该出发了。"

陈博士看了看表，这才发现，现在已经是下午五点了。

原本此时应该是下班时间了，他却没办法下班带儿子回家，因为接下来有一件非常重要的工作要去做。

这个工作的确非常重要，以至于他不得不把儿子送到亲戚家去借住一周。

很快，Cindy 帮忙把儿子带了出去，因为亲戚家的人已经开车到了楼下。陈博士则再次打量了一下自己的旅行箱。

笔记本电脑，两件换洗的衣物，几本书，还有儿子的照片……

他准备去参加的，是学校实验室组织的一次科研活动，内容是关于学校科研室最近研发出的 AI 机器人 F315B。

据说，由 A 大与赞助企业最近联合开发出来的 AI 机器人，已经可以做到无限接近于人类的行动及思考方式。这次的实验，正是为了测试在普通人不知情的情况下，是否能从人类中找出 AI 机器人。

测试的规则很简单，找到一些实验志愿者，请他们与机器人一起生活一段时间，被实验者将通过投票的方式来判断谁是机器人。

陈博士本人也是实验的参与者之一，虽然他是学校的科研人员，但他对机器人 F315B 的项目并不熟悉，他的研究偏重理论，而非实践课题。在这次实验中，他更多的是扮演"指导者"的角色，帮助其他的人类实验者，解答关于 AI 的相关问题，引导人类实验者以正确的方法进行实验。

同样，A 大的 Cindy 也会参加实验。据说，机器人 F315B 的项目，正是由她从海外带回 A 大的合作项目。

送走晨晨后，陈博士坐上了 Cindy 的车。一进入车里，Cindy 就马上打开了车内空调。

"真冷啊。"

也许是为了缓解尴尬的气氛，Cindy 一边打开车载音响一边说道。她手里还捧着一杯刚刚在学校咖啡店买来的咖啡，不知道是为了暖手还是想要用来提神。

209

音响里马上传来了音乐声。

那是一段熟悉的旋律，是……贝多芬的《月光》吧，陈博士很快就从大脑中搜索出了这段旋律的出处。大部分人对于这首乐曲的认知，是来自学生时代的语文课本，这是一段作曲家本人偶遇盲女的浪漫故事。但事实上，那只是某些人为了增加乐曲的浪漫气息而杜撰出来的故事。

"是啊。"陈博士看了看窗外，几个裹着羽绒服的学生，行色匆匆地从道路边走过，似乎恨不得马上钻进室内享受空调。哪怕是在科技高度发达的现代社会，人类也还是不能与自然天气对抗；哪怕可以用科技手段将房间内的温度调节到如夏天一般，在室外也仍然要忍耐这样的严寒。

事实上，他并没有觉得太冷，只不过是为了附和对方的话才这样说罢了。

"你喜欢听这样的音乐吗？还是需要我换一下……"

Cindy 发动车子后，突然有些犹豫地说道，在这个年代还喜欢听古典音乐的人已经不多了，而 Cindy 恰巧是其中之一，她看上去并不像那种刻板而严肃的人。

"不用，没关系。"陈博士摇了摇头，他并不讨厌古典音乐，这样无歌词的乐曲，反而能够让他沉下心来。

"说起来，你知道实验的地点在哪里吗？"

陈博士不经意地说道。事前，学校并没有向他透露太多关于实验的内容。因为他本人也要参加实验，所以对于实验的细节几乎全然不知，也没有刻意地询问过。

"在郊区。"Cindy 报出了一个大概的方位，那是离市区有相当距离的一个地址，陈博士去过那附近，他记得那是一个科技工业园附近，想必是赞助这个项目的企业提供的场地吧。

陈博士点了点头。因为人工智能项目需要大量科研经费，所以大学中的研究项目通常会和企业合作，也经常需要在研究和课题中加入企业的各种需求。

不知不觉中，汽车已经驶上了高速公路。原本车载音响中传出的平缓的音乐，也突然变得急促了起来，这让陈博士突然感到有些不安。

"你不喜欢第三乐章吧？"

对于突然响起的《月光》第三乐章，Cindy 并没有回头看向陈博士，她的眼睛笔直地盯着面前的道路，却仿佛能够猜透陈博士的心思，突然说道。

"嗯……"的确，他并不喜欢这样急促的音乐，相比于第一乐章的舒缓，第三乐章这样的情感，似乎有些过于强烈了，甚至还包含着某种"不安定感"。

"比起这个，我倒是更喜欢埃里克·萨蒂。"

Cindy 有些惊讶，她张了张嘴，想要说什么，可最后还是放弃了。也许是因为提起古典音乐，大多数人都会想起肖邦、莫扎特或者柴可夫斯基，却鲜有普通人知道埃里克·萨蒂吧。

很快，车载音响中传出了萨蒂的《裸体之舞 1》。

一个小时的车程之后，终于到达了目的地。

陈博士下了车，这时他才发现，这里与他想象中的实验地点，有着相当大的出入。

原本他以为，实验地点会设置在科技园区的某个实验楼内。但这里却并非科技园区内，而是一处四下荒芜的独栋双层别墅，看上去已经有些年头了。

"以前开发商准备在这里建立一个度假村，可是这个地段没有像一开始规划的那样继续建设，交通和其他配套设施也都不是很完备，因此这个度假村项目也就荒废了。后来这些房子几经转手，被转到了我们的赞助企业名下。哦对了，为了保证实验效果，这里面是不能使用手机和网络的。"

陈博士点头，对他来说，这倒无所谓，无聊的时候可以看书，但对于其他的实验者来说，可就有点麻烦了。

现在的年轻人，离开了手机和互联网，就像戒断症发作一样，恐怕连十分钟也待不下去。

进门后，陈博士发现，客厅里已经坐了三个人，两男一女。其中一个戴眼镜的男子看到他，马上走了过来。

"陈博士和 Cindy 是吗？还差一个人没到，刚才他给我打了电话，可能要晚一点到。要么我们先讲一下实验的规则吧。"

看来这个男子就是实验的组织者。

还没来得及打量其他几个人，该男子就将一本十几页纸的小册子发给了博士。纯白色的封面上印刷着"A 大 AI 机器人实验测试项目说明书"的字样。

A 大 AI 机器人实验测试项目

实验时间：3 天

实验参与人员：5 人

实验内容：测试人类是否能在无干扰条件下，找出隐藏在人类中的 AI 机器人

实验规则：每日白天所有人正常交流，晚上所有人进行投票。在测试期内，如可以正确通过投票找出机器人 AI，则投票正确的实验参与人员均可获得 3 万元实验项目奖金。如未成功找出机器人 AI，则可获得实验参与费 3000 元。

除 AI 机器人外，其他所有人均不得使用任何联网产品（包括但并不限于手机＼电脑＼平板电脑等物品）。

其他：……

小册子中还纪录了一些实验中需要注意的要点。例如房间内的电脑投票设备如何使用，实验期间内不得使用互联网和手机与外界联系，获取资料及寻求协助等。

在册子中的最后一页，还有一行小字：

实验分配角色代号——博士。

也许是为了让机器人更好地隐藏自己的身份，实验项目中要求每个参与者都以代号互相称谓，避免因为太多个人信息的泄露而让人察觉 AI 机器人的信息。

很快，陈博士就浏览完了这本小手册。

他举手示意了："我已经读完了，接下来，是否可以互相做个

自我介绍呢？我的代号是博士。"

戴眼镜的男子点了点头："我是助手，在接下来的三天内，我将帮助各位在这里进行实验。包括日常生活，如何投票，等等。"

陈博士并不认识这个项目的组织者，想来也许是企业方面的工作人员。毕竟这次的场地和实验经费都是由企业赞助，由企业的人来主持项目也是理所当然。看上去，这名"助手"似乎并非机器人 AI 方面的专家，而是更像一名"活动执行人"。

剩下的另一位男子，看上去年纪稍大，在三十五岁左右的样子，穿着一身正装："我的代号是医生。"

即使是在室内，他也依然穿着西装打着领带，特别是衣服的袖口，保持得非常清洁，想必是医生的职业习惯使然，只不过比起普通医生，他的样子似乎有些过于"清洁"了，就连脸上也透露出些许让人不安的"苍白感"。

另一名女子，则穿着一件纯灰色的毛衣和一条长裙，她也微微举起手示意了一下，并用细小的声音说："我是……作家，请各位多多关照。"

作家啊……那就不意外了。这名女子不管是从外表还是说话的神态，都不像是普通的社会人，可从她朴素的穿着和语言举止的拘束感判断，她多半已经很久没有出过门了。虽然她的容貌普通，甚至可以说是缺乏特点，却并不显得"容易亲近"。也正因如此，她的年龄就显得有些模糊；她的身上几乎毫无"社会痕迹"，反倒因为一直离群索居而让人琢磨不出她的年纪。不过她那一身素色的穿着打扮，却也像极了日本之前极被推崇的简约主义风格。

214

在这个年代，"自由职业者"的数量已经远远比过去多了，因此，大部分人也并不会将这种人当作异类。

最后，Cindy 也简单地说了一句："我是教授。"就结束了发言。

"那么我现在带各位先参观一下吧，"助手扶了扶眼镜，站起身来。看到这一幕，其他人也都跟着站起身，"尽管各位都是 A 市本地人，不过想必也没有来过这么偏僻的地方吧。其实这里是赞助商企业的一块实验项目基地，因为计划变更，虽然偶尔也会用做团建或者一些小的实验项目，但设备很久都没有更新了，你们不要介意啊……不过我保证，基本的生活设备还是可以正常运转的。"

尽管陈博士本身就是 A 大的员工，但实际上，他并不是特别清楚这项实验的具体规则。让他来这里参加实验，更多的作用，是向参与实验的普通人介绍机器人 AI 的一些基本常识，帮助实验者更多地获得判断依据。

这是一间双层别墅，楼下是带有客厅、餐厅、娱乐室、厨房、洗手间的日常活动区。二楼则是客房，可以说是标准的度假式别墅设计。不过，因为原来项目的停摆，室内的装饰只做到了基本满足使用的程度。

客厅里的布置非常简单，有书架、桌椅等摆设，但最让人在意的还是客厅中间摆放着的一张木质圆桌。

"等会儿的讨论就在圆桌这里进行。"助手简单地介绍了一下。

"总感觉放在这里有点奇怪。"医生走到桌子边，轻轻地拍打了一下桌子，桌子发出了一声发闷的回响。

"所有人都坐在这里，就好像……侦探电影里，所有嫌疑人集中在一起时的场景。"作家小声地说着。

其他人都沉默不语，不知是不是想起了那些电影中的场景。

"我们还是去娱乐室看看吧。"为了打破尴尬的场面，助手轻轻咳嗽了一声说。

客厅旁边是娱乐室，不仅有书架、电视、台球桌这些通常娱乐室里都会有的物品，甚至还有一台老旧的卡拉OK机。

"这是多少年前的东西啊？"

作家轻轻地用手在卡拉OK机上抹了一下，上面的灰尘明显被她抹掉了一层。她皱起眉头，赶紧从包里取出了一张纸巾擦了擦手。看来她虽然不注重化妆打扮，对于清洁卫生还是十分在意的。

在这个时代，年轻人想要唱歌，只需要在手机上打开相关的音乐软件就可以直接演唱，并且生成混音效果，还能分享到网络上供其他人聆听。而且因为软件中内置了各类混音特效，因此通过手机软件录制出来的歌曲，往往是经过了极度美化，甚至有很多普通人的演唱，也能通过后期制作达到专业歌手的效果。正因如此，去KTV唱歌的人也越来越少，不少曾经的大型连锁KTV都纷纷关门了，自然现在也很少有人会熟悉这种古老的卡拉OK设备。估计是开发商不知道从哪里接手的古董设备。

"放心吧，这些设备虽然有些旧，但都是可以正常使用的，要试试看吗？"

助手说完，就打开了卡拉 OK 机和电视机。上面马上出现了点歌界面。

"不，不用了……"作家赶紧摇了摇手，露出一副抱歉的神色，似乎是认为自己又做了多余的事情。电视屏幕上出现的点歌曲目中的歌曲，基本都是十几年二十几年前的歌曲。但屏幕上居然还显示着"热门新歌"的字样，未免有点搞笑了。

此时，医生一个人走到书架旁边，饶有兴致地看了起来。看起来，比起卡拉 OK 机和电视机，他对书的兴趣更大。

搞不好学生时代，他就是个爱好读书的人。

"咦……"

医生在书架面前，发出了一声低呼，随后从书架上抽出了一本书。那是一本名为《人工智能》的书，封面上印有一个男人的形象。陈博士认出，那是过去某家国内大型企业的 CEO。不知为何，一本讲述"人工智能"的书籍，竟然还需要通过封面上的商业名人来做宣传。

"这是十几年前的东西了吧……没想到那时，就有专门讲人工智能的书了。"医生一边翻动着书页，一边感叹道。事实上对于大部分普通人来说，人工智能是近几年才被广泛引入到社会使用层面，进入大众的认知领域的。

博士点了点头："没错，事实上，很多大型互联网企业，是从 2015 年左右才开始进行 AI 人工智能的研究。那时的研究还只是初步阶段，社会大众对于一些初级人工智能科技的应用，也并没有相应的认知。不过你拿的这本书，对于人工智能的认知，也不过是概念层面的。"

"原来如此，"医生马上领会了其中的意思，将手中的书放回到书架上，"看来这里都是以前的老书啊，没有一本是十年之内出版的。"

"书的好坏，和它的出版年代应该没什么关系吧。"作家低着头说道。博士发现，如果她想要说出反驳别人意见的话语，就一定会故意转开视线，不和其他人对视。

"你说的没错。不过我的意思只是说，看起来，这里似乎很久都没有人维护过了。"医生解释道，"说起来，据我之前在网络上查到的资料，现在的机器人 AI，能够做到和人类的行为几乎完全一致的程度吧？这么说来，机器人 AI 是否也能像人一样，阅读、游戏、欣赏艺术？"

陈博士点了点头，看得出来，医生的性格相当认真，而且恐怕对那 3 万元奖金志在必得，很明显，他事先做过的功课不少，而且对于人工智能的了解，也超出普通大众不少。

"当然，"陈博士回答，这个话题算是他的专门领域，被邀请参加这个实验，也正是因为要帮助实验人员解答这样的问题，"很久以前，就有电脑能够和国际象棋大师对弈了。这是电脑和人类进行娱乐活动的可能性。至于你说的看书，玩游戏嘛……首先，机器人 AI 只要做出'看'这个动作是毫无难点的，但是机器人是否能看电视、读书或知识学习，这倒是一个好问题。就目前来看，是可以做到的。AI 能通过对文字、图像、声音的识别，将外界获取的信息转化为程序能够理解的语言，这个在专业领域叫做'机器学习'。然后，再输入这些信息到自己的数据库就可以了。"

"那么机器人能唱卡拉 OK 吗？"作家用手指拨弄着卡拉 OK 机，一边随意地问道，结果卡拉 OK 机里马上蹦出了一首旋律过时的歌曲，那是一首二十多年前的老歌了，虽然当时是最流行的歌曲，但那古板的配乐方式和混乱的旋律，显得有些可笑。

对于陈博士的长篇大论，作家似乎并不感兴趣，不，确切地说，她对人工智能本身似乎也缺乏兴致，多半只是为了奖金才来参加这次实验。相比起刚才的话题，反倒是这台老式的卡拉 OK 机更能提起她的兴趣。

"当然。而且很简单，日本过去有一个叫初音未来的虚拟偶像歌手，只要输入相应的程序，就能让它唱各种各样的歌曲了，只要调教得当，甚至还能够让它模仿各种明星歌手原唱的声音。当然，现在的科技水平与当时已经不可同日而语了，因此，现在的机器人 AI 唱歌，不会有任何生硬的感觉，甚至要比很多非专业歌手唱得好，因为毕竟 AI 是不会跑调的，也不会受到任何音域的限制。"

"这样啊……"作家低下头，用手摆弄着衣角。显然，她刚才似乎是想到了，希望能够通过与其他人进行交互活动来判断对方是否是机器 AI，但是这种可能性，已经被陈博士否定了。

"这个声音好吵啊，"医生打断了她的话，走到卡拉 OK 机旁按下了停止键，并且直接关掉了电源，"对了，你刚才提到了数据库……这意味着，AI 是可以联网的？"

"当然，机器人 AI 的芯片再厉害，也没有办法在那么有限的空间内储存这么庞大的数据，而且刚才也说到了，AI 机器人是需要随时随地接收新的信息，并且通过机器学习的方式，将信息输入自己的数据库中。人类大小的容积体并没有办法容纳这么庞大的计算量。因此，机器人 AI 需要联网，这一点，在实验手册中也提到了。"

"也就是说——"Cindy 在一旁补充道，"机器人 AI 是我们这三天里唯一可以联网的'人'。"

作家因为这一番话而陷入了深思，似乎是在思考这句话背后的意义吧。她的手指不经意地抚弄着自己长发的发梢，在不知该说什么时，她就会做出这样的习惯性动作。

陈博士这时才注意到，作家的头发虽长，但发梢处已经出现了不少分叉，明显是疏于护理造成的，然而她本人却并不在意，反而还有意无意地用手扯着那些分叉，这显然又是长期与社会隔绝的人才会有的特质。

随后，Cindy 随手打开电视机，虽然信号不良，但无疑是可以使用的，电视画面上出现的是一条本地新闻。

"插播一条重要新闻——据气象局预测，今日下午开始将有持续 3 至 4 天左右的暴雪天气，届时本市部分通往外地的高速公路将实行交通限行，以避免发生交通事故……"

"我们……不会被关在这里吧？"作家有些担忧地说道，她的手指还在继续拨弄着头发，而且还将头发绞得越来越紧。

"怎么可能？这又不是真的暴风雪山庄，你看，只要从这里步行出去，走到其他住宅区好像也不是很远的样子。而且是公路限行，并不是完全封锁，拜托，这又不是电视剧。"

医生无奈地摇了摇头，看起来他很不喜欢作家这种大惊小怪的样子。

作家有些委屈地抿了一下嘴，却并没有反驳。从一开始，她就一直在说一些奇怪的话，让其他人感到不舒服。不过，看起来她也不是有意要破坏气氛或者反驳别人，只不过是性格使然，她总是说出不合时宜的话而已。

"那里是厨房吧？"为了打破有些尴尬的气氛，陈博士指着客厅另一侧走廊延伸的区域说道。

"没错，"助手点了点头，带着所有人走进厨房，"我们准备了一些方便食品，例如速冻水饺、方便面、火腿肠、汉堡等，只要从冰箱里取出来，放到烤箱或者微波炉里加热，或者用灶台稍微处理一下就可以了。还有一些罐头、饼干类的零食，如果你们半夜饿了，随时都可以取这些零食吃。"

Cindy 点了点头，但是很快，她又像想到了什么："有规定的时间点吗？比如几点到几点必须做什么？必须几点起床打卡，或者几点必须回到自己的房间？"

"不，这个倒是没有规定。但是有一点，每天晚饭时间，是所有人必须出现在客厅圆桌边进行讨论。在讨论时间内，大家可以互相提问，通过各种方式来判断哪个人是机器 AI。不过在晚上 12点前必须回到自己的房间，每个人的房间都有一台电脑，电脑不能联网，也没有其他功能，仅可以用来投票。也就是说，每晚 12点前必须投票，否则的话，就只能算作未完成实验而不能获得实验奖金了。"

原来如此。的确，如果每个实验参与人员都闷在自己的房间里敷衍了事，那么自然对于实验就毫无帮助了。如果规定一个时间段要求所有人参与讨论，有点类似大学课堂上的小组讨论，也会有助于实验的推进。

很快，所有人都从助手手中领到了房卡。

陈博士看了一眼自己的房间：203。

上楼之后，陈博士很快找到了自己的房间，用房卡在门口刷了一下门就开了。看来这间别墅虽然看上去年久失修，内部设施倒是经过了更新，现在已经改建成了旅馆的客房的模样。

房间内也是普通的酒店客房装饰，一张大床，一张书桌，还有一个衣柜，书桌上摆着一台电脑——看来这就是之前助手所提到的供投票用的电脑。

博士随手打开电脑，为了避免晚上讨论到太晚，回到客房因为不熟悉电脑投票软件而耽误投票，他决定先打开电脑了解一下基本的使用方式。

电脑启动后，很快便进入了操作系统，这和普通的电脑系统并没有特别的两样。唯一让人在意的是电脑桌面上没有他平时习惯的那些办公软件，或者是网络浏览器一类的软件，而是只有一个图标。

投票系统。

他双击了一下这个图标，桌面上立即弹出了一个新的窗口。

请输入您的代号

博士

系统投票时间为每晚 9 点—12 点，请在投票时间内进行操作。

……

看来必须等晚上才能投票了。

因为没有带手机，也不能使用网络，所以一个人待在房间里也无事可做……陈博士开始尝试在大脑中整理自己的思路。

目前参与项目的已知人员是自己、Cindy、医生和作家四个人，应该都是参加项目测试的人员。助手则应该是项目组派来组织实验的人。刚才他也提到了，还有一个人没到，那么参加实验的总人数应该是五个。

五选一，应该不难吧。不，确切地说，应该是三选一。自己和 Cindy 应该可以排除掉，那么剩下的就是医生和作家，还有就是那个目前为止还没有露面的参与者。

从目前所掌握的信息看，还基本不具备能够做出判定的理由。虽然作家和医生一直在问东问西，但是这也许是机器人 AI 被输入了相应程序做出的伪装工作。

目前来看还暂时没有什么线索吧……

不，等一下，不能这么快排除掉 Cindy，他认识 Cindy 的时间并不长，对方公开的身份是从美国的合作学校派来的讲师，但是首先，这个突然空降的身份是不是有可疑之处呢……

与其在这里思考，不如下楼再寻找一下线索。他倒并不在意所谓的 3 万元奖金，对他而言，更感兴趣的是所谓的人工智能 AI，是否真的能够完全骗过人类这个命题。

想到这里，陈博士关掉电脑，将房门锁上，再次返回了客厅。

这时他才发现，其他人已经都聚坐在客厅的圆桌边了，这场面，看上去还真的有些像侦探电影中，最后侦探检举犯人的桥段。

不对，多了一个人。陈博士这才发现，在圆桌边还多了一个之前没见过的人。

这是一位看上去有些奇怪的中年男子，他的面容有些憔悴，尽管头发和胡子都经过了打理，但是面容上的沧桑感却让人明显感到他不同于他人的气质。他看上去也比其他人更加成熟一些，年龄大约在四十岁上下。

此外，他身上还裹着一件黑色的大衣，显得很怕冷的样子，看到陈博士出现，马上点头打了个招呼

一般来说，除了定向实验，一般性的实验会特意寻找不同职业、不同生活背景的人，来作为同一次实验的参与对象。这样一来，才能够收集到相对全面的实验数据。

现在看来，作家是代表了自由职业、内心细腻的女性角色。

医生代表的是社会上典型的上班族角色。

Cindy 和自己是本领域内的专业人士。

而这名司机……博士暂时有些捉摸不透。

"这是我刚才提到的会晚一点到的'司机',也是实验的最后一名参与者,关于实验的整个规则我已经和他说过了。"

助手向陈博士简单地介绍了一下。

看来这个代号为"司机"的人,是刚刚才到的,也许是因为刚从室外进入的原因,他的外套上甚至还有一些雪化成的水滴和冰晶残留着,显得有些狼狈。

对方点了点头:"我是开车来的,外面现在已经开始下雪了,路不好走,绕了半天。"

司机一边说着,一边从桌子上抽了几张纸巾,擦拭着身上沾着的水滴和冰晶;或许是因为开车过于疲惫,他的声音也显得有些沙哑。

陈博士点了点头:"是因为突发的降雪导致的临时限行吧。据说这雪要持续好几天呢。不过应该不会对实验造成太大影响,毕竟我们的实验全部集中在室内。"

此时,桌子上已经摆满了从冰箱里取出的各种食物,大部分人选择的都是泡面,只有作家一个人的面前,摆放的是一个巨大的汉堡。

原来不知不觉间,已经到了晚饭时间。

意识到只有自己的晚餐和其他人不同,作家有些不好意思地低下了头,"我在家里经常吃泡面,实在是不想再吃了……"

原来如此,也许因为多年一直单身生活,所以并不在意自己的饮食情况,或者有可能是因为经济拮据,但是一个女生天天吃泡面,未免也让人觉得有些说不过去。尽管其他人的脸上露出

225

了些许微妙的表情，作家仍只是低着头，继续吃着手里的那只汉堡。

"那么，还是每个人先自我介绍一下吧？"医生像是想起了什么，说道，"我们每个人都被分到了一个'代号'，这个代号和现实生活中的身份也是有关系的吧。"

这时陈博士才发现，医生已经将之前穿的那套西装换了下来，换上了一套休闲装，显然，这套休闲装也被打理得非常干净整洁，就像是全新的一样。

作家点了点头："没错，虽然我的代号是作家，但并不是什么出名的作家，只不过是大学毕业后找不到工作，靠着给同学所在的杂志和网站写稿谋生，说起来顶多算是个写手而已。不知道为什么，总感觉分配给我的这个代号有点好笑，好像是在讽刺我一样。"

作家一边说着，一边又低下了头，再次习惯性地抓着自己的发梢开始玩弄起来。她还是穿着来时的那件毛衣和长裙，看上去似乎是因为穿得时间有些久，毛衣上面起了不少毛球，不过显然，她本人并不在意，也许自由职业大部分时间只需要在家里工作，所以不会特意在意外表吧。

"你不是写小说的吗？"陈博士有些意外。

"不……事实上，我的确尝试过写小说，可那都是一些根据自己身边发生的事所写的短篇小说，也只发表在学校的论坛上。怎么说呢……"她有些不好意思地低下头，"虽然也有创作真正的小说的想法，心里也有了故事，但总是感觉缺少让人眼前一亮的东

226

西。其实来到这里，也是想要寻找一些有趣的灵感。"

"我也是，"医生点了点头，"虽然叫医生，但说起来有点好笑，其实我并不是真正的医生，我真正的身份是医疗顾问。我在一家整容医院工作，当然，我本人并不是整容医生，而是负责给那些前来整容的人提供建议，并且做出合理的整容方案。因为你们知道，大部分来整容的女孩子，相貌都非常普通，但她们往往一来就要求整成明星、模特那样的脸。在这个阶段，一般就由像我们这样的顾问先来给出一些比较实际的建议，比如顾客的脸型并不适合 A 明星，但与 B 明星还是有一些相似之处，从我们的角度，用顾客最能接受的方式，与她们讨论出比较有可行性的操作方案。这就是我的工作，虽然说是美容顾问，但实际上，就是一般人所说的销售吧。"

坐在圆桌边的女性们马上露出了了然的神色。的确，医生给人的印象确实是有些能言善道，而且似乎对什么事情都了解一些，很容易就能博取刚刚接触的陌生人的好感。

"那么，你应该不缺钱啊。我听说这种整形顾问的收入不菲……"作家小声地嘀咕道，看来她虽然不怎么上班，可也许是因为工作的需要，对于社会现状还是有一些了解的。

"确实是这样，不过坦白说，做这一行总归不是长久之计。从事这行有一段时间了，我发现只靠人力来做咨询还是缺乏科学性，如果能够使用 AI 进行人脸对比，给出顾客最适合的整形方案，那应该会受到大众欢迎吧。因此，我准备通过这次的实验，进一步了解 AI 技术，如果能够将这种技术应用到整形医学上的话，那应

227

该能够获得巨大成功的。"

原来如此。陈博士点了点头，看来每个人来这里，目的都不单纯，除了 3 万元资金以外，几个人更看重的都是人工智能这个概念本身的价值。

"我是大学老师，所以代号是教授，主要研究领域是人工智能。"Cindy 耸了耸肩，看起来她对这个代号倒并没有什么异议，其他人也已经习惯了她的寡言少语，并没有追问些什么。

陈博士觉得有些奇怪，平时 Cindy 虽然话并不多，但也并不是如此冷淡的个性，不知为何，自从来到这里之后，她的话突然变更少了，就好像在特意让其他人忽略她的存在一样。

难道说真的是她……？

"一样那这边的博士，也是大学的博士咯？"医生突然想起了什么，"那你和教授，是在同一所学校认识的吗？"

医生的问题打断了陈博士的思绪，他感觉有些混乱。并没有人告诉过他，在实验过程中哪些事情能说哪些事不能说。

"我们都是 A 大的，但其实我和她并不熟。"

这样就算是没说谎了吧。

"哦，好像 A 大挺大的，不同院系之前的人不熟也很正常。"医生点了点头，自顾自地帮他解释了一句，"那你真的是博士？你的研究领域是什么？"

博士有点不好意思地笑了起来，"我的本专业其实是数学，只不过参与了一些有关机器学习和人工智能的课题而已，因为现代社会对于人工智能的应用越来越多，所以基础学科的研究者也开始将精力转向了这个领域。也许你们是来了解人工智能的，但我则恰好相反。"

"恰好相反？你的意思是……"医生突然想到了什么般地问道。

"没错，你们是来了解人工智能的，相反，我的目的则是观察人类在面对人工智能时，所做出的反应以及判断，从而使我的研究可以推进一步。特别是像机器人伦理，这和人与机器人的情感接触是有最直接关系的。"

他说完这些话之后，几乎所有人都陷入了沉思。想必实验者在此前并未想到这一层。

"就像你们看到的，我是这个实验的助手，所以也就叫助手了。"似乎是为了打破沉默，助手简单地补充了一句。

"不，等一下，那你也是Ａ大的？"

从刚才起就一直沉默的司机问道。

"不，"助手摇了摇头，"Ａ大的人工智能AI项目并不是全部由Ａ大自主研发的，其中还涉及一些企业合作，因为人工智能AI的应用最开始就是由知名互联网公司开始研发的，Ａ大的研究也是属于和企业合作的工作室项目，也就是说，各位能够拿到的实验的费用，也全都是由赞助企业来负担的。"

果然，看来这名助手是来自赞助企业一方，他身上也的确没有任何学术气质，反而更像是大型企业里负责营销企划的工作人员。

"那你呢？你真的是司机？"博士看向了现在唯一一个还没有

自我介绍的男子，也就是迟到的司机，也许是因为开车前来的路途较远，他的脸上有些许疲惫，此时，他正在吃着刚刚煮好的泡面，露出了有些满足的神情。

"不，怎么说呢，其实叫我司机也不算错。不过我并不是那种网约车司机。怎么说呢……我只是单纯喜欢开车四处跑而已，家里也有好几辆车，再加上没有什么正经工作，所以就拿到了这么一个代号吧大概。"

司机的神色有些不自然。

不知道为什么，陈博士隐隐感到这个人的背景似乎不是那么简单。从他的话中，可以听出他的家境不错，至少已经到了不需要工作的程度。然而，他身上所穿的外套和鞋子却能让人一眼便看出是廉价货，特别是那双白色的运动鞋，不但在边缘处显露出明显的污渍，更是有些开边的迹象。

但如果这个人真的是机器人 AI，也没必要设定如此复杂的背景，只要设定为一个普通的出租车司机，输入一些平时和乘客交流的信息就可以了。

博士默默记下了每个人的特征和背景，准备等到当晚的讨论结束后，回房间再加以整理思考。

"对了，博士，刚才你说到，你有一项研究是关于机器人伦理的，那是什么意思呢？"作家好像吃得差不多了，慢慢放下手里的食物，摊开一个本子，似乎准备记录什么。

没错，她正是因为想要摄取关于人工智能的素材灵感，才来到这里参加实验的。她也毫不避讳这一点，而是大大方方地直接取出笔记本来记录。

"这个问题听起来可能有些复杂，但实际上，要解释起来并不难，"博士也放下手中的食物，"以前有一部电影叫做《未来战士2》，讲述的是一个未来的邪恶组织，派一个机器人回到过去，要杀死未来会成长为人类领袖的一个小孩子，与此同时，还有一名正义的未来战士机器人，被派回过去保护这个小孩和他的母亲。当时我们看到这部电影的时候，只是被其中的科学幻想所打动，但是也有人会随之想到一个问题：机器人是人类制造的，那么，机器人有没有可能凌驾于人类之上呢？当然，电影中反派的机器人也是听令于人类，但是如果有朝一日，机器人 AI 被恶人所利用，机器人拥有了极大的能力，可以成为消灭人类的存在，那又该怎么办？在电影《X 战警　逆转未来》中，就有类似的设定。"

"嗯……"作家托着腮，思考了一会，"我听说，有一种叫做机器人三原则的设定吧？就是机器人不能伤害人类之类的。"

"没错，那是在科幻小说作家阿西莫夫的小说中出现的理论。但是，机器人三原则也需要由人类来制定。如果人类制定这些原则的时候留下了漏洞，或者被别有用心的人破解，后果就很难说了。当然，我们现在还不需要讨论到这么深刻的地步，举个最简单的例子吧：假如你是真实人类的话——"

陈博士说到这里，其他人都笑了起来，他刻意观察了一下所有人的表情，并没有人露出不自然的表情。

"假设你是人类，无意中遇到一位情投意合的异性，但是结婚

231

前夕，你发现他是一个机器人，你会怎么办？"

"咦？"作家有些惊慌了起来，她的脸上还微微露出了一些红晕。

当然，现在的科学技术，也是能够做到 AI 表情管理的吧。

陈博士一边这样想着，一边继续说道："或者，你的亲人因为一场车祸丧生，你会怎么做？当然是要追究肇事者的责任吧？但是如果开车的是机器人怎么办呢？你有办法对机器人进行处罚吗？就算是把机器人销毁，你会觉得就此满意了吗？"

"当然不会，就好像如果有人喝了变质的牛奶死掉，那一定不是去杀死那头产奶的牛，而是去找制造牛奶的公司算账吧……"

"没错，所以机器人的制作者是否要受到惩罚呢？但是如果制作者只是按照正常的逻辑来编写程序，他又该被判死刑吗？如果说这些实在太复杂了，那再举一个简单的例子，这位医生是整容医院的工作人员，如果是 AI 机器人的话，可以通过面部扫描，获知整容的女孩子在整容前甚至化妆前的真实容貌，我不知道，这样的事，有几个女生能接受呢？"

也许是为了化解前面话题的沉重感，陈博士在结尾处故意加了一个有些引人发笑的例子，让现场的气氛变得缓和了一些。

"啊，不好意思。"趁着这个讨论的空当，司机突然示意了一下。

"我先把旅行箱放到楼上去，以免等会儿太晚来不及收拾好东西，耽误投票。"

的确，他的身边放着一只小小的旅行箱，看来是一到达别墅还没来得及回房间放东西便被拉来吃晚饭加入讨论了。众人点了点头，他便提起旅行箱上了楼梯。

"你们说，这个司机会不会就是 AI 机器人？"

等司机上了楼，作家突然小声说道，尽管司机已经上楼走回了房间，但她还是压低了声音，似乎是在害怕他听见。这时，她已经将手里汉堡中的炸鸡块全挑出来吃完了，对于剩下的两块夹肉的面包，却没什么兴趣，放到桌子的一边，显然是不打算再继续吃了。

陈博士摇了摇头，从现在的线索来看，很难判断出哪个人有明显的不属于人类的特征。

助手倒是饶有兴趣地看着她："为什么这么说？"

"第一，他来晚了，这一点让人觉得很突出，"这时，医生插入了对话，看来他和作家的想法相同，"第二，他的旅行箱让我感觉似乎太小了，如果东西不多，放在背包里就可以了，为什么要用旅行箱呢？"

"不，"博士摇了摇头，对他的分析不以为然，"越是机器人AI 越是会遵守被输入的指令，反而不会迟到而是会提早计算出行车路线和道路限行状况进行驾驶。至于旅行箱，我想可能是因为他开车，所以把一部分东西放在车上了吧。"

医生似乎接受了这番解释，他没有继续这个话题，而是提出了新的疑问："对了，说到这里，我想请教一下，在三天的生活中，正常人和机器人 AI 会有哪些不同呢？"

"下午我们已经说过了，机器人能够进行唱歌、读书、对话这

233

些互动。另外，只要事先做了相应的准备，机器人也是可以吃饭、上厕所的，当然，机器人所谓的'上厕所'只是把事先吞咽进去的食物整包送出，而不会被消化，另外我想也不会出现有人跟踪别人去洗手间的情况。"

"那按照博士的意思就是，无法根据每个人的行为方式来判断了？"

"也不一定。举个例子吧，在机器编码的世界里，一定是寻找'最优解'，而很少会去考虑情感或者个人习惯因素。比如说，你摔倒了，一般来说，普通人会马上走到你身边，问，你怎么样了，有没有事，哪里疼。对吧？但在机器AI看来，这些行为是毫无意义的，因为这些行为是无法帮助伤者的，所以机器AI的第一反应，应该是先在自己的网络数据库里寻找'有人摔倒了怎么处理'，然后得出结论后应该是找创伤药，找拐杖，喊人帮忙一类的反应。"

"原来如此……"

"那机器人有如此庞大的网络数据库，可以几乎等于是什么都知道了吧？"这时司机正好从楼梯走下来的，这次换了一件休闲装，也许还洗了个澡，神情也变得不像刚才那么憔悴了。

"没错。但那并不代表会提问题的人就不是AI机器人。如果事先被输入了程序'假扮一个一无所知的人类'，那么他也会表现出对任何事物都一知半解的样子。甚至如果你给它设定了非常具体的条件'扮演一个只有初中文化水平的人类'，那么对于高中和大学里能学到的知识，他全都会装作不知道。"

"但是，"之前一直沉默地吃着东西的Cindy，终于结束了她

234

的晚饭，那是一小碗方便面，看得出来，她好像并不觉得这种廉价的方便食品有多难吃，反而将碗中的汤都喝了下去，这未免容易让人想起游戏动画《命运石之门》中那位红发的女科学家，"如果制造者提前给机器人输入了'要对人类有情感关怀'的程序，机器人AI也还是会去衡量其中的优先级，如果通过光学扫描，发现摔倒的人没有大碍，机器人会在'情感程序'的作用下，将'安抚'这个动作放到第一优先级，这也是可以做到的。当然，这些都是在理想情况下，但是现在所制造的机器人AI，尽管在外形和很多方面都已经能完全做到和人类一样，但是并不完美，我上面所说的程序，到底能不能够完美完成呢，这是很难说的。因此，也不能说，完全没有找到线索的机会。"

一时间，其他人都陷入了沉思，究竟怎么判断哪个才是真正的机器人呢？似乎没有人找到直接的方法。医生取出了自己随身携带的平板电脑，似乎是在用"思维导图"的软件为自己梳理思路，可以看出，他是这群人中最具有理性思维的一个。

作家则在自己的笔记本上胡乱画着什么，那并不像是在写下什么文字，而是无意义的涂鸦。陈博士远远望去，只看到一团意味不明的图画，如果不是亲眼看到这是作家自己所画，他还会以为这是小孩子的无心之作。

司机回来之后，冲了一杯热咖啡，他很少参与讨论，大部分时间都似乎只是心不在焉地听着其他人的讨论，不过，他似乎已经有了怀疑的对象。

"你画的是什么？"

这时候，Cindy 似乎也注意到了作家本子上的涂鸦。

作家摇了摇头，马上就合上了本子，不好意思地低下头，似乎在思考要怎么回答。

"时间差不多到了，我看也该回去投票了。对了，再向各位提示一下，投票一定要在晚上 12 点前完成，否则就算是自动放弃了实验的参与权和奖金哦。"

助手看了一眼墙上的挂钟，突然说道。

这时，众人才从讨论中缓过神来，时间已经到了 11 点。

回到房间，陈博士再次打开电脑。对于刚才的讨论，他可以说是全无头绪。

要怎么办呢，还有一个小时，他试图重新整理一下思绪。

现在的几个人中……

首先可以排除掉的应该是作家，就算机器人真的能够模仿人类的动作和情感，但是作家的情感细节表现未免也太过于真实了，那种过于细腻的女性化的表达方式，他不认为机器 AI 可以做到。

如在本子上涂鸦，还有那副心事重重的样子，怎么看也不像是机器人 AI 能做到的程度。

他在作家的名字旁边打了个叉。

接下来是司机和医生。

司机的确很可疑，包括他说的"一夜暴富"的背景，和这一天迟到的事，都显得有些不对劲，明明自己有好几辆车，却还穿着廉价的外套和破旧的运动鞋。但换而言之，如果真是机器 AI 不是更应该小心地伪装吗？怎么会编造这么离奇的身份背景呢……而且司机在这一晚的表现比较沉默，如果真的是机器 AI 的话，应该不会刻意营造这样"沉默"的性格吧。

医生呢？在他看来，医生倒是很符合 AI 机器人的定义。浑身上下都很普通，说话的方式和行为，看上去也像是经过编程一样普通而富有逻辑，积极地参与了所有人的讨论，举止得体，而且具备一定的逻辑推理能力，似乎也足够敏锐……

就在他即将在投票系统的输入框内输入"医生"两个字时，突然觉得有什么不对。

等一下，还有 Cindy，没错，一共五个人参加实验，没有道理提前把她排除掉。

仔细想想，她是最近这段时间才来到 A 大，自己跟对方的接触极少，而且从她今天的表现来看，也的确有些可疑。

没错，明明已经有自己这样一个 A 大的专业人员参加实验，为什么还要再安排一个呢？之前提到过，Cindy 所研究的项目是名为 F315B 的机器人 AI，但是他却从未在学校见过这个项目的任何内容与资料。这一点也有些奇怪，而且她本身作为项目研究者，对机器人的了解是最深的，让她来参加这样的实验，未免有些奇怪。

到底是谁呢……

他站起身，想要眺望窗外的景色转换一下心情。此时窗外，正是一片被大雪笼罩的雪白景色，一轮新月挂在天空之中，让整个气氛显得更加幽静。

他所住的房间，朝向别墅后花园的方向。尽管只是初冬，但花园里过去种植的花草已经完全枯萎，此时更是被大雪所笼罩，那些经过精心装饰的秋千、长椅等，显示出曾经的别墅管理者，的确非常用心地经营过这里。

在花园旁边，停着一辆车子。这并不是 Cindy 开的那辆车子，也许是某位实验参加者开的车子吧，可是……

博士再次陷入了沉思。

无论如何，现在的线索还太少了。陈博士最后还是在输入框里输入了"医生"，就结束了第一天的投票。

第二天，博士很早就下了楼。当他走到客厅时，发现已经有几个人坐到客厅的圆桌边上，开始吃早饭了。

当然，早饭也和头一天的晚餐一样，是千篇一律的方便食品。只不过似乎没有人愿意清早就去吃油腻的泡面，而是选择了冲泡式豆浆和面包等食品。

"早。"

医生向他打了个招呼，看样子，他昨天似乎休息得不错。

"你们这种在大学里工作的人都很自由吧，不需要上课的时间可以睡懒觉，不像我们朝九晚九，还经常加班，睡到自然醒根本就是奢望。本来我是想要晚点起来，可惜，多年上班族的生物钟，实在是没办法，一大早就醒了。"

说完后，医生还耸了耸肩，尽管是有些抱怨开玩笑的语气，不过他的状态还不错，想必是多年健康的生活方式养成的习惯。

陈博士点了点头："我也是被闹钟叫醒的，每天都是 7 点半起床，已经习惯了。"

"说起来你们昨天晚上投谁了？"一脸睡意的作家走了出来，她揉着眼睛，显然并不适应这么早起。更夸张的是，她的头发似乎都没有好好梳理过，甚至还有几根头发炸了起来。

"等一下，"Cindy 马上打断了她的问题，"实验手册上规定了，实验者在结果公布前，不能公布自己的投票信息，因为这样会影响他人的思考。"

好像规则中的确有这样一条。

作家有些不好意思地低下头，似乎是对没有认真阅读实验手册而表示歉意。

这时陈博士走到窗前，掀起窗帘张望着窗外："你们看，外面的雪下得好大。"

正巧司机也从楼上走下来。

"如果实验结束了还不能离开的话，就有点麻烦了。"Cindy 走到桌子边上，将刚刚冲好的速溶咖啡放下。

"这里的食物储备应该是足够一周的。"

"真的感觉有点像是推理小说里的暴风雪山庄。"作家皱起了眉头，显然，她并不喜欢这场大雪。

"暴风雪山庄？那还不至于吧。如果我们硬要走出去的话，走上几个小时，应该还是能和外界联系上的。而且这次的实验项目是由 A 大主持的，如果三天之后没有和他们联络实验结果，他们也会派人来看个究竟吧。"

"今天有什么安排吗?"陈博士看了看助手,他倒是显得很淡定,想必是已经做好了预案措施,哪怕发生了紧急情况,也能够进行相应处理。

对方很快摇了摇头,"除了晚上的圆桌讨论,其他的时候可以自由安排活动。"

"可是,没有网络,也不能出门,根本就没什么好做的啊……"作家低头丧气地说道,"我回房间继续写这个月要交的稿子。"

正在她准备离开客厅返回楼上时,医生叫住了她。

"喂,如果你一直一个人待在房间里,可是会引起大家怀疑的哦。"

"怀疑就怀疑,又不是猜凶手,怀疑我也无所谓吧。"

"但是你别忘了,只有人类投票正确的情况下,奖金才能发到投票正确的人手中,也就是说,如果你做出了误导大家的行为,导致大家投票错误,这几万块钱的奖金你赔得起吗?"

听了医生这番话,作家皱起了眉头。随后她无奈地说:"那我把笔记本电脑拿下来写稿,总可以了吧?"

很快,作家走上楼回到自己房间,将电脑拿了下来。

她打开笔记本电脑,接好电源,很快就在电脑上劈里啪拉地敲打了起来。

"对了,之前博士也提到过,现在的机器人 AI 是可以写文章的吧?"像是为了打破现场的沉默,助手随意地问了一句。

"当然,很早之前就有一家科技公司做过实验,他们在自己的门户网站上发布了一篇新闻稿件,这篇新闻稿件看上去十分普通,还受到了多家媒体的转载，然而几天后，科技公司公布，这篇稿件是由 AI 写成的。"

"但是，那种新闻稿，本来就套路化比较严重。如果换成写小说……不，更高级一些的，如果换成演奏音乐，机器人 AI 还能做到毫无破绽吗？"

"没错，虽然说出来你们可能会不相信。但是机器人 AI 也许可以做到比专业的演奏家更厉害。"Cindy 走了过来，她之前倒的咖啡已经喝得差不多了，这时，她又再次取出一包速溶咖啡冲泡了起来。

"在一般人看来，音乐、绘画、文学这些艺术属于人类情感表达的最高境界。但是，在科学面前，这些都不是无法完成的难题，只不过是人类一直在寻找，能够运行这些庞大运算和数据的载体而已。在计算机刚刚诞生的最初十年内，电脑还只能做一些很简单的工作，像是我们后来习以为常的 PS 图片，剪辑视频电影，玩 VR 游戏等，在当时的人看来，根本就是科幻小说里的内容。但是后来，人类都将它们完成了。而你说的，这些人类艺术的表达方式，计算机也同样可以通过大量的深度学习来完成。就拿音乐来举例子吧——如果给 AI 机器人输入海量的音乐家演奏的同一首作品的音轨，然后再针对这些演奏特点打上标签，那么，只要给 AI 下达'快速的'、'激烈的'、'安静的'这样的演奏风格标签，AI 就能从数据库中提取相应的演奏风格，并且做出相应的模拟演奏。"

"照这么说，未来已经没有机器人做不到的事情了？那么人类存在的意义呢？"

"没错，这也是机器人伦理方向一直在讨论的课题。如果有朝一日，人的劳动力价值比不上机器人的十分之一甚至百分之一时，那么这个世界是否还需要这么多人类？"

"怎么可能，人类一定有存在的意义！无论如何，机器都是人类制造出来的呀！"

司机不满地大声说道。

"哦？是吗？但有的人活着，还不如机器人呢。这个社会为什么需要那些毫无生产能力，又或者整日作恶的人类？比起他们，明显能够高效帮助人类的机器人更有利于社会发展吧。"

Cindy 冷冷地说道。

"你说什么？我看你就是机器人吧？"司机很快就被这几句简单的话激怒了，就像被戳到了痛处一样。他之前曾经提到过，自己并不工作，不知是否是因为这个原因，让他认为 Cindy 是在讽刺他的无能。

一时间，没有人接话，似乎所有人都在思考，自己是否还有存在的意义。在过去的几十年内，互联网、云数据、机器学习、AI 这些科学技术有了巨大发展，曾经大量需要人工的工作，都可以使用计算机来完成。相应地，这也导致了大量的失业。如何平衡"机器"与"人"的存在，正是现在社会所急需解决的问题。与此相对，许多曾经一度被大量需要的工种也渐渐开始面临失业的问题。反倒是进行艺术创作的工作，因为仍拥有"创造"的独特性，反而暂时无需有"被机器替代"的担忧。

"哦，我并不是机器人，我只是讨厌人类。"Cindy耸了耸肩，"特别是，丑陋的人类。"

面对还想发作的司机，医生很快拦住了他。

"这里不是吵架的地方，大家都不过是来赚取奖金而已，别忘了我们的目的。"

听到医生的话，司机深呼吸了一下，总算暂时平静了下来，只不过从他攥紧的双拳，还是能够看出他内心的愤怒。

很快，医生和司机两个人自己走到角落，小声地不知聊起了什么。其他人也停止了交谈，很快开始埋头做起了自己的事。作家依然在电脑上不停地敲打着，助手站在窗前望着窗外的大雪，似乎是在若有所思，Cindy则取出一本随身携带的书读了起来。

"这是什么书？"

陈博士下意识地问道。

"菲利普·迪克。"Cindy将书本合起来，将书的封面在陈博士的面前晃了晃。

曾经，随着电子科技的高速发展，很多人认为实体书会最终消亡，成为如同黑胶唱片一般的收藏品。但事实上，在一切都电子化之后，人们反而渐渐厌倦了每天所有时间都紧盯电子屏的生活，纸质书籍成为了人们逃离电子世界的一种方式。同时，因为电子售书平台收取的服务费用越来越高，纸质书籍的费用反而比电子书籍更加便宜。因此，很多人又重新回归到纸质书籍的阅读。

Cindy手中所拿的，是一本最近重新出版的菲利普·迪克套装书中的一本。书名是《尤比克》。这是菲利普迪克最为晦涩的作

243

品之一，但 Cindy 却似乎看得津津有味。

"你刚才说过，你讨厌人类……有什么原因吗？"

Cindy 抬起头来，她有些迷惑地看着陈博士。

"没错，的确是有某些原因。不过你呢？你喜欢人类吗？"

陈博士不知道该如何回答。喜欢吗？他还没有这样的情绪，但如果说讨厌的话，似乎也没有那样的感觉……

"菲利普·迪克在生前，并不被人看好，与其他那些生前就写出了惊世名作，赚得名利双收的科幻作家相比，他更像是科幻界的梵高。直到他去世后，作品才被名导演翻拍上映，就是那部《银翼杀手》，你知道的吧？这时人们才发现他的价值。"

陈博士点了点头："而且他的作品中，当年许多被人看起来似乎是过度幻觉式的科幻臆想，事实上，到了现在都已经实现了。从某种意义上来说，称他为'预言式作家'也不为过吧。"

此时，其他人要么在看书，要么就玩起了自己随时携带的笔记本电脑或者手机里不需要联网也可以玩的游戏。直到午饭后，医生才勉强同意，让大家各自回房间休息一段时间，晚饭前再回到客厅。

回到房间后，陈博士正准备再根据今天的情况推理一番，却听到有人敲门。

出现在门口的人是助手，他穿着一身睡衣，头发有些凌乱的样子，看起来是刚刚午睡起来。

"陈博士，不好意思，我想和你商量一下，能不能跟我换个房间？"

"怎么了?"

"其实是这样的……"助手有些不好意思地挠了挠头,"我这边的房间正好靠近公路,昨晚高速公路上车来车往太吵,我一整夜都没有睡好。今天本来想回去午睡一会儿,结果还是总有车辆经过,吵得我要崩溃了。"

原来如此。

虽然这处别墅位于郊区,但旁边的确是公路地带,会出现这种情况也是正常。他点了点头,好在他带的东西不多,很快就将自己的个人物品收到旅行箱内,然后和助手交换了房间。

的确,助手的房间是朝向高速公路的,哪怕是现在这样的白天,精神比较脆弱的人,也很容易被公路上的车辆过往声音所影响。不过还好,博士自己并没有这样的烦恼,因此交换房间他也无所谓。

他坐到桌边继续思考了起来,但依然没有任何线索,无论哪个人,看上去都并没有明显的人工智能特征,或者是……难道自己没有注意到什么关键性的线索吗?

就这样胡思乱想了一会儿,他决定离开房间,去客厅看看有没有其他人可以聊天,或许能找到其他线索。然而,客厅中却一个人都没有,既然左思右想都无法找到线索,他决定打开笔记本电脑,索性去修改一下最近自己准备发表的论文。这时,Cindy和作家从娱乐室的方向走了过来,看样子她们似乎聊得不错。

陈博士有些意外,这两个人看上去并不像是这么快就能与陌生人打成一片的性格,不过两个性格都有些冷僻的人,反而似乎更容易沟通。

"是不是该吃晚饭了？"

作家这才看了看墙上的时钟，时间已经是晚上六点了，不过也许是因为房间内的灯开得太亮的缘故，几个人都没有留意到时间的流逝。

"啊，我都忘记时间了。"

几个人走进厨房，一起取出了速冻食品，放在微波炉里转了起来。

"天天吃这种东西，时间久了还真是有点受不了。"

作家将热好的晚餐带回客厅的餐桌上，今天她也依然是选择了汉堡。而其他人也陆续下楼，将自己的晚饭热好，端到桌子边开始吃了起来。

"你们都决定好要投给谁了吗？"陈博士问道。

其余的人互相对望了几眼，显然，每个人似乎心里都算是有了想要投票的对象。

"那么，如果是这样的话，今晚不讨论也没有关系了？"

"不，等一下，是不是少了一个人？"

Cindy这样问起来，其他人才突然发现，果然，原本应该有六个人的圆桌边，的确少了一个人。

"是助手……"

陈博士马上想起来，之前助手向他提起过的，昨晚没有休息好，想趁下午和他交换房间的时间再好好睡一会。

会不会是睡过了……？

"我去叫他。"医生一边说着一边走上楼梯。

"对了，我和他换过房间了，他应该在我的房间。"博士特意提醒了一句。

发现助手的尸体，是在医生上楼的十分钟后。

医生先是用了敲门等方法，试图叫醒房间内的人，但很快发现事情不对劲，于是走下来寻找总房卡。

万幸的是，别墅内的确有管理员使用的总房卡，Cindy 找出总房卡后带着所有人再次回到助手的房间，当他们刷卡进门后，发现的，是助手倒在地上的尸体。

"死因是……？"

医生蹲下身，检查了一下尸体。虽然他现在的职业是医学顾问，但毕竟还是医科专业毕业，总算还有一些基础医学知识。

"很奇怪，看样子像是触电致死。"医生露出了古怪的表情，他翻动助手的手，"你们看，这里的手部皮肤有烧焦的痕迹。"

"触电？但是这房间里，并没有漏电吧。"

博士有些疑惑。在他离开前，还一切正常。

"不清楚。不过话说回来，这算不算是密室杀人？"

陈博士摇了摇头："密室杀人的前提条件是，其他人无法出入的房间中，发生杀人事件才叫密室杀人。换言之，如果其他人可以有其他方法进出房间就不叫密室杀人，我们还没有确认过房间的状况。而且密室杀人的前提是，谋杀致命。现在他的死亡也许只是个意外也说不定……"

说完之后，他走到窗边，很快他就发现，这个房间，似乎还真是一间密室。

"窗户和门都从内部上了锁。虽然能够用总房卡打开门，但是房间内部挂了链锁，这个链锁，是我们在用房卡刷开门之后，再用手伸进去抠开的，凶手从外部很难挂上链锁，而且这么做也毫无意义。"

"那你的意思是，他的死是意外了？"

"不，现在还不能确定。"

"你们看！"医生突然叫了一声，指着门旁的一角，"会不会是这个？"

那是房间进门处，电灯开关的位置，本应是被安装好的房间电灯开关，不知为何，有几截电线裸露在外部。

"也就是说，助手是被这个东西电死的吧？这是人为还是意外？"作家小心翼翼地隔着老远的距离，指着裸露在外的电线问道。

"很显然是人为的，"陈博士走到开关旁，"你看，这个开关原本是被包好封闭起来的，有人将开关的壳子人为翘起，从里面将电线剪开，这样如果在黑暗的情况下开灯就会不小心触电了。"

陈博士抬起头，看着在场的所有人。

凶手就在这些人当中。

"我想……我知道凶手是谁了。"

作家抬起手，示意所有人的注意力集中到自己这边。尽管她的声音不大，但是这样一句话，还是让所有人露出了惊讶的神色。

此时距离发现案发已经过去 1 个小时，所有人回到客厅的圆桌边，开始讨论接下来该怎么办。

因为电话线和网络都已经与外部切断，所以没有办法立刻报警。但是发生了这种突发事件，这次的实验必须暂时中止了。

"首先要明确的是死者的死亡时间。医生帮我们判断出，助手的死因是触电身亡，也就是刚才我们看到的那段墙上的裸露电源线。那么死亡时间就可以锁定在，最后一个看到死者的人到我们发现尸体的这段时间内。最后一个看见死者的人是谁呢？"

"应该是我吧，"陈博士说，"我在下午 3 点钟的时候，见过死者，当时他提出，他的房间吵得睡不着觉，想和我换一下房间。"

"好的，那么接下来，我们发现死者的时间是在下午 5 点半，也就是说，死者应该是在这期间死亡的，但是，这并不是重点。"

"不是重点……？"医生有些不解地问。

"没错，虽然一般的侦探小说很重视死者的死亡时间，因为这个时间几乎等于凶手的作案时间，但是在有些案件里，它们却并不能被这样无脑地画上等号。因为，这个触电装置显然是由凶手提前设置好的东西，也就是说它甚至有可能是一年前就被安装好的。"

"那你的意思是，我们无法知道凶手的作案时间了？"司机摇了摇头，显然对作家的推理并不认可。

"当然不是，因为实验场地事先一定经过基本的检查，更何况这个房间之前住过人，如果是提前设置好的，那么陈博士在昨晚就会发现它的存在了。陈博士是在今天下午 3 点才与死者交换的房间的，之后死者直接进入房间休息，因此，凶手一定是在陈博士早上下楼，到下午再次回到房间的这个时间段里设置了触电装备。那么在这个时间段内，我们来梳理一下不在场证明，从早上到大家各自回房间休息的这段时间——也就是下午 1 点半，我和Cindy，一直在娱乐室看书，其他人呢？"

"我到中午 1 点前，一直在司机的房间和他打牌聊天。你们还记得吧，在你们吵过架之后，我把司机劝回了房间，看到他房间里有一套模型玩具，正好我也有类似的爱好，于是就和他聊了一阵子。聊完天之后我去厨房冲了一杯咖啡，还去娱乐室找了本书，作家和教授可以作证。"医生回答道，从他的回答中，暂时无法找出什么特别的疑点。

"博士呢？"

"我提前回房间了，自己一个人待着。"

作家摇了摇头，露出了不信任的神色："那就是没有不在场证明咯？司机呢？"

"我在房间里拼模型，就像刚才医生说的，为了打发时间，我带了一个模型玩具，下午花了两个小时才把它拼好。"

"但是，你也可能是早就拼好了吧？"

"不，"司机得意地笑了起来，"很遗憾，刚才医生已经说过了，他来到我的房间，正好看到玩具盒子，还让我打开给他看一下，后来他离开我的房间，我才开始拼这个玩具。"

"不，"陈博士抬起头，"如果你事先带了两份模型，一份是拼好的，放在了行李箱里，等医生去你房间的时候，你故意拿出那份没拼的。等他走了以后，再拿出那份拼好的展示给我们看就行了。"

"怎么可能？"司机皱起了眉头，仿佛听到了一个滑稽的笑话，"首先，我只带了一份模型，你们可以搜查我的房间或者这个房子的任意一个角落……对了，不需要那么麻烦，我的模型上是有限量编号的，医生来我房间的时候还特意确认过模型上的限量编号，这个你们总不能说我做假了吧。"

"那么……我和教授一直在娱乐室里聊天看书，我们可以互作不在场证明，这就和我所想的一样，现在没有不在场证明的人，只有博士。而你——正好具备最好的作案时间。"

陈博士沉默了一会，仿佛在思考该怎么回应这个问题。

"让我们来还原一下事情的经过。事实上，我们一直在纠结不在场证明的问题，如果在博士这里，其实是不成为问题的。如果博士之前所说的为真，那么电灯开关必然是在早饭后到下午 1 点半之前这段时间被人动了手脚，唯一没有不在场证明的人就是博士。而同时，我想还有一种更有可能的方式。那就是——博士可能随意在什么时间点，就可以对自己的房间开关动手脚，然后只要引导助手和自己交换房间就可以了。"

"等一下，"Cindy 打断了作家的话，"但是，交换房间这种事，真的有办法引导吗？"

"当然，只要加以暗示或者……我们现在所听到的关于'交换房间'的事情，都是由博士本人说的。但是，如果他说了假话，现在也是死无对证，比如，并不是助手提出交换房间，而是博士以某种理由向助手提出交换房间，那么，接下来的事情不就是顺理成章了吗？助手来到博士的房间休息，醒来后发现外面的天已经黑了，他一路摸索着走到墙边，想要打开房间内的电灯，结果就被博士事先设下的触电装置电击身亡……"

"……"

陈博士摇了摇头。

"不，你的推理听上去似乎很合理，而且也的确存在可行性，但我希望你记住，如果从开始就只是认定了一种可能性，而忘记了其他的可能性的话，就只会将自己的推理逼入死角。"

"忘记其他可能性？你指的是什么？"

"让我先来洗清我自己的嫌疑吧，"博士站起身，"首先，如果我是凶手，是不会选择在自己的房间中做手脚，否则最明显的凶手指向就是我本人。如果我要使用这种手段的话，那么完全可以先暂时和助手交换房间，然后再找借口将房间换回来，再对助手房间的电源动点手脚就好，这样一来，除了我没有任何人知道交换房间的事，自然也不会怀疑到我头上了。"

说完这番话后，现场再次陷入了沉默，作家的推理似乎陷入了死角。而其他人也无法找到新的突破口。

"那么照你这么说，我们之中没有人能够作案了？"

作家底气不足地说道。

"当然不是，只不过是你的推理出了差错。也就是你所说的'作案时间'。为什么你会认定作案时间，也就是破坏房间内电灯开门的时间，一定是早饭后到 1 点半的这段时间里呢？如果再早一点的话……"

"再早一点？"

"没错，如果再向前推导，早餐前我一直在房间里睡觉，那么，作案的时间就会被锁定在……我第一天进入房间之前的这段时间。"

"话是没错，但是，你进入房间的时候是晚上 11 点，我们到达这里的时间是下午 5 点，六个小时的时间，根本不可能调查出不在场证明。"

"不，你又犯了经验主义的错误。在我们到达别墅时，还没有分配房间和房卡，所以哪怕凶手有了明确的作案目标，他也不知道他想杀的人会被分配到哪个房间。因此，作案时间可以再次缩小，延后到每个人拿到房卡后，当然，拿到房卡后，大家都各自回房间收拾东西，一直待到晚餐前才出来的。也就是说，作案的时间已经被缩短到了，晚餐圆桌会议到 11 点我回房间的这段时间内，而在这段时间内，很显然，每个人都有不在场证明，因为大家都在进行圆桌讨论，除了一个人。"

在场所有人的目光都聚集到了一个人身上。

"显然，这个人是在圆桌会议期间，唯一一个离开过座位的人，也就是——回房间放行李箱的人，司机，是你吧？"

"等一下，"医生揉着太阳穴打断了陈博士的话，"司机不可能提前一天，也就是昨天晚上，就提前预知到今天你和助手会互相交换房间的事啊。"

"没错。但是如果换个角度来想……如果司机本身想杀的人就是我呢？"

司机涨红了脸，目光四处游移，无论怎么看，这种不自然的神色，都加重了他的嫌疑。

"但是，你们只是第一次见面吧，他怎么会对你产生杀意呢？难不成你们之前认识？"作家很敏锐地察觉到了关于"动机"的疑点。

"不，事实上，这份'杀机'的产生，是由无数个'意外'与'巧合'融合产生的。而当这些'意外'与'巧合'组合到一起之后，就会让人在见面不到一个小时之内产生杀机。"

"那他的动机，到底是什么呢？"

"很简单，他有一个害怕被人发现的秘密，为了保守这个秘密，必须将'有可能发现秘密'的潜在危险消去。接下来的推理，仅仅是我自由心证式的推测，但是我想，这个答案应该距离真相并不遥远。"

说到这里，博士站起身来，走到圆桌边。这时的他，似乎有一点想要故意学习那些传统经典的侦探小说中的名侦探的样子，先是卖个关子，等到所有人的好奇心与注意力都高度集中到他身上时，再发表自己的名推理。

"到底是什么让司机在短短的一个小时内产生了杀机……我想这件事，要从我发现的一个异常情况来说。司机提到：他来的时候这里的高速公路被封锁了，所以，他不得不绕行从其他道路过来，导致了迟到。听上去是一个很完美的说辞。但事实上，助手

254

和我交换房间的原因，正是'昨晚高速公路上车来车往太吵'。这说明我们犯了一个经验主义的错误，电视新闻上的确说了'因大雪将对部分通往外地的道路进行限行'，也就是说，限行道路，并不包括从市内通往这所别墅的高速公路。我说的没错吧……"

司机的脑门上浮现出了一层冷汗，"是这样，但我不是从本市过来的，而是从外市赶过来的，所以才会遇到封路限行，这并不能代表我就是凶手呀。"

"当然，但是这就很奇怪了，资料里显示，所有参加实验的人员都是 A 市本地人，为什么会有一个从外地开车赶来的呢？一开始，我也以为只是你碰巧去外地办事而已，但是后来我留意到了另外一件事，那就是，你的车子停放的位置。我注意到，你的车子并没有停在别墅门前的停车区域，而是特意停到了别墅后面的一条小路上，我昨天晚上碰巧注意到了这件事。为什么要这样呢？很快，我就发现，你应该是不想让别人关注你的车子，又或者是想方便随时监控自己的车子，哪怕是晚上。"

"为什么要监控自己的车子……？他的车子里，有什么秘密吗？"作家一边思考一边说道，很快，她拍了一下桌子，"我知道了，他刚刚抢过银行，所以车子里有黄金是吗？"

"这是一种可能性。但是很快，他所做的另一件事，几乎让我确认了车子里的秘密。那就是在圆桌会议中，他突然上楼之后再次回来时的变化。如果你们还记得的话，他在上楼放旅行箱时，还做了另外一件事，那就是——换了一件衣服。而在此之前，他一直穿着大衣坐在暖气充足的客厅里，不仅如此，他的外套上还沾了雪和冰水，为什么这样了还要穿着外套呢？"

"一般来说，应该是洗澡后才会换衣服的吧？"

"没错，注意到了他的这个动作之后，我仔细地回想了我们之前的对话，没错，我提到，机器人 AI 可以随意地通过光学元件来扫描一切可见的东西，哪怕是整容的面孔，或者是化妆后的面孔，也可以扫描出本来的样子。那么，我就产生了一个大胆的推测，会不会是他的衣服上沾染了什么东西……因为担忧在大衣外套下面的衣服，被机器人 AI 扫描到血迹，所以才会马上上楼更换衣服吧。"

"血迹……你的意思是……？"

"没错，一定要保证在自己的视线之内的车子，一直裹着大衣害怕里面的衣服露出血迹，这一切当然只能导出一个结论，这名司机——恐怕刚刚杀了人，并且还将尸体藏在了他车子的后备厢里。"

听到这里，作家捂住嘴发出了一声惊呼。医生皱着眉头，似乎是在思考着什么。只有 Cindy 冷静地坐在一边，好像这一切，都如同她所预料的一样，没有表露出任何意外的样子。

"等一下，那么，他要杀博士的动机就是，他认为博士正是机器人 AI，并且有可能已经扫描到了他的作案痕迹？"医生将自己的思考说了出来，"但是等一下，他又是怎么判断出，博士是机器人 AI 的呢？"

"我想这应该是一个误会，还记得我们进入别墅参观时，曾经打开电视机看了一会儿。但是司机本人并没有参与这个过程。他到达后，拿到了实验规则手册，了解到在实验期间，将全面切断网络与电话。但是他在晚上，却听到了我说，'突发降雪要持续好几天'这个信息，这是傍晚时才由媒体发布的紧急消息，按照正常的逻辑来讲，我们不可能在信息封闭的实验场了解到这个信息，所以他很自然地想到，我正是所有在场人员中，唯一一个能够与外界联网的——机器AI。因为他是最晚到达的，并不知道我们在娱乐室里打开电视机看到了这条紧急插播的新闻，你们也看到了，娱乐室的设备陈旧，也许他以为电视等设备早已不能使用，又或者是他根本没有进过娱乐室，从而误以为我是机器人AI而不小心说漏了嘴。"

"啊……"

作家露出了恍然大悟的样子，她的脸上浮现出了有些悔恨的神情，也许是在懊恼自己没有想到这一层吧。

"不仅如此，就连助手的死亡方式也可以佐证这一点。为什么要使用破坏电源导致触电这样的方式行凶呢？怎么想这个方式都有些不自然。可如果是按照我的推理就可以说得通了，使用这种方式，可以让机器人短路，而其他方式，则很难保证机器人被破坏吧。"

"原来如此……"Cindy若有所思地点了点头，"在这个方面，还真的是完全一致呢……"她的双手绞在一起，对她来说，事件的真相似乎早已明了，现在唯一让她困惑的倒是其他的问题。

"那么，一切谜题都解开了，接下来，我们应该报警了吧。实验恐怕必须暂时停止了。"医生轻轻地说道，看来他对博士的推理

257

也并无异议。

"可是,这里的电话线和网络不是已经被切断了吗?要报警的话,必须开车离开这里,或者等到明天通讯恢复。"作家提醒道。

"不,你们忘了,我们当中有一个机器人 AI 吗?只要让机器人 AI 联网与外界获取联系就可以了。"博士胸有成竹地说道,显然对自己想到了其他人对没有注意到的思维盲区有些得意。

"那么,到底谁才是机器人 AI 呢?"

所有在场的人面面相觑,没有一个人站出来袒露自己的特殊身份的。

"事实上……"这时,一直沉默的 Cindy 突然开口道,"还有一个谜题,没有解开。"

"哦?是什么?"陈博士认为,自己的推理已经相当完美了,怎么会还有一个谜题没有解开呢。

"那是一个对你来说理所当然,但对其他人来说却无法理解的事情。事实上,这一点,你在刚才的推理中也提到了,我相信,所有人都注意到了其中的不自然之处,除了你自己——那就是:你提到,凶手在第一天晚上就设置了触电装置,但直到第二天,你和助手交换房间后,助手才触电身亡。那么,为什么第一天晚上,你没有触电呢?"

为什么……

那当然是因为……

因为……

"没错,那当然是因为,你不需要开灯,博士,或者应该叫

258

你，陪伴型智能机器人 F315B。"

什么……

不，我不是……

博士的思维很快陷入了混乱，但是"它"仍然可以听得到，对方断断续续的话语。

"一年前，真正的陈博士因意外身亡，作为博士的合作者，我将自己正在美国接手研发的陪伴型智能机器人 F315B，进行了一些改装，植入了部分和陈博士有关的记忆和信息，并且暂时交给了陈博士的儿子晨晨，作为陪伴型机器人来照顾他的生活。当然，原本机器人 F315B 并不具有'独立的自主思维能力'，只提供陪伴型机器人的基本功能。但是在随后的实验中，我加入了各种各样人格化的程序逻辑，使这个普通的陪伴型机器人慢慢成为了趋近于人类的人工智能产物。而程序的最后一步，是如何让它不露破绽地成为一个'人'，那就是——让它自己也坚信，自己是一个普通的人类。刚才你们所看到的超凡的逻辑推理能力，正是基于程序化的逻辑分析。但是很遗憾，我只为这部 AI 植入了逻辑思维的能力，而并没有植入光学扫描相关的部件，因此，刚才你们所提到的视觉扫描功能，至少在他的身上是不存在的。"

Cindy 站在他的面前，面无表情地说着，仿佛是在陈述一件与自己完全无关的事情。

"所以……因为是机器人，所以进入自己的房间时，哪怕是晚上，也并不需要开灯？"作家问。

"没错。它能够通过触觉感知系统，了解房间内的摆设和距

259

离。而且，博士，你根本就没有带闹钟这种东西，却说自己被闹钟吵醒了。这恐怕，是你设置在自己脑部程序中的闹钟吧。"

Cindy 说完后，特意指了指自己的脑袋："要让机器人像人类一样运转，最好的方式就是，让它认为'自己是真正的人类'。"

这时，"陈博士"才突然意识到一件至关重要但是此前他却一直疏忽的事实。

事实上，教授才是整个实验的主导者，而助手也不过只是实验的参与者之一。直到此时，他才意识到，他来到这里的真正目的是什么。

是的，所谓的"AI机器人测试实验"，只不过是表面上的游戏而已。当然，因为程序指令的原因，在此之前，"他"并没有发觉这一点。而现在，实验结束，在"他"程序中的某一项指令，终于到了执行的时间。

没错，自己来到这里的真正原因，原来是……

但是，依照现在的线索，能够得到真正的答案吗？不，似乎还缺少一些线索，如果是这样的话，只能继续进行第二阶段的"实验"了。

扮演者游戏

有什么不对。

原本沉睡的身体，似乎接收到了某种异样的信号，让我在昏沉的睡眠中渐渐苏醒过来。

在我身体下的并不是前一天晚上睡过的、虽有些潮湿却柔软的床。

也许是因为昨天过度精神疲劳，我想要睁开眼睛，却感到怎么也睁不开。那是一种大脑已经接近清醒但眼睛却不受控制的感觉。

如果是往常的我，可能会怠惰地想着：反正不必早起，不如就再睡一会儿好了，然后继续闭上眼睛。但是，此时此刻身处的环境，却让我不断地提醒自己：一定是发生了什么。

当我好不容易睁开眼睛后才意识到，自己所处的地方，并不是头一天自己所在的房间。因为很明显，这里的天花板是空白的。

我原先暂住的房间，只要躺在床上向正上方看，就能够看到的日光灯，消失了……

是的，本该在那里的东西不见了。深感疑惑的我，马上努力坐起身来。

好奇怪。

然而，好不容易聚焦好自己的视线时，我才发现问题所在。

因为自己根本就没有躺在床上，而是直接躺在了地上。

自己身下那所谓"坚硬的东西"，不过是硬邦邦的水泥地罢了。

一阵眩晕感向我袭来，那就好像是刚刚醉酒过后一夜醒来的感觉。大脑中一片空白，甚至有些回忆不起来，昨晚到底发生了什么。没错，我昨晚最后的记忆，勉强停留在了昨晚回到房间准备休息的时候。

没错，我的记忆，就到此中断了。

这是哪里呢？

我环顾四周：这好像是一间地下室，四周的墙壁灰得发暗，而且没有窗户，只有墙上的灰暗壁灯照射，能够勉强让人看清楚房间内的环境。

就在我环顾四周的时候，突然身边发出了一阵声响。

那是……衣服的布料摩擦的声音。

有一个男人近乎呻吟的声音，模糊地传过来。

我马上意识到，房间里还有其他人。

"作家？"

身边的男人稍微用胳膊撑起身体，看着我问道。

原来是医生，靠着他的声音，我勉强辨认了出来。

为什么他会和我一起出现在这里？

不过更重要的是，既然我和医生都在这里，那么司机……

医生大概是同时想到了这一点，我们两个很快看向之前都没怎么注意过的地面，没错，果然，在我们的身边，还躺着第三个人。

我，医生，司机。

昨天，在我所参加的实验项目过程中，发生了不可思议的杀人案件。一个代号为"助手"的人，因为某种原因被杀害了。而凶手正是在我们眼前的这个人——司机。

因为当晚突降暴雪，网络信号受到干扰，我们只能暂时将他绑在房间里，勉强在实验所处的别墅中度过一晚。然而，就在我因为疲劳而昏沉睡去之后，再次醒来，却处在了这样的状况之下。

房间里只有我们三个人。开什么玩笑？这个杀人犯是怎么跑出来的？还是说，是他把我们绑架到这里的？

不对……如果是他干的，他没有理由和我们一起倒在这里。看到他一边摸着后脑一边意识不清爬起来的样子，显然也并不像是这一切的主谋。

"这是哪里？我们怎么在这里？"司机的声音有些困惑，显然，他似乎也有些搞不清楚状况。

面对他的质问，我和医生摇了摇头。我并不是那种毫无力气的女性，而且他想要对付我和医生两个人也并不容易。不过我还是四下张望，确认了一番，房间里是否有刀子或者棍棒之类可以当武器使用的物品。

医生和我的反应一样，而且他趁着司机不注意的时候，还飞速向我传了一个眼神。

我稍微产生了一丝安全感。毕竟在这样的环境中，能够有一个"同伴"就先确保了自己不会处于劣势。

我最先爬起来，一边摸索着四周的墙壁寻找出口，一边试探着自己的身体情况。

好像并没有什么大碍，之前的头疼，应该是昨天睡觉前喝下了不知被谁下的安眠药导致的。

很快，我就在墙壁的一角摸到了门的把手。

那是一道铁制的把手，尽管看不清，但是用手接触到的触感能明显感到上面的铁锈。我尝试着拧动它，却发现它像是被锁死一般，无论我如何用力都纹丝不动。显然，门被人从外边锁死了。

看到我的行动，另外两个人也马上走了过来，试图用更大的力气开门，可不管我们怎么拧动门把手，或者尝试撞门或者找东西把门撬开，都无济于事。

很明显，我们是被关在了这个密室中。

在另外两个男人还在使用蛮力试图打开那道门的时候，我已经转移了视线。显然，在那道铁门上花再多功夫也于事无补。把我们关进来的人想必早已做好确保这道门的严密性的工作。

冷静下来之后，我开始思考现在我们所处的状况。

"为什么要把我们关起来呢……"

我不由自主地小声说道。

"一定是那个机器人搞的鬼吧。"

司机愤怒地说道。我也不知道他的猜测是从何而来，但是，他似乎并没有要对我和医生做出什么不利举动的意图，这也总算让我松了口气。

264

"可是，把我们关起来，有什么好处呢？"

"好处……"医生摇了摇头，他似乎也在思考这个问题，"我想象不出。不过……我在考虑，这会不会也是实验的一部分？"

实验的一部分？

对啊……

"的确，我们因为 AI 人工智能项目的实验而被聚集到这里。理论上，实验应该已经结束了……"我下意识地说着，但这时，我又意识到有什么不对。实验真的已经结束了吗？

事实上，实验甚至连第二天的投票阶段都没有到就中止了。难道说，实验的背后还有内情？

"如果这也是实验的一部分……倒是很好地解释了，为什么只有我们三个在这里。"医生继续着他的推理，因为房间里的灯光过于昏暗，我根本看不清他们两个的面部表情。事实上，连我自己也有些惊讶，连续几天内经历了这么多不可思议的事，我的大脑竟然还能够冷静思考。这可能就是人类的本能吧，越是在危急的情况下，本能越会使人激发出平时所不具备的能力。

"博士本身就是 AI 智能机器人，这一点就不用说了，而那个教授，本身就是 A 大组织实验的项目人员。因此，这里才会只有我们三个局外人，我想，也许这仍然是实验的一部分。"医生继续说道，显然，他比我更加冷静。

"但是……实验目的又是什么呢？现在关于 AI 机器人的实验已经结束了啊。"

我想不通其中的道理。

265

"他们肯定还有别的目的。"

这时，此前一直沉默的司机突然说道。也许是出于女性的直觉，我隐隐感觉到，司机似乎知道什么。

没错，他所说的"别的目的"，好像特有所指。我还想出声询问，他却别过了脸，似乎并不想继续这个话题，而是自顾自地也跟着站起来，在房间里摸索了起来。

这时我们才冷静下来，开始仔细观察整个房间。这是一个二十多平方米大的房间。老实说，对于三个人而言，这样的房间显得还算宽敞。当然，仅限于正常居住的情况下，而因为房间里并没有什么家具，只是在角落里堆放着一些像是工具一类的杂物，对了，它们没准能派上什么用场呢。

这时，我不禁想起了自己以前和朋友玩过的"密室逃脱游戏"。说起来有些好笑，如果没有任何前情提要，我恐怕真的以为自己是在玩什么密室逃脱游戏。

这时，我的手突然摸到了什么。

那是一开始因为光线太暗而并没有引起注意的地方。就在墙边，有一个小小的孔洞。不，不止一个，而是一共有两个。但是我没有马上将手探进去，毕竟身处陌生的环境，起码的谨慎还是要有的。

"有手电吗？"

我出声问了一句，当然，这只是在提醒他们注意这里的异常。

很快，医生走到墙角边的工具堆里左右翻找，居然真的找到了一个应急灯。我们一边祈祷着，希望这东西有电，一边按下了开关。

灯亮了。我们长舒了一口气，赶紧用应急灯照向刚才摸到的墙上有孔洞的方向。那是两个并排的孔洞，每个孔洞约二十厘米见方，用应急灯照过去，里面空空荡荡的，什么都没有。

不……等一下。

我借着灯光的照射，慢慢将手向孔洞中探了进去，才发现这两个孔洞的异样之处。其中一个孔洞，是斜向下的，而另一个，则是斜向上的。

也就是说，这两只孔洞通往外界的方向是不同的。

不，不对，这时我突然意识到了什么。我们一定是因为某种特别的理由，而被关在这里的。如果只是想把我们囚禁在这里，或者想杀害我们，大可不必为我们留下应急灯这种东西。没错，这就仿佛是对方想要诱导我们跟着他所布下的线索，一步一步完成他设置的游戏环节一般……

"这里有一张卡片。"

当我还在思考的时候，司机突然喊道，他弯腰从地上捡起一张白色的纸片，上面有一些打印出来的文字。

也许他觉得主动喊我们有些尴尬，因此只是向我和医生的方向喊了一声，并没有走过来，或者是称呼我们的名字。

不会吧……难道真的是密室逃脱游戏吗？我回忆起之前自己曾经玩过的那些真实密室逃脱游戏，感觉这个场景可以说是无比熟悉。可这样的话，策划这一切的人，到底真正的目的又是什么呢？

我拿起应急灯，将光线对准纸片，仔细阅读起上面的文字。

　　每人写出一个关于自己的秘密，可以换取基本的生活物资。当然，物资的数量由你们的秘密质量来决定。

……这是什么意思？

写下一个自己的秘密……是随便写一个就可以吗？

这时我突然借着手中的光源发现，原来地上还有东西。

那是一个很普通的便签本，还有一支笔。看来是要我们用这个东西来写下自己所谓的"秘密"，再从那个向下的孔洞里送出去。

"怎么样？要写吗？"司机问道，听他的语气，显然是很想用这种方法，来为自己多争取一些必备的、能够延长生命的物资了。

坦白说，也许是因为紧张和不安，我已经感觉自己有些口干舌燥了，甚至隐隐有些喉咙发疼。如果没有水，虽然不会马上渴死，但这种状态持续下去，应该很快就会丧失正常的思考和行动能力。

"正常人能够在没有食物和水的情况下存活多久？"

我不禁问道。

"没有食物也许可以多撑一段时间，没有水的话……最多三天吧。"

从医生的语气能够听出，现在的状况相当不容乐观。

但是，到底要写些什么呢？既然是自己的秘密，应该是不为人所知的事情。但是，暗恋某一个朋友，偶然间知道了邻居家的主妇在外面和别的男人偷情，这样鸡毛蒜皮的小事，真的能够称得上"秘密"吗？既然在这里这样提到了，那么，应该是意有所指，甚至是……

我马上想到某一件事。

那是在我念大学的时候发生的事。当时已经临近毕业，有一天下午，宿舍只剩下我一个人，因为晚上约了和重要的朋友见面。而我无论怎么搭配衣服，都感觉好像缺了些什么。

是什么呢……总觉得自己的连衣裙似乎有些过于素净了……那时，我突然发觉，宿舍舍友的桌子上，放着一枚玫瑰胸针，那是她买来以后就从没有佩戴过的饰品。

我鬼使神差地走到桌子边，若无其事地将那枚随意地放在桌上的胸针拿起来，戴到自己的衣服上。

果然……它戴在我的身上，远远要比戴在它原先的主人身上好看得多。

其实，我也完全可以选择，发一条信息给这位舍友，告诉她，我想借用她的胸针，她一定不会拒绝的。

然而当时的我，却鬼使神差一般，擅自就直接将那枚胸针拿走了，并且在回到宿舍之后，还居然把它藏了起来。而舍友回到宿舍后，也只是嘀咕了一句，以为是自己随手丢掉了它而没有在意。

不，仔细想来，好像确实有一个人发现了这件事。

说起来，会不会和这次的事件有关呢？因为唯一发现这件事

269

的人，后来确确实实地死掉了。

不，那件事警方已经确定为意外，不会是那件事的……

我拼命地想要把脑海中的干扰信息排除掉，然而那些过往的事情，却像是在这安静的环境中刻意要疯狂涌现出来一般，让我无论如何也无法集中精力。

最后，我几乎是濒临崩溃般的在纸上写下了——

我曾经偷拿过同学的东西。

这其实也并不是什么见不得人的事情。要说偷，似乎也未必有那么严重。那枚胸针的价值恐怕1000块钱都不到，哪怕报警，也够不上刑事犯罪吧。但是这件事，却成了我心中某种隐秘的痛苦，因为它似乎与某一件不祥的事件，形成了蝴蝶效应般的链条关系，这也是我始终不愿正视它的原因。

但是，我还是在写完之后，尽快将纸片折好，努力不让其他两个人看到。

"我写好了。"

另外两个人也点了点头。看他们的表情，似乎也有一些凝重感，不知道是不是也透露了什么了不得的秘密。

随后，我们三个人，都小心地将自己的那张便签纸扔进了孔洞，当然，是向下的那个。显然，向上的那个，是外界的人将东西传送到我们这里的通道。而向下的那个，则是我们将东西传送到外部的通道。

说起来，这里就好像是被刻意设计成这样一般……没错，我们并不是被随意地关在这里的，而一定是出于某种强烈的目的性，

270

并需要我们完成某些目的才会被关进来，我们在这里的每一步行动，也许都在对方的计划之中吧。

将东西丢出去之后，房间里又陷入了短暂的沉默，只听得到我们的呼吸声。在一片黑暗之中，这种感觉几乎快要让我窒息了。

不过好在过了一小会儿，房间里又有了动静，那是有什么东西掉落在地上的声音。

我马上走到孔洞边，果然，地上散落着一堆东西。我蹲下来察看，那是三瓶矿泉水，还有三包分装的小饼干。

不会被人抢走吧……

出于某种本能的反应，我马上将自己的那份水和饼干拿起来走到一边。不过另外两人并没有异常的举动，也只是拿起了自己的那份而已。想来是因为，现在我们的生命暂时还没有受到太大的威胁。

"等一下。"

我正准备打开矿泉水瓶的盖子，喝一口水解渴时，医生像是发现了什么一般，再次蹲了下去。

他又从地上捡起一张卡片，显然，外面的人，又有新的留言了。

"上面写的什么？"我问道。

可是捡起卡片的司机没有说话。

我走过去一把抢过了卡片。对于这样的举动，就连我自己也有些意外。也许是因为在这暗无天日的密室中待的时间过于漫长了，让我产生了一些似乎原本并不属于我的情绪。

271

好在司机并没有护住那张卡片，而是顺手将它递给了我。

我拿过卡片，用应急灯照在上面。

在找到答案之前，只有这些了。

答案？什么答案？我一时间陷入了混乱。

"这是什么意思？"

司机有些不满地看着我们，仿佛害我们陷入这种情况的，和他并没有关系一般。

"不清楚，但是我想，将我们关在这里的人，一定是抱有某种特别的目的，而这个目的想必就是和所谓的'答案'有关。"

我说出了内心的想法。然而，这似乎并不能带来任何实质性的进展，反而只是让另外两个人陷入了更加长久的沉默。

望着手中的矿泉水，我稍微喝了一口。其实我想过，不如提前把这些水全部喝完，如果我自己十分节省，而另外两个人提前喝完了自己的水，在面临死亡的时候，他们会不会把我的水抢走呢？但是那样做显然不是延长和维持生命的最佳办法。

想来想去，我偷偷瞄了一眼另外两个人。最稳妥的方法，果然还是和他们保持同样的进食饮水速度吧。

就这样，也不知道过了多久。我意识模糊地睡过去了几次。其中有时间较长的睡眠，也有短暂的浅眠。但是因为无法判断时间，我也懒得计算自己睡了多久。

就在我意识模糊地闭着眼睛休息时，突然有人重重地拍击了一下墙壁。

我被吓得一骨碌坐了起来。

"可恶，我们不会饿死在这里吧？"

是司机。看得出来，他的忍耐似乎已经到了极限。虽然还剩下少量的食物和水，但是显然已经不足以让我们支撑多久了。而在这样的情况下，每个人都越来越难以保持冷静和清醒。

我揉了揉太阳穴，试图重新打起精神来。

原本我以为，我们已经按照实验设计者的意图走完了每一步，接下来应该等待对方的下一步指示。然而，已经过了这么久，我们却没有接到进一步的指示，看来是我们忽略了什么……

在找到答案之前，只有这些了

我突然想起那张最后出现的卡片。为什么要特意将这张卡片送过来呢？

不对，有问题。我几乎是直觉似的站了起来。

"卡片在哪里？"

"什么？"医生看了我一眼，似乎完全听不懂我在说什么。

"我问，卡片在哪里？"我的声音不由得有些急躁，但是我实在没有耐心再细细和他们解释我的想法，只想赶紧确认自己所想的是否正确。

医生摇了摇头，指了指孔洞附近的角落，然后继续靠着墙闭

273

目养神。

我走过去，将之前从孔洞里掉落的几张卡片捡起来。又拿起应急灯照着仔细看了起来。

"喂，你别浪费电。"司机不快地想要阻止我。

"就看十分钟。"我保证道，就算是我自己，也不想浪费这宝贵的电源。

听到我的话，司机没再说话。大概也是不想浪费体力和我吵架吧。

这时，我突然想起了之前玩过的真实密室逃脱游戏。在玩那些游戏时，经常要对自己得到的线索进行全方位的调查，而不仅仅只是阅读表面的信息而已。

虽然这并不是什么密室游戏，但我还是拿起卡片，再次用灯照着端详了起来。因为我十分在意最后的那张卡片。如果真的没有别的什么，又何必单独再送来一张卡片呢。而卡片上所写的"只有这些了"似乎别有所指……

想到这里，我拿起刚刚被丢到地上的那张卡片，借着应急灯的亮光打量了起来。

似乎没有什么特别之处……不过正当我准备放弃时，发现透过应急灯的光亮，可以看到卡片背面有一层发暗的印迹。

我赶紧将卡片翻过来，的确，那层发暗的印迹并不是什么污渍，而是两个数字。

06

这是什么意思？虽然找到了线索，但这样一个简单的数字，我却全然看不出什么所以然，不过……

我马上借着应急灯的光去查看卡片的其他部分，很快，我发现，这张卡片的背后，还写着几组数字。

2025

23

2025 年 6 月 23 日……

我不知不觉很自然地将这三组数字组合到了一起，甚至不小心说出了声，原来如此，这才是这张卡片的最大线索，卡片上的含意，正是指它本身所含有的线索。

听到我这边的动静，另外两个人也终于注意到了我的发现。他们凑了上来。

"2025 年 6 月 23 日。"

我再次重复了一遍这个日期。而司机则直接将卡片抢过去，在应急灯下看了起来。直到他和医生两个人都确认，卡片上的数字无误、再没有其他信息之后，才冷静下来。

"你们对这个日期，有印象吗？"

医生问道，从他的表情上来看，至少对他而言，这个日期也绝不简单。

我点了点头。事实上……这一天对我来说，可以说是印象深刻。那是我临近毕业时的某一天，没错，正是我拿走舍友胸针的那一天。

不仅如此，事实上，那一天，还发生了另外一件事，那是一件我绝对不愿提起的事情。我偷偷瞟了一眼另外两个人，不仅是医生，司机的脸上也露出了凝重的表情，我已经完全理解了，这个日期，就是我们被关在这里的关键原因，恐怕也是……决定我们是否能够离开的钥匙。

然而，却没有人肯发表看法，不知道对于其他两个人来说，这一天是否也和他们心中重要的秘密有关。

在这种情况下，想要打破现状，恐怕必须由我来捅破这层窗户纸了。事实上，在这种情况下，往往女性比男性更加容易做出决断。

"2025 年 6 月 23 日，事实上，和我刚才所写的秘密有关。事到如今，也没有什么好隐瞒的。那是临近毕业时的一天，我因为早早就决定了要成为自由撰稿人，所以并没有找工作的压力。毕业论文的答辩也早就结束了。剩下的那一个月里，我每天都无所事事地在宿舍里上网或者看电影。而 6 月 23 日这一天，很凑巧，是我所在的大学 50 周年建校纪念日——因此，下午我先是去参加了校庆活动，也无非就是校领导还有几个著名校友的演讲，还有一些学生表演而已。到了晚上，我约了一位朋友吃饭……"

看到我暂停了叙述，另外两个人用眼神示意我，赶紧继续说下去。

"吃完饭后，我就回到了宿舍。直到第二天我才知道，和我吃饭的那位朋友……在那一天意外去世了。"

等一下，说到这里我突然意识到了什么。

"你们不会……也认识这个人吧……"

医生点了点头，"你当时是 A 大的学生吧？"

"没错……那么你们也……"

"我也参加过那次校庆活动。而且你说的在当天去世的朋友，我们应该都认识。"医生补充道。

"那就是说，凶手就在我们三个人当中吗？"司机反问道，他的语气十分平静，似乎听不出什么异样来。

"不会吧，**那起事件**不是意外死亡吗？"我马上反问，我也一直是这么认为的，"当然，如果真的是和这件事有关，那么我可以保证，这绝对和我无关，你们两个呢？我已经说出了当天的行踪，你们两个也该坦白交待一下吧。"

"没错，我也参加过 A 大的校庆活动。虽然那天是工作日，不过因为不少老同学都约了那天晚上聚餐，因此，我也特意请了小半天假，提前下班赶回了学校。当天晚上，我先是和同学们吃了顿饭，然后去见了一位朋友，再然后就回到公司的宿舍了。我想也不需要多说了吧……这位朋友在当天晚上，因为意外去世了。"

医生说完之后，和我一起看向了司机。

"你呢？"

"我什么都没干呀？别这么看着我。"

"可如果你什么都不说，就代表你心里有鬼吧。"医生说出了我想说的话。

"好吧。其实也没有什么好隐瞒的。我在那天去了商业街闲

277

逛，想给自己买一副新的耳机，正巧商业街那里在举办夏季促销活动，还有电视台拍摄。买完东西后，我先是和同学们在 A 大附近吃了饭，然后约见了一位朋友，从朋友那里离开后，我又去了另一拨同学那里聚会。一直喝酒喝到凌晨三点才打车回家。"

"所以说，你所说的那个朋友也……"医生试探性地问道。

司机点了点头。

"那么，如果我没猜错，"我清了清嗓子，开始梳理自己的想法，"我想卡片上提到的'答案'，应该是和这位朋友的死有关。刚才司机提到过，也许凶手就在我们当中，又或者我们三个人曾经的某个举动，间接导致了对方的死亡。"

然而，却没有人应和我的发言，似乎每个人都心事重重的样子。

是啊，即使如此，我们又能做些什么呢？事件本身已经过去了多年，而当年的案件也已经被警方定性为意外，事到如今，我们真的还能取得什么进展吗……

事实上，尽管我还能勉强打起精神思考，但身体已经在提醒我，自己正在缓慢的接近极限。身体已经因为缺乏进食而趋近于无力，大脑也接近放空，只不过是跟随着某种想要求生的本能，才能持续着现在的行动。

"如果我记得没错的话，警察当时确认过我的不在场证明，事实上，我是有不在场证明的。而且我听说，当时的几个嫌疑人，全部都有不在场证明。不仅如此，死亡现场的某些证据，也可以证明，死者的确是死于意外。"

我说出了自己的想法，说实话，我并不认为这位朋友的死是有人蓄意谋杀。

"我们来梳理一下已知的信息吧，"医生将之前送进来的便签和笔拿了起来，趴在地上写着什么，"我记得，关于那起事件，法医推断的死亡时间是 2025 年 6 月 23 日的晚上 11 点 45 分。死亡原因是意外坠落。当时死者从天桥上经过，但事实上，天桥有一部分护栏已经松动。当时这段天桥应该已经被相关部门用警示栏封了起来。但是据说，有几个中学生晚上在马路上踢球，将护栏踢倒后，为了捡回球顺手将护栏移走……这才导致了意外。"

"没错，我听说的信息也是这样。这么说来，如果要追根究底，追究责任的话，应该去找那几个中学生算账才对吗？"

"先声明，我有不在场证明。案发时，我正在和一拨同学在烧烤店喝酒，当时有十几个同学在场。而且烧烤店距离案发地点单程也要半个小时，来回一个小时，而我和同学吃饭时，除中途去洗手间离开了几分钟，根本没有长时间离开过。"

司机似乎是着急想撇清关系，率先提出了自己的不在场证明。

"我当晚回公司宿舍了，我们的公司宿舍是四人间，其他三个人都可以证明。而且公司宿舍的楼道里也有监控设备。"医生补充道。

"我就不用说了。我当时住在宿舍，其他五个舍友都可以证明我当晚是待在宿舍里的。而且我们宿舍楼是有门禁的。过了 11 点根本没有办法离开宿舍。"

说完自己的不在场证明，连我自己也觉得有些不可思议，也就是说，我们三个人，全都拥有铁壁般的不在场证明。

没错，这也是为什么警察会将案件定性为意外的原因之一。嫌疑人都有不在场证明，那么，又要怎么找出"犯罪者"呢。

在这之后，我们又讨论了各种的可能性，但是都没有找到有效的方向和答案，直到最后，我们意识到，这样无意义的讨论，只不过是徒然地耗费体力而已。在疲惫中，我们又再次睡着了。

不知过了多久，我听到了一阵有些奇怪的声音。似乎是钥匙开门的声音，随后，又是铁门被推开的声响。

是幻觉吧？疲惫的身体和大脑，向我传达着这样的信号。但是本能的求生欲，又让我强迫自己苏醒过来。

好不容易睁开眼后，我花了十几秒的时间去对焦自己的视线。这才发现，门开了。

门……开了？

我努力地撑起身子，尽管因为长时间的食物和水分缺失，我的身体已经变得虚弱不堪，甚至连站起来都要靠扶着墙壁，但是，想要离开这里的求生欲，还是支撑着我慢慢地走了出去。

那扇原先紧闭的铁门，现在正打开着，我走到门前，深吸了一口气。甚至感到了一丝恐惧，那是面对未知时特有的不安。

不过遗憾的是，和我所想象的不同。这道门并不直通外界，也没有想象中的激动人心的营救场面发生。

这只不过又是另一个房间而已。

这是一间普通的房间，看上去就和大部分普通的客厅房间无异。角落里摆放着一张沙发，还有一套写字桌椅，桌上有一台电脑，电脑的显示器上所显示的，正是刚才我们所处的密室中的画面，也就是说，从这里可以监控到我们之前所在密室中的一举一动。

而在电脑桌前，坐着一个人。

是博士。

他怎么会在这里？难道说……是一个人工智能机器人主导了这一切吗？

"博士……？"我小声地说道，因为不知道对方接下来的举动，我的声音有些颤抖。

这时，我的背后也传来了脚步声。是医生和司机，显然，他们也随之醒了过来。

"你搞什么？"司机冲到博士坐着的坐椅前，想要揪住他的衣领质问，甚至可能还想要打他一顿，然而长时间的营养缺乏，却使他踉跄了几步，直接跌倒在了地上。

"为什么要这么做……？"我想要出声质问，但是我的声音说出口，却显得轻微至极，听上去没有任何威慑力。

博士似乎暂时陷入了沉默，不知道他是不想回答这个问题，还是在思考，到底要怎么回答这个问题。

差点忘了，他不是智能机器人吗？对于机器人来说，思考是不需要时间的，只需要进行程序的运算而已。

"也就是说……你已经知道真相了吧？"医生走到博士面前问，

"我猜……解开答案的关键，就是我们所写下来的，有关自己的'秘密'吧。一定是有人写下了，对解开真相产生了有绝对性帮助的东西。"

"没错。"博士点了点头，"一切问题的答案都解决了，现在我只有最后一个问题。"

……

我们互相对望了一番，却无法弄明白博士话中的含义。

"我的问题是……"

博士站起身来，并微微倾斜了一下身体，让自己的脸冲向司机。

"我想知道——**你是谁**?"

温暖的房间，柔软的毛毯，冒着香气的热茶，还有虽然平时根本不觉得好吃，甚至会觉得厌恶的方便面，现在慢慢地吃进胃里都觉得幸福得有些不真实。

这种状态，甚至让我产生了怀疑，之前那些被关在密室里的记忆，是否都是自己的幻觉，不过食物和热水灌进胃中的不适感，以及身体上的疲惫都在提醒着我，那些经历都是真实发生过的事实。

"对了……教授呢?"我一边慢慢地将用微波炉热好的泡面塞进嘴里，一边模糊地问道。

"她已经走了。"

"走了？"

"知道答案之后，当然就没有留在这里的意义了。"

"那你为什么还在这里呢？"

"当然是为了给你们一个解释。毕竟，除了真正的'犯罪者'，其他人是无辜的。同时，关于项目的实验奖金，也还没有发给你们。当然，司机是不能随意离开的。我已经打电话叫了警察，他们现在等在外面，不过会给我一点时间，让我把所有谜团解释清楚后，再进行相关的手续。"

原来如此。

"那么……可以请你直接告诉我们答案了吗？"

听到我的问题，博士站了起来，就像是侦探电影里的侦探，要准备集合所有人开始解谜一样。我突然感到有些好笑，明明是人类世界的事件，却要一名人工智能机器人来破解其中的谜团，未免也太过讽刺了。

但是，反过来说，这是否也意味着，人类已经成为了越来越矛盾的存在。一方面，人类利用不断发展的科技来制造超越人类智慧的人工智能，但与此同时，人工智能却能越来越多地帮助人类解决人类无法解决之事。这样发展下去的话……

我摇了摇头，停止了思考。

"我可以告诉你们全部事情的答案，但是整件事情解释起来有点复杂。如果从推理小说的角度来看，你们还没有获得全部线索。不如先给你们一点提示吧。"

医生点了点头，似乎已经早有期待。而司机则皱起了眉头。看来他对所谓的"事件真相"并无兴趣，而外面等待他的警察，也让他不再有闲心关心多余的事吧。

"你们的推理没错，事实上，整件事情，都是由 2025 年 6 月 23 日的晚上所发生的事件所引起的。当时，警察做出了'意外事故'的判断。事实上，根据现场的情况来看，这也的确是符合常理的结果。但是，关于现场有一件让人感到非常困惑的事，在死者的尸体旁边，有一副眼镜，当然，这是死者本人的眼镜，但奇怪的是……死者的眼镜盒也在现场。"

"眼镜盒?"我有些疑惑，"这有什么奇怪的?"

"你的视力很好，平时不戴眼镜吧，"医生解释道，"事实上，一般人平时外出会戴眼镜，并不会随身携带眼镜盒，如果是墨镜盒的话倒是有可能……"

原来如此。

"除此以外，还有刚才帮助我解开答案的，你们所写下的三个秘密。想必你们也想到了，你们写下的三个秘密，帮助我解开了答案。当然，除此以外，也许是上天的帮助，我们还发现了一点意外的东西也印证了我的猜测就是了。"

"所以……"

我舔了舔嘴唇，也许是因为长时间没能喝水，虽然现在热水就在手边，但我还是习惯性地感觉到干渴，不知道是不是精神上的原因在作怪。

"所以很抱歉，如果你们想要了解真相，我需要将这三个秘密公布出来。诸位没有意见吧？"

我点了点头，对我来说，这已经是多年前的事情了。再说那枚胸针的主人，我曾经的舍友，现在也已经移民国外，想必也不会对这件小事做什么追究了。

"首先，是作家的秘密，她写的是'大学毕业时期，曾经偷拿过舍友的东西'，接下来是医生的，'曾经在有没有行医执照的情况下，偷偷行医'，至于司机的嘛，'曾经代替其他人坐牢'。那么，你们能够推理出来事件的解答吗？"

咦？这算什么？我本以为，有人在自己的秘密纸条中，写下了"是我杀了人"一类的直接证明自己是"犯罪者"的信息。但是目前的三个秘密，都让人有些摸不着头脑。

"其实很简单，令我在意的是第三点，也就是'代替其他人坐牢'这一点。根据我查到的资料，司机是因为酒后驾车而坐的牢。而很凑巧，他酒驾出事的日期也正是——2025 年 6 月 23 日。让我们来梳理一下当天的时间线。按照他自己所说，当天司机先是在商业街闲逛，而后去参加同学聚会的饭局，并在饭局上喝了酒，然而，在开车赶往下一个地点的路上，因为酒醉而在路上撞了人。当然，也许一开始他并没有意识到问题的严重性，也许是出于直觉或者害怕心理，他没有马上将伤者送往医院，而是逃逸了。不仅如此，他还依照原定的计划，去见了朋友，甚至还又参加了第二拨的同学聚会。"

"原来如此。不过，肇事逃逸的事和那起意外事故之间……有什么关系吗？"事实上，我能够明显地感觉到，这两者之间一定存在着必然的联系，但是，其中却好像缺失了什么。我的大脑中似乎是已经有了一些拼图，并将左右两边的拼图，模糊地拼出了一个大体的形态，但是联结左右两个区域的，也是最关键的，中间那部分的拼图，却怎么也拼不出来。

"不，你的思考方向是错的。不是要将两个部分连接起来，而是要用现有的信息去拼合。"博士拿起桌上的一本书，放到书架上，原本好像缺失了什么的书架，马上就变得满满当当了。显然，这本书正是从原本满满当当的书架上抽取出来，放在桌上的。

"博士，你刚才提到了，关于'代替其他人坐牢'的秘密。我想，这个信息点，和司机酒后肇事逃逸的事情有关吧？"医生问道，看来他已经比我多想了一步，更接近真相了，我甚至认为，他也许已经几乎到达了真相，只不过，他不想说出来而已。

"不如我们先来谈谈现场吧。也就是，将两部分内容联接起来的那一部分。我刚才提到，在现场发现了死者的眼镜。在 A 大校庆活动时，每个人发了一个纪念品的背包，里面装了一本纪念册和一件 T 恤。这只背包也在现场，里面还有一只眼镜盒。"

我点了点头，当天的校庆活动我也在场，他所说的纪念品我也有印象。但是这和案件本身又有什么关系呢？

"对于戴眼镜的人来说，要么会在早上戴着眼镜出门，不会把眼镜盒随身带在身上，要么，就是有摘下眼镜的需要，所以需要戴着眼镜盒。事实上，根据调查，死者曾经做过近视手术。虽然有时候也会戴眼镜，但那只是平光眼镜。而死者在参加校庆活动时，戴了眼镜。因此，可以判断，他可能是在活动结束后，将眼镜摘下来放回了包里。"

"可是这样的话，听起来没有什么不正常的地方啊？"

"是的，如果只这样的话，的确没有什么问题，问题在于……根据死者所住酒店前台的证词，以及酒店大堂内的监控录像，死者在当天夜里 11 点半左右出门时，并没有戴眼镜。"

我一时间有点混乱，说实话，我原本以为，之前提到的"替人坐牢"的秘密，才是解开谜团的关键，并且以为博士要以此为线索开始进行解谜。但是没有想到，他的话题又转回到了之前提到的眼镜部分。

"那么，如果死者是把眼镜放在包里带出来的话，又为什么，眼镜会在外面，而眼镜盒装在包里呢？我想不出死者有理由，要在半路上拿出眼镜戴上。记住，他已经做过近视手术，并不是一个近视者。答案只有一个——这副眼镜，是由'某个人'布置在现场的。"

"如果我猜得没错，这个人将眼镜拿出来，放在现场，一定有某种'重要的意义'。"医生补充道，但是他并没有继续说下去，而是继续坐在沙发上，喝着热茶恢复体力。也许他猜出了事情的真相，只不过因为体力过于虚弱，没有足够的体力和精神进行推理吧。

"是的。那么，凶手特意取出眼镜的意义是什么呢？这个问题一直困扰着我，直到今天，联系到某个线索，我突然想到了答案。其实很简单，留下眼镜对凶手来说没有特别的意义，只不过是，他'必须这么做'而已。也就是说，这副眼镜是他不能带走的。"

"不能……带走？可是，为什么凶手要带走眼镜，他只要不去打开死者的背包就好了啊？"我说出了我的疑惑。

"没错，但是很遗憾，凶手出于某种目的，一定要把眼镜拿出来。因为凶手**不知道**死者做过近视手术。他以为死者是在没有戴眼镜的情况下出门，但是他并不想让人知道这个事实，所以，他要将眼镜拿出来，放在现场，让人认为，死者是戴着眼镜出门的。"

"为什么他不想让人知道，死者是没戴眼镜出门的呢？"我还是没有弄明白，这和事件的核心真相，到底有什么关系。

"因为在他看来，如果被人知道死者没有戴眼镜出门，会产生一个他并不希望发生的后果。死者是一个近视者，如果不戴眼镜出门，只有一种可能就是，他没有办法戴眼镜，也就是，他的眼镜可能不在身边——这会被人发现，是他将死者的眼镜带走了。"

博士平静地说道，在他看来这一切似乎都已经完美地联系在了一起，然而，我还是没有弄明白。

"他怎么会带走死者的眼镜？难不成凶手是个近视眼，把自己的眼镜弄丢了，所以顺手带走了别人的眼镜？"

"当然不是，每个人的眼镜度数就不一样，不会有戴错的可能性。原因其实很简单，他会带走死者的眼镜，是因为**拿错了**。"

"拿错了？但是司机不戴眼镜啊？"我看了看司机，马上问道。不过我马上就意识到，自己问了个傻问题，因为司机也有可能去做近视手术嘛。

"没错。但是拿错并不一定是指，眼镜和眼镜互相拿错。如果仔细回忆就会想到，在事发当天，有一件很容易拿错的东西。"

"是校庆时发给每个人的纪念品背包。"医生补充道。果然，他多半已经猜到了事件的真相。

"没错，这样被拿错的东西，正是校庆纪念品背包。所有参加校庆的人都拿到了一个同样的背包，如果司机当天背着背包去见死者，临走时会拿错也并不奇怪。让我们再来重新回顾一下当天的时间线。下午，司机去参加了校庆活动拿到了背包，并且在晚上和同学聚会吃饭，还喝了一点酒。也许是着急去见死者，也许是觉得喝的酒并不多，他还是开上了车去和死者见面，并且不小心，在马路上撞到了人，肇事逃逸。与死者见面后，我也不知道两人聊了些什么。总之，临走时，司机拿走了死者的纪念品背包，而将自己的背包留下了。过了一会儿，也许是死者发现了异样，打电话给司机，也许是因为背包里存放着什么第二天必须用的重要物品吧，两人约定在司机当晚11点半之后在某处见面交换背包。然而，死者在路上发生了意外，也许这意外——就是在司机的面前发生的吧。然而，面对死者的尸体，司机并没有马上离开或者选择报警。他没有忘记对他来说的要事，就是把背包换回来。但是，换回背包后，他马上发现了一个问题，那就是——**死者没有戴眼镜**。当然，他会认为死者没有备用眼镜，因为自己拿错了装着眼镜的包离开。所以死者摸黑出门……"

"他是因为担心这样会让他被判'间接致死'吗？……"听到

289

这里，我不禁说道，因为感觉这样的行为实在是难以理解。

"当然不是。但是，凶手并不想让人知道，死者没有戴眼镜出门，也就是说，如果被发现，他之前拿错过死者的背包——会产生对他十分不利的后果。"

说到这里，医生已经露出了了解的表情，而司机也是默不作声，显然，没有到达真相的人，只有我。

从小到大，我永远都是身边人中最迟钝的那个，别人说的笑话，我总是要晚一些才能反应过来，课堂上老师讲的题目，也要比别人多花时间才能理解。这样的我，连我自己也讨厌。

然而，在我胡思乱想的时候，其他人却并没有停止讨论。

"如果被人发现，死者出门没有戴眼镜，可能会想到，死者不是不想戴，而是戴不了眼镜，连同装眼镜的背包被别人拿走了。为什么背包会被别人拿走呢？那是因为校庆活动大家都发了同样的背包，很容易拿错。所以我想，司机的关注点在于，他不想让人知道，他拿错了背包。"

"但是……拿错背包不是很正常的吗？退一万步讲，就算他是别有用心，故意拿错，甚至误以为对方的包里有什么值钱的东西。但是被发现后，只要表示自己是拿错了，也并不会引起太多怀疑吧？因为背包完全一样，拿错是完全说得通的。"

没错，即使说到了这里，我还是没有想明白，其中的关键所在。

"当然，并不是背包本身的问题。也许你已经忘记了，司机在阐述当天他的行程的时候，事实上，并没有提到他去参加过校庆——而是说，他去了商业街。如果我没记错的话，不，确切地说，如果我的数据库传来的网络信息没错的话，那天是商业街一年一度的夏季活动，甚至还有电视台来采访报道了。我搜索了一下当天的新闻片段——"

博士一边说着，很快，电脑上出现了一段电视新闻的画面片段。

他点开播放键，将电视新闻的片段播放了出来，并很快，在某处按下了暂停键，也许是怕我们看不清，又使用放大功能，特意将画面中的某一处放大了出来。当然，这一切，他甚至没有在电脑上进行操作，大概是直接通过某种"网络指令"来完成的。

很明显，屏幕上的新闻画面中，出现的就是司机本人。

"所以，去了商业街并且被电视台拍下来的人，怎么会同时去参加校庆活动呢？我想，他的最终目的在于，不让人发现，他去参加过校庆活动吧。"

"但是等一下，参加过校庆活动的话……不是会被同学看到吗？"

"不，事实上，这次校庆活动，距离司机毕业已经过去很多年了。试问，如果是多年没见过的老同学，你能够一眼认出来吗？更何况，校庆活动的现场座位是随意而坐，并不是按照班级或者年级排序。在那么多人里被同班同学认出的机率很小。"

"所以呢？这样不就出现了矛盾吗？他怎么可能同时出现在商业街和在Ａ大参加校庆活动呢？"我揉了揉脑袋，也许是因为刚刚吃了热乎乎的食物，我的大脑似乎也有些供血不足了起来，不论怎么努力，都难以集中精神，跟上他们的推理，反而产生了一种想睡觉的冲动。

"当然是因为——**有两个相貌几乎完全相同的司机**。为了方便起见，我们假设，在校庆活动上出现的人是 A，在商业街出现的人是 B。A 参加完校庆活动之后，去和同学聚餐，之后发生了酒驾逃逸事故。在和死者见面后，发现自己的背包调换过了。他和死者取得联系，约定在某个地方交换背包。结果发生了意外。结果就是 A 为了不让警察对自己产生怀疑，而对现场做了某种程度的调整。而另一边，B 下午在商业街被电视台的节目拍到，之后也许是无所事事地在商业街吃了饭吧。更晚一点的时间，他接到了 A 的通知，要求他代替 A 去出席晚一点的第二拨同学聚会。当然，他也许不认识 A 的老同学。不过他可以装作之前喝多了的样子糊弄过去就好。如果是这样的话，就可以解决司机的不在场证明了吧。当 A 出现在案发现场时，B 正在深夜的酒会上为他做不在场证明。"

"你说得很有道理……但是，为什么会有两个长得一样的司机呢？"看来医生似乎大概想到了这种可能，只不过最后这一层没有想到。

"没错，事实上，之前因为我也没有想到这一层，所以迟迟无法解开答案。我想……可能只是普通的长得一样，又或者是有什么血缘关系吧。而且这样一来，司机在纸条上写下的'我曾经替人坐过牢'的秘密，答案也已经揭开了。"

我们一起看向司机，希望他做出说明，然而他只是紧紧地闭着嘴。当然，以他的个性，我猜，博士和医生的推理并没有什么大的错误，不然他一定会反驳的。

"也就是说……"我试着将目前的线索再次梳理起来，"A伪造现场的目的，是因为不想被人知道，他去过校庆活动，因为在这个时间段，B被电视台拍到了出现在商业街，如果他参加过校庆被发现的话，那么，'还存在一个B长得和自己一样'的事实，就昭然若揭了。结合刚才所说的车祸事件，那是不是可以理解为……在车祸发生之后，A就已经决定，要让B替自己顶罪了？"

"是的，也许最开始，他没有想太多，但是逃逸之后，他越想越觉得，自己多半会被警察找上门来。因此，他才会找到B，让B来替他顶罪。当然，代价自然是付上一大笔钱，这数额嘛，应该是多到了诱人的程度。"

原来如此。

那么，一切的问题都解开了吧。

"对了，我还有最后一个问题……以上都是你的推测吧？有证据吗？"医生问道，看得出来，作为一个医科生出身的人，他在推理的同时，也更加讲究证据。

"不，证据的确存在。恐怕连你本人也没想到吧——没错，证据就在这里。"

"在这里？"我有些困惑地四下张望了一番，并没有发现什么能被称之为"证据的东西"，而且，几年前的事件，为什么会有人将犯罪证据随身携带呢？

然而，司机依然沉默着，似乎是默认了博士所说的这一点。

293

"是这样的，如果你们还记得，司机在来之前，曾经杀过人——而且还将尸体装在了后备厢中。事实上，我所做的，只不过是去查看了一眼后备厢而已。没错，答案你们已经猜到了吧。"

"难道说……后备厢里装着的，**是另一个司机**？"医生问道。

博士点了点头。

"只要看到了那个，和司机长得一模一样的人，马上就能破解他的不在场证明吧。而后，我又用电脑调取了 A 大的校庆的纪录视频。并且很凑巧的，虽然没有电视台拍摄，不过 A 大自己的学生，有用手机拍摄一些相关的片段上传到网络上。我在其中一个网络视频中——找到了这个和司机长得一样的人。"

原来如此。如果是人类的话，恐怕做不到在短时间内，对这些信息和证据做出如此快速的分析和梳理吧。我大概也是第一次，在心底生出了一种"感谢科技发展"的念头。

"事实上，你杀了对方，也是因为你在出牢之后，对方并没有按照原先说好的约定，支付应该给你的钱吧。"

终于，司机点了点头。他张了张嘴，似乎是在整理自己的思绪，想要梳理清楚，自己该从何开始说起才好。

"在我二十四岁之前的人生，都是和其他人一样普通和平凡的。在普通的家庭出生，虽然没有什么钱，但也没有遇到灾难和不幸。直到大学毕业后，有一次休息日，我出门时偶然路过的某个艺术馆在举办一场画展。事实上，我对绘画并不感兴趣，但是这一天，我却像是鬼使神差一般，走了进去。现在想来，也许是命运的安排吧。走进艺术馆后，奇怪的事情发生了，展厅里不停地有人像是认识我一样，和我打招呼。直到后来，我才看到一名和我的外貌一模一样的人……那之后，对方几次联系了我，提出支付我一定的费用，让我在某些时候，成为他的替身去做某些事。当然，并不是什么违法犯罪的事。比如让我去他的公司打卡坐班，他却自己窝在家里，似乎有很重要的事要做……如果遇到一定要处理的事，则让我记录下来，通过网络发给他来决定。渐渐地，有了这些收入，我也不需要去上班了，从那时起，我开始成为他的替身，而在我代替他去上班或者应酬的时间，他却窝在自己的工作室里画画，看起来，他似乎并不想继承家里的产业，而是想要成为一名画家吧。直到某一天……我接到了他的电话，得知他闯了大祸，可能需要我顶替他坐牢。但是相应地，如果我肯替他坐牢的话——他给我的不是钱，而是直接将他本人的身份交给我。"

啊，原来如此。

"幸运的是，他虽然肇事逃逸，不过只造成了受害人的肢体伤害，后来因为家里有钱，加上认罪态度良好，所以我只坐了几年牢就出来了。而在这期间，我的家里人也一直收到他的转账。因此，我认为，他是会好好履行他的承诺。没想到……没想到，等到我出狱之后，他却翻脸不认账了，还说什么，他的重要作品马上就要完成，必须用自己的身份来发布作品。这根本就是不讲信用，我可是替他白白坐了五年的牢啊！回想起在牢里每天掰着手指度日的日子，我一怒之下……就杀了他。事后，我一时之间也不知道该如何是好。偶然发现了这封实验的邀请信，并且注意到了上面写的3万奖金。于是便鬼使神差地想要替他参加实验，拿到这 3 万奖金，毕竟对于刚出狱且身无分文的我来说，这不是一笔小的数字。"

我和医生互相对望了一眼，在我们看来，之前的司机是个恐怖分子级别的杀人凶手，但现在听起来，似乎也有可怜之处。

一切问题都解开了。站在我们面前的这名"司机"，只不过是个盗用他人身份的冒牌货。

那么，我们差不多也已经可以准备离开这里了吧。

陈博士点了点头，示意我们可以准备离开了。

"罗莎，吴非，你们两个人的实验奖金，随后就会发到你们之前提供的账户里了，感谢你们的配合，也让我证实了——**方原的死，的确是个意外**。"

本来就是啊……

我在心里默默地想着，不过很快，我才意识到一个从头到尾，一直都还没有解开的疑惑。

教授和博士调查这件事的动机是什么？

在大雪过后的路上，驾驶了两个小时后，终于回到了 A 大。

朱莉走进学校的一家咖啡厅，点了一杯热咖啡。

真好啊……小学时的自己，做梦也没有想到，可以在多年后，过上这样的生活吧。如果不是考到了省城的大学，又考上了知名大学的研究生而留学美国，自己可能还是会在那个故乡的小镇继续生活吧，和其他小学同学一样，和父母一样做个小学老师，或者做点小生意。一辈子去过最远的地方就是省城。

大学毕业以后，她将自己的名字，从朱莉莉改成了朱莉。因为是叠字的名字，总是显得有些过于幼稚了。她并不喜欢父母给自己随意取的名字。

　　然而，如果要为了一个名字而大费周章，也并不是她的性格。因此，她只选择将名字里的叠字去掉，让名字听起来更加干脆利落一些。但是对于这个被父母，又或者是被家乡赋予自己的名字，她早就感到厌倦了。因此，在留学美国之后，很快她就开始让所有人称呼她的英文名 Cindy，从而用这种方法彻底摆脱过去的一切。这样的话，似乎也可以短暂地忘记，过去在家乡的那些记忆。

　　很快，店员就将做好的咖啡端到了桌上。她尝了一口咖啡，还好，既没有什么特别出彩之处，也不是廉价到让人无法接受。她对咖啡并没有特别的偏好，只是需要这种饮料作为提神的饮品而已。

　　"没想到，你这么快就找到了答案。"

　　正在她抿着第一口咖啡，望向窗外的风景时，有人坐到了她的对面。

　　"陈警官。"她抬起头，看了一眼来人，点了点头，那是一个年纪四十多岁的中年男子，虽然穿着一身便装，不过从他的整体气质看，可以感觉得出来，他的阅历很丰富。

　　"怎么样？和我们的调查结果有出入吗？"陈警官笑了笑，端着一杯热茶坐到她的对面。那并不是在这家店里买的伯爵红茶或者茉莉香茶一类的饮料，而是用保温杯冲泡的茶水。

　　朱莉将咖啡杯放下，无奈地笑了起来，"确实，就像警方当时得出的结论一样，是意外。只不过有人对现场动了一点手脚，为自己行了些方便而已。那种行为的确也够得上违法……不过，对方已经受到应有的惩罚了。"

"这我就放心了。"陈警官将他的保温杯放到桌上，笑了笑，好像放下了心里的一块石头，"我早就说过了，现场的证据，都显示方原是死于意外，你偏偏不信。"

随后，朱莉大概叙述了这两天发生的故事。当然，也隐去了某些细节。

"并不是我不相信警方，只是有一些问题，让我始终想不通而已。不过我还是不明白，你在后备厢发现尸体，只是佐证而已。事实上……你早就有了怀疑吧。"

没错，事实上，在制造出机器人 F315B 的时候，我就已经用它进行过推理了。关于眼镜的问题，当时几乎已经推理出了真相。"

"哦？是怎么做到的呢？"

"其实很简单，那就是——留下眼镜的人，一定是不知道他做过近视手术的人。凑巧的是，在 A 大的学校论坛上，有一个名叫'超自然体验俱乐部'的子论坛，里面经常会有人在里面写下自己的超自然体验经历。而三个在当天见过方原的嫌疑人：杨云帆，吴非，罗莎，恰好都曾经在这个论坛里发过帖子，写下自己的超自然体验经历。那么接下来，只要在文章里寻找蛛丝马迹就能发现，在罗莎的'灵魂交换'故事中，提到'他摘下眼镜收好，揉了揉眼睛，准备收拾东西走出教室'，而在吴非的'未来

298

之岛'中，则提到过'方原走到桌边，拿起原本放在桌上的眼镜戴上'，这两个片段，都说明，在他们的认知里，是**知道方原是非近视者，只是戴平光镜而已**，只有在杨云帆的'不停重复的一天'中，描写了到了吃火锅的场景，只有在这个故事中，哪怕是因为火锅冒出的热气而使眼镜蒙上了水汽，方原也没有摘下眼镜，而只是不停地擦拭眼镜上的水汽。这充分说明，他那时还没有做近视手术而必须佩戴眼镜。当然，除此以外，还有关于时间线的问题，很明显，杨云帆的故事发生时间，是在方原读研的时候，也就是处在时间线最早的位置。因此，也可以判断出，只有真正的司机——也就是杨云帆，不知道他做过近视手术。然而，唯一让我困惑的，只不过是那个不在场证明而已。当我在后备厢发现那具和他长得一样的尸体之后，就已经弄懂了整个事件的关键。不……确切地说，并不是我推理，而是由 AI 机器人 F315B 推理出来的。"

"真的有这么神？"陈警官笑了笑，他瞪大了眼睛，也许是因为有点上了年纪的缘故，他并不太懂最新的计算机科技，至于现代科技到底发展到了何种地步，也不甚了解，"能比人的大脑还厉害？不，不对，不只是一个人的大脑，他能比一个公安局的所有人的头加起来还厉害吗？"

"没错，"朱莉点了点头，"第一，计算机本身拥有强大的运算能力和信息收集能力。当然，这个能力现在警方也并不缺乏，比如，你们也会运用计算机和强大的监控系统，去排查在作案时间段内出入过作案现场的人吧。又或者，对现场的遗留 DNA 进行比对分析这些。"

"没错，那么，AI 机器人，比普通的刑侦人员使用的计算机，有什么优越之处呢？"

"首先是综合分析的能力。举个例子，比如像是刚才所说的，在一个公共场合的作案现场，警方会调查监控，然后使用快进来查看到底有哪些可疑的人吧。然而，如果将强大的计算能力，集成到一台电脑中呢？当然，一台电脑可能没有这样的能力，但如果将一些数据放在云端的话，就会变得无所不能了。刚才所说的，需要大量人手来看监控摄像头的工作，如果交给 AI 来做会怎样呢？它可以独立同时检查多个画面，同时也可以随时快进，暂停检查等等，只有运算机能足够强大，甚至可以同时查看数十个画面。如果有嫌疑人的照片就更简单了，只要将嫌疑人的面部特征，在监控视频的画面中进行检查，比人工查看效率要高得多。"

"原来如此……可如果是这样的话，为什么这种东西还没有普及呢？"

"事实上，就像刚才所说的，要做到这一点，首先，要运算能力足够强大。机器人 F315B 使用的是云端运算数据库的研究方式，也是我在美国的大学主要进行的研究项目。这个项目还没有完全成熟。最关键的一点，就是要让机器学会人的行为和思考方式，也就是我们所说的机器学习。"

"让机器学会人的行为和思考方式？真的能做到吗？"陈警官摇了摇头，这个话题对他来说，也许有些过于前沿了。他对科技的理解能力，还停留在用电脑破解密码，进行嫌疑人的指纹、

DNA 比对这个层面。

"是有可能的，您知道，人和计算机是怎么交流的吗？"

"怎么……交流？"陈警官有点迷糊了，在他的印象中，使用电脑，无非就是打开软件，在里面点击几个图标，告诉电脑需要做什么就好。在他看来，电脑是被动接收信息的物品，而不是一个"可交流"的东西。

"人类需要使用编程语言，来和电脑对话。也就是说，假设电脑是一个外星人，我们必须学会外星语言，才能够和他对话。但是这样，就必须让整个地球的人都学会外星人的语言，才能和他交流。或者呢？"

"让外星人学会地球的语言？"

"没错，机器学习指的就是这个。让计算机理解人类的语言、思维、行动以及逻辑。您也知道，这比用计算机语言，直接和电脑沟通要难上很多。首先，每个人都有不同的语言习惯和思维逻辑习惯。每个人擅长的领域也不一样。要让计算机把这些都学会，绝对不是短时间的功夫。因此，很多大型的互联网公司的深度学习部门，都会优先考虑，去研究和自己的业务领域方向有关的部分。一口咬定，现在机器学习的最前沿领域，也的确是由这些大型的互联网公司所领导的，毕竟他们的资金极度雄厚，一旦能够快速掌握 AI 领域的最尖端技术，对于他们的业务增长，甚至未来几十年的行业垄断，都是起着至关重要的作用。因此他们比大学、国家在这个领域，花的精力和费用都更多。"

"原来如此。说起来，我在电视节目上看过的那种猜歌手是谁的节目，有的时候，会让一个古怪的机器人来分析，这个歌手的声音像谁。你别说，有的时候，真正的答案还真的是在他说出的备选里面。"

"没错，就是这样。那个机器人就是被专门输入了，关于'声音'的分析数据库。将所有能够找到的歌手的声音数据全部输入数据库，然后再根据歌手的声音，与其进行比对，就会发现相似度较高的歌手。当然，我制作的 AI 机器人，从一开始就没有想到去涉猎全部内容。而是将他定位在了'推理'这个主要方向。因此，除了最基本的日常交流这些必要的数据学习之外，我主要输入的数据，是大量的国内外案件的案例，以及推理逻辑和方法论，还有思维方式。"

"等一下，"陈警官摆了摆手，看上去似乎有些跟不上她的节奏，"你说，输入国内外案件的案例，我还能理解。如果有相似的案件，就能提供参考。但是，思维方式和方法论这些东西，真的有办法学会吗？"

"当然，只要有相应的样本就可以。事实上，这项研究并不是由我开始的，而是方原在美国的时候出于兴趣，将自己的推理方法论和逻辑思维方式，编到计算机程序中，当然，那时还只是一些最初的计算机程序，我将这些程序进行了一些编辑和完善。也就是说，这台名为机器人 F 的人工智能，是综合了方原的推理方式和逻辑思维能力，以及庞大的数据库而形成的。"

"原来如此……"陈警官点了点头，"这样一来，也算是完美的结局了吧。"

"也许吧……事实上，F315B 型机器人是由两部分组成的。它的外形和自我认知，以及记忆，继承自 A 大因为意外而去世的陈博士。但它的思维方式，逻辑推演能力，以及看待事物的方法论，思维模式，却来自方原。然而，这两者却似乎微妙地融合了，与它交流时，我总会产生一种微妙的熟悉感……"

说到这里，朱莉摇了摇头，似乎是觉得自己所说出的话有些可笑。为了缓解自己的尴尬，她将咖啡杯中的咖啡一饮而尽："接下来，我也差不多要准备离开了。啊，对了，有一个问题，我不是十分理解，而且这一点，用计算机进行推理，也无法得出什么结论……我想比起 AI，也许阅历丰富的人更有可能给出答案吧。"

"是什么？"

"是这样的。案发当天的三个嫌疑人，罗莎，杨云帆，吴非，在当晚都与方原发生了一点不愉快。罗莎被发现，她身上戴的项链是偷拿宿舍同学的，吴非被发现，他依然在没有执照的情况下，利用网络进行一些擦边球式的心理咨询工作；而杨云帆……不用我说，是被发现了酒后驾车肇事逃逸的事实。这似乎有些过于巧合了……而且，这三个人，还全部声称过，自己曾经有过超自然体验。为什么会这样呢……"

"嗯……怎么说呢……"陈警官挠了挠头，"虽然我不是专业的心理医生，不过我们过去也经常碰到过这种情况。有人会声称自己见到了神仙或者鬼怪的，从而做出一些违反常理，甚至在外人看来很不合理的事情。不过我想……这三个人，也许有一个共同特点，即他们的家庭没有给予他们正常的生活环境吧。像是罗莎那样被领养的孩子，很容易就能察觉到家庭关系的异常。也许是在家庭里没有受到足够的重视，也许是因为自身的学习成绩不是特别出色，因此，他们会想用别的方式，来证明自己与众不同。吴非想要成为医生，却没有获得家人的支持，只能成为私人诊所的助手，杨云帆——更不用说，如果不是想要逃离原生家庭的生活，也没有必要找人代替他吧。"

"因此，他们会刻意将生活中一些看上去无法解释的现象，包装成'超自然体验'，并且添油加醋地发布在 BBS 上，希望这样能够引起别人的注意？"

"也许吧……"陈警官拧开他的保温杯，喝了一口。

朱莉突然有些羡慕，她杯子里的咖啡早已经冷掉了，而陈警官那个保温杯里的热水，却好像还是温热的。

也许世界上最痛苦的事情便是如此，开始对未来充满憧憬，到头来发现自己不过是一个普通得不能再普通的平凡人，哪怕过完一生，也没有任何值得夸耀或者写在墓志铭上的事迹。

所以，他们才会不停地为了让自己显得"更有价值"而做出那些出格的事情吧。

朱莉站起身，看了看手表。也许陈博士——不，确切地说，应该是 F315B 型机器人，应该已经将所有事情办理妥当，正在回来的路上了吧。

不知为何，她内心产生了一丝微小的雀跃，那种感觉，和她第一次来到省城学校的图书馆时，看着方原远远向她走来时的心情，竟然有些相似。